EL
MUNDO
PASA
ANTE MÍ

EL MUNDO PASA ANTE MÍ

Corneli Roure

[ushuaia]

[ushuaia]

© 2013, Corneli Roure
© 2013, Ushuaia Ediciones, S.C.P.
Carretera de Igualada 71, 2º - 8ª
43420 Santa Coloma de Queralt
info@ushuaiaediciones.es
www.ushuaiaediciones.es

Primera edición: abril de 2013

ISBN: 978-84-15523-48-2
ISBN Ebook: 978-84-15523-49-9
Depósito legal: T. 513-2013

Diseño y maquetación: DONDESEA, servicios editoriales
Ilustración de portada: © Pikoso.kz/Shutterstock

Impreso en España – *Printed in Spain*

1

LO IMPREVISIBLE

Paso a paso, la sensación de desacierto se hacía más y más patente, entre otras cosas porque aquello que me impulsaba a andar se iba desvaneciendo, hasta quedarse en menos que la mera sombra de una intención. Vagamente, se mecían en mi mente las palabras que quería escribirle a Vicente en un email, y aún con mayor dejadez seguía los pasos del hindú, quien resueltamente me conducía hasta un locutorio donde al parecer tenían internet. Detrás de aquel impulso desdibujado estaba la culpa, el remordimiento de haberle hecho mal a un amigo tras ciertos acontecimientos recientes que me atormentaban; pero en realidad, sufría por mí, por mi miedo, aunque entonces no me diese cuenta. Nunca llegué a enviar aquel correo. En realidad, seguía los pasos de aquel hombre por otra razón relevante que desconocía.

Entramos en sórdidos y oscuros callejones.

—Si vamos por aquí ahorramos camino y llegaremos enseguida —justificó aquel hombre en un burdo inglés que sonaba a campanillas.

Yo no dudaba respecto a llegar antes, pero el itinerario me pareció inquietante, pese a ir acompañado de un hindú. A paso ligero, atravesamos aquellas callejas cerradas en sí mismas donde me sentí observado, casi asediado por ciertas miradas inhóspitas que desde los umbrales hacinados atendían a mi paso, entre el griterío ininteligible, las cazuelas golpeadas, los niños llorando y otros sonidos indefinibles. Algunas personas eran como sombras, que deambulaban por las sinuosas callejas y se detenían a verme pasar, extrañadas por mi presencia en aquel territorio vedado a los extranjeros. Vi en ellos los anticuerpos de la ciudad secreta, vigilando con recelo la presencia de un organismo extraño en la intimidad de su sentir.

Pero de pronto, todo cambió cuando salimos a un espacio más abierto; respiré hondo. Se trataba de un populoso mercado que, tras rebasar aquel laberíntico y esforzado juego de portales, pisos y recodos —el amasijo arquitectónico de los pobres—, aparecía allí de golpe, abierto en una plaza, vigoroso, lleno de gente pero a la vez como aislado del resto del mundo en el centro de un laberinto misterioso. En aquel lugar, el sol conseguía penetrar con toda su intensidad tropical y los *rickshaws*[1] se amontonaban entre paradas destartaladas, unos tenderetes que ofrecían el generoso espectáculo multicolor de especias, telas, bebedizos, inciensos, frutas y otras muchas cosas. Y como resulta habitual en la India, sufrí allí el acoso de los conductores de *rickshaws*, tratando de llevarme a cualquier sitio por más que insistiese en que iba a pie. Por fortuna, el hindú que me acompañaba desde mi hospedaje me liberó de los taxistas, soltándoles cuatro palabras desagradables, aunque efectivas, en lengua hindi. Así, a medida que nos fuimos adentrando en el mercado, la presión de la calle se hizo más y más intensa sobre mí, y eso se transformó en una prueba de fuego para el turista recién aterrizado en la India y muy poco acostumbrado al trato con lo que llamamos «tercer mundo». Entre tanto, me di cuenta de que había perdido de vista a mi acompañante, y de que, como consecuencia, todos los acosadores aprovechaban mi indefensión para lanzarse sobre mí como moscas cojoneras. Era comprensible, puesto que yo era uno de los pocos extranjeros que circulaban por aquel lugar, y es que a

---

1 En la India, se denomina *rickshaw* al pequeño vehículo que sirve como taxi, ya sea arriado por una bicicleta o bien por el propio conductor a pie.

uno se le pone una inevitable cara de dólar cuando hace de guiri. Agobiado, traté de apelar al empleado que me guiaba sin ser capaz de localizarlo entre la muchedumbre. En pocos instantes me ofrecieron hachís, sexo, budas y elefantes dorados, flautas y cascabeles, incienso... También me pedían rupias, mi dirección, bolígrafos, ¡de todo! «*Which country?, which country?*», me preguntaban unos niños tirándome de la camisa; otros repetían: «*Rupi, rupi!*». Entretanto, las moscas iban absorbiendo de mi piel el sudor y la crispación empezaba a calentarme desde dentro, como el propio sol abrasador de Delhi lo hacía desde afuera. Además, y para mayor sofoco, las gafas de sol iban descendiendo de manera insidiosa nariz abajo, patinando lentamente sobre la resbaladiza humedad de la piel. No cabe duda de que la asfixia me llevó a magnificar lo que en realidad ocurría en aquellos instantes, pero lo cierto es que me sentí tan estresado que grité furioso, movido a una especie de catarsis por aquel agobio bochornoso, mezcla de gente y clima. De hecho gritar me fue útil, porque al oírme apareció de nuevo el empleado del hospedaje que me había acompañado hasta entonces, quien con cuatro empujones resolvió la situación.

2

EL PULSO DE UNA CARCAJADA

Poco después, mientras avanzaba enganchado a la espalda de mi guía, me llegó nítidamente el borboteo de una carcajada sonora y amplia. Yo no podía, desde mi posición, llegar a ver quién la originaba, pero comprendí que íbamos justo hacia el lugar de donde procedía, incesante y escandalosa, rebasando incluso el nivel del bullicio general. No sabía por qué, pero el rizo de su tono me hechizó extrañamente. Progresamos de forma fatigosa entre el sudoroso contacto de la gente, y por fin dimos ante un enorme montón de neumáticos viejos, aunque eso no era lo relevante; lo que sorprendía de verdad era aquel que había encima de ellos, es decir, el pináculo humano de toda aquella porquería. Él era la fuente incombustible de aquellas risotadas, aquel santón hindú de piel oscura y pelo larguísimo recogido en moños, con enormes barbas canas ocultándole el cuello, con un gran collar de gruesas cuentas rugosas y un taparrabos que apenas cubría lo mínimo de aquel cuerpo sucio de polvo o ceniza. Era como un volcán de locas carcajadas sobre la inmundicia, y su magma, el pilón de ruedas amontonadas en aquel extremo de la plaza. A mí, la imagen me pareció excelente, realmente arrobadora, de una fuerza visual y un contraste contundentes, tanto, que maldije no llevar la cámara fotográfica encima. De cualquier forma, pararnos frente a aquel ser esperpéntico a mi guía ya le parecía bien; de hecho, se podía deducir que me condujo hasta allí de forma expresa, como si aquello formase parte de su recorrido de cicerone. El empleado no comentó nada, se limitó a mirarme y sonreír de vez en cuando, como si me estuviese enseñando el Taj Mahal o acaso un mono gracioso.

Por momentos, olvidé que había ido hasta allí para otra cosa que ver a un santón extravagante y me entretuve sin prisa en aquella contemplación tan pintoresca. Acaso fuese un hombre mayor, pero lo juzgué muy bien conservado, porque tenía un cuerpo firme, de piel tersa y musculatura envidiable, casi atlética; me pareció un cuerpo incluso joven. Pero eso sí, aquel individuo se movía de una forma curiosísima y más que un santón parecía un chimpancé partiéndose de la risa. Con enormes gestos lanzaba los brazos sueltos al aire, mientras mostraba la cavidad de su gran boca abierta, aunque medio oculta bajo la cortina de unos bigotes largos y desaliñados. Sin embargo, lo más curioso de todo era que su risa tenía un ritmo especial y que las absurdas carcajadas iban ondulándose en el aire, de tal forma, que continuaron resultándome hipnóticas. Me hallaba a solo unos metros del santón, cuando miré una y otra vez a mi alrededor, tratando de verificar alguna causa que justificase su inexplicable pelotazo de risa; pero lo cierto es que no descubrí nada susceptible de resultar gracioso. Era sorprendente, además, que en aquellos momentos no me importunase nadie; es más, cuantos circulaban por la plaza, cuerpo a cuerpo entre las paradas, a pie, en motos o en *rickshaws* de bocinas impenitentes, parecían ignorar por completo aquella escena que a mí tanto me seducía. Quizá le tenían ya tan visto que era para la gente como un mueble del paisaje urbano. Nadie, salvo mi acompañante y yo, parecía reparar en el loco de los neumáticos.

—¿Quién es? —le pregunté al empleado del hotel, a lo que este me respondió simplemente sonriendo y encogiendo los hombros, como quien te da a entender: «No sé, pero ¿a que es divertido?».

Tal vez temiendo algo irracional e impreciso, que empezaba a intuir de forma subrepticia, traté de defenderme de la fascinación que me ocasionaba aquel personaje, y para ello me convencí de que se trataba de uno más de los incontables sonados callejeros en un país tan inmenso. No obstante, y pese a tratar de opinar así, no me marché aún y continué clavado frente a la pila de neumáticos, cautivado todavía por la fuerza y la presencia del santón, que se reía con envidiable soltura y unas ganas casi contagiosas. Tanto era lo que se tronchaba que le saltaban las lágrimas de pura enajenación. Sin embargo, al cabo de unos instantes, y de manera imprevisible, paró en seco y se puso a otear hacia la multitud desde su ridícula atalaya. Lo hizo como lo harían un mimo o un payaso, estirando el cuello y el mentón hacia delante y descolgando sus brazos en un gesto muy teatral; luego, parecía estar husmeando algo en el aire, como un perro. Sorprendente. Pero ese silencio fue muy breve, porque tan pronto fingió descubrir mi presencia —de hecho, creo que me controlaba de soslayo desde hacía ya rato—, me miró como un alucinado y estalló de nuevo a descoyuntarse, esta vez revolcándose incluso sobre las ruedas de caucho, igual que un crío revoltoso. Yo estaba tan asombrado por su actitud que no dejaba de contemplarle, porque me parecía un ejemplar único, cuya psicología indescifrable había conseguido capturar la atención de un espíritu tan curioso como el mío. Así, de pronto y con extraordinaria agilidad, el viejo se puso de nuevo en pie sobre los neumáticos. Se quedó ahí quieto y serio, acaso fingiendo ahora ser la estatua de una deidad o algo así —pensé—. Luego, ejecutó un gesto de los dedos sobre la cabeza, extraño pero preciso, hincándolos como una horquilla entre los polvorientos y moñudos cabellos. Supuse que, tras el número, esperaría que la gente le pusiese algún donativo premiando así su juglaría. Sin embargo, comprobé de nuevo que ahora solo yo reparaba en él, porque el empleado ya no estaba junto a mí. Pero no tenía tiempo para preocuparme de eso, puesto que el santón continuaba acaparando mi atención poderosamente. En aquellos instantes me miraba con cierta procacidad, de forma invasiva y molesta. Y yo, que quedé sobrecogido por la ferocidad de sus ojos, di un paso atrás así de intimidado. Por momentos, me llegué a sentir perforado por su mirada. Entonces, y sin dejar de fijarse en mí, fue descendiendo pausadamente de la montaña de ruedas. Tuve la perfecta sensación de que todos los demás seres humanos desaparecieron de repente de aquel escenario, la sensación de que nos quedábamos solos, solos sus ojos y los míos, los que miraban y los que eran mirados. El santón fue llegando hasta mí sin ninguna prisa, manteniéndome en vilo permanentemente. Aunque todo posible encanto se rompió cuando me tuvo al alcance de la mano, pues no se demoró ni un instante en exclamar de forma vulgar: «*Rupi! Rupi!*». Tras esa grosera demostración de intereses, perdió todo interés para mí y se me antojó de nuevo un tipo primitivo y desagradable, de urgencias mediocres e incluso mezquinas. Seguramente pensé con toda la arrogancia occidental, pero de cualquier manera, y como resultado de ese juicio al cual me indujo su pedigüeñería, repentinamente pasé a medirlo con el filtro de las defensas: vi solo a un mendigo callejero al cual nadie hacía ni puto caso, ¿por qué iba a hacérselo yo? El hombre, entonces, dio aún un paso más hacia mí buscando la distancia intolerable, para reiterar la extensión de la mano aún con mayor vehemencia, tocándome ya, y exigiendo un dinero que no estaba dispuesto a darle. Ahora, se le había pasado ya la risa, tampoco me miraba de aquella forma extraña y penetrante, porque al parecer los asuntos perentorios habían tomado el espacio de su mente, de manera que yo era ahora para él un simple turista con dinero en los bolsillos y nada más.

Curiosamente, en cuanto di la espalda al santón loco pareció como si hubiese sonado una alarma permisiva, porque los vendedores empezaron a acosarme de nuevo por todos los costados, lo cual resultaba desconcertante y me agobió una vez más. En tales condiciones, busqué al huidizo empleado del hospedaje, a quien hallé a unos metros de allí charlando con alguien. Le pedí, le exigí, que me llevase de una vez al puñetero locutorio, porque estaba hasta las narices de la visita turística que me había improvisado.

3

VICENTE

Aquel tipo del hotel me dejó frente a un negocio de telefonía y ordenadores como tantos; sospeché que debían existir otros más cercanos que aquel, pero aun así no protesté. El hombre dijo que me esperaría allí fuera para que no me perdiese al volver; me pareció muy bien y entré seguidamente en el local. Esa simple transición me permitió recuperar aquello que transportaba en mi mente, mi mundo, el mundo del cual con demasiada frecuencia huía y al que paradójicamente estaba tan atado; un mundo que ahora me servía para hallar socorro frente a extrañas contingencias. Tenía una mala sensación aquella mañana, estaba confuso y molesto, como defraudado sin saber exactamente de qué o por qué. Aun así, mientras esperaba a que me atendiesen —pues el encargado charlaba por teléfono sin ocuparse de mí— pensaba con insistencia indeseada en aquel patético santón de los neumáticos.

—*Do you have internet?* —pregunté por fin al muchacho, cuando se dignó a despacharme.

Me respondió con un curioso gesto de cabeza, ladeándola sobre el hombro, un gesto que, dada mi inexperiencia en sus maneras, me hizo sospechar que trataba de darme a entender un «depende», o un «a veces», o quizá un «podría ser». Pero nada de eso. Más tarde descubrí que ese gesto de cabeza corresponde a nuestro sí, para el cual nosotros aplicamos una oscilación de mentón al frente. El mozo me hizo luego una señal con la mano, mucho más inteligible para mí, y atravesamos una cortina negra hacia otra estancia contigua. Antes de entrar allí miré hacia fuera: mi sorpresa no fue poca, porque en la puerta no vi al empleado del hospedaje, sino al santón, que había abandonado la pila de neumáticos y me contemplaba desde el exterior del locutorio, untando los morros de forma grosera y obscena sobre el sucio vidrio que daba a la calle. Por si eso fuese poco, en cuanto me apercibí de su presencia, él acometió un ademán procaz, cruzando los ojos y sacando la lengua, ancha y blanca, la cual restregaba asquerosamente sobre la mugre externa de aquel aparador. La estampa era realmente repulsiva, no sabía qué pensar y me repugnaba tanto su gesto como que se quedase allí, esperándose para atosigarme de nuevo al salir. Solo llevaba tres días en la India y ya empezaba a estar harto de los hindúes, que me parecían, por lo pronto, tan pegajosos como un moco.

Entramos en la trastienda. Allí estaba en principio bastante oscuro, pero el mozo encendió unos fluorescentes y pude ver entonces a dos personas que holgazaneaban o jugaban sobre una silla del local, junto a tres ordenadores que aparentaban ser vetustos. Pude llegar a entrever como un muchacho manoseaba a una chica de forma desagradable y brusca, aunque ella no hacía ni que sí ni que no. De hecho, pararon abruptamente de hacer lo que hacían en cuanto atravesé aquella cortina tan cutre, con el agravante de que el joven encargado les echó una bronca de aquí te espero y desaparecieron de allí al galope. Me conectaron una de aquellas roñosas máquinas —que en realidad era más moderna de lo que su estado exterior dejaba suponer—, y tras unos rocambolescos ejercicios de introducción en la red, pude llegar hasta la página donde trataría de poner mi mensaje.

El caso es que Vicente era un amigo homosexual que se había enamorado perdidamente de mí. Yo, que movido por un cierto esnobismo me había dado en ocasiones al flirteo y a la ligereza de la bisexualidad, había cometido el error de ceder a sus pretensiones y enrollarme un par de veces con él. Eso tuvo mayores repercusiones de las que yo pude llegar a imaginar y ahora me sentía culpable de haberlo dejado tan hecho polvo al marcharme y cortarle el rollo unos días antes. De ahí que tuviese la intención, el miedo o la necesidad de enviarle aquel mensaje, en el cual suponía poder explicar lo que cara a cara no tuve cojones de decirle, en definitiva, que en mi caso había sido solo algo experimental, que apreciaba la amistad entre nosotros, pero que lo ocurrido no tenía más trascendencia para mí, puesto que mi conclusión era clara: me gustaban más las mujeres que los hombres, enrollarme con él solo fue un juego, por lo que lamentaba haber herido sus sentimientos. Le iba a decir eso, y que estaba en la India, seguramente durante medio año, que recuerdos, que se cuidase y tal. Para animarlo pensé añadir, además, que admiraba su obra pictórica y que merecía ser feliz y tener a su lado alguien que le supiese querer de verdad. En resumen, estuve a punto de redactar un verdadero tópico de la estupidez moral y el arrepentimiento pueril.

Los sucesos que tanto me afectaban sucedieron en el apartamento de Vicente. Habíamos bebido mucho durante la cena y la ronda de bares consiguiente, por lo que ambos íbamos bastante borrachos. Ese hecho, en realidad, era puramente circunstancial, porque el verdadero conflicto radicaba en la incerteza que sentía respecto de mi propia tendencia sexual. Seguramente por eso odiaba tanto que Vicente me hubiese seducido de aquella manera. Pero lo cierto es que su forma de tratarme era tan femenina, tan complaciente, me llenó tanto, que yo no me opuse a nada y me dejé ir. Mi mente ebria de aquellos instantes juzgó aquello como una trasgresión propia de gente especial, bisexualidad creativa y avanzada, un lícito atrevimiento delególatra esnob. Ese fue el pretexto. Pero para mí, lo terrible era que no me hubiese resultado en absoluto difícil, que mi amigo me hubiese hecho sentir tan hombre, o tan no sé qué, hasta el punto de que temía que la seducción de Vicente hubiese superado la de una mujer.

De hecho, lo de aquella noche tenía algún precedente, puesto que ya nos habíamos medio enrollado una vez con anterioridad —no fueron más de cuatro morreos y unos tocamientos en el rincón oscuro de un pub indefinible—. El camino estaba abierto y eso permitió que nos fuésemos acercando sin límites, hasta que ocurrieron cosas impensables entre las postreras copas de cava, ya en su casa. No recuerdo exactamente cómo se inició lo del sofá, pero en mi momento de mejor conciencia vi que Vicente me había desabrochado ya todos los botones de la camisa y también los del pantalón; luego, empezó a mamármela con una dulzura extraordinaria, era un verdadero experto en hacerlo. Me excité de tal forma que debí facilitarlo todo para que me fuese acabando de quitar los pantalones sin que apenas lo notase y sin que él dejase de lamérmela volviéndome loco de placer, extasiándome con aquella felación tan apasionada. Desear penetrarlo fue solo dejarme ir de la mano de esa pasión; es cierto, aunque recordándolo me daba un no sé qué reconocerlo, como una vergüenza, como un asco. Cuando empecé a acariciarle no sentí el más mínimo rechazo, porque su piel era fina, como sus labios agradables y sensuales cuando nos besábamos. Solo tuve que dejarme ir, así de simple. La lujuria me guió como si estuviese a punto de follarme a la más bella de las mujeres, y lo tuve más que claro. Por eso accedí a su petición: «¡Entra Rubén, penétrame amor mío, entra!». Yo lo hice, lejos de cualquier escrúpulo y animado por el deseo, le hice el amor como nunca antes recordaba haberlo hecho con nadie: le mojé de saliva, le sujeté por las nalgas y le fui penetrando, primero algo temeroso, lento y desacertado, pero luego entrando y saliendo de su culo húmedo y abierto con enorme pasión, mientras él jadeaba y se retorcía de placer sobre los cojines verdes y amarillos.

El inconsciente me jugaba una mala pasada, en forma de rebote desmesurado contra la homosexualidad, algo admitido por mí ideológicamente desde mi disfraz de chico libre y atrevido, pero que mi moral oculta rehusaba de forma contundente y visceral. Por eso me sentía tan mal. De hecho, la vivencia de mi enorme estallido en el culo de Vicente se me antojaba, por mucho que me pesase, un hito imborrable en mi vida. Y es que la segunda vez fue también explosiva, eso era lo que me daba tanto miedo. Ante la evidencia de mis desfases, como en otras ocasiones, traté de convencerme a toda costa de que yo era absolutamente heterosexual, de que se habían acabado los experimentos y de que no me afectaba para nada lo sucedido en una noche loca y etílica, ni tampoco los comentarios picarones que antaño me había hecho Vicente, como por ejemplo, que muchos heterosexuales no sabemos que en realidad somos gays. Al principio me venía con aquello de que: «Lo que pasa es que no lo has probado», y añadía con acento de loca: «¡Nadie te iniciará como yo, cariño!». Con tales premisas el tío me iba tirando los tejos, aunque todo hasta ahí era pura fruslería. Sin embargo, yo sentía miedo, él tenía razón, y tal vez fue ese mismo miedo lo que me tentó a dejarme seducir a la aventura. Yo era así. Sin embargo, todo empezó a ir mal cuando Vicente, loco por mí, reaccionó muy mal a mi decisión de no tener más relaciones sexuales con él. Lo cierto es que intuí desde el principio que se estaba colgando de mí, pero por pura vanidad me dejaba tirar los tejos, jugaba, e incluso se me inflaba el ego como un balón de piscina al sentirme deseado por él. Aun así, jamás sospeché su postrera reacción posesiva sobre mí, ni que después de cortar no dejaría de llamarme, y que me buscaría por todas partes, controlando mis movimientos, ni tampoco que finalmente me vería obligado a acabar bruscamente con cualquier tipo de contacto y eludirle por completo. Entonces fue cuando me hizo llegar su amenaza de suicidarse si yo no reaccionaba.

Aquella situación, entre otros líos que me incomodaban entonces, me pareció insoportable, de manera que huí, huí de Vicente, de Madrid y de todo mi entorno para irme a la India, donde pensé que cesaría mi mala racha. Esa fue una esperanza pusilánime, puesto que obviamente me llevé a Vicente y demás torturas en el equipaje.

En realidad, estaba viviendo una tensión moral y represiva de la que entonces no era apenas consciente, solo la sufría. Aun así fingía torpemente asumirlo todo, y por ende, que me preocupaba más la *depre* de Vicente que mi propio miedo, un miedo que me atenazaba, un miedo que me impulsó furtivamente hasta la India. Por fortuna, nunca llegué ni tan solo a escribir ese correo que pululaba en mi pensamiento, porque en mis dedos, e incluso en mi mente, faltaron el impulso y la certeza, faltó el sentir. Me fui del editor de mensajes desazonado por la tentativa, escondiéndome de mis propias miserias en una absurda navegación por la red, sin propósito alguno, tratando de consumir minutos, blindado en la distancia, como si solo eso fuese suficiente para ahogar el pasado, los momentos que quisiera haber borrado de mi recuerdo.

4

EL LLAMADO

Allí olía bastante mal, y hacía un bochorno sofocante que el lento ventilador del techo era incapaz de paliar. Más adentro aún, tras otra sección de cortinas, se escuchaba un murmullo de mujeres y hombres que discutían, o quizá simplemente hablaban en un tono que hacía suponer lo primero. Aburrido ya de internet, cerré el ordenador y malgasté unos instantes más en reprocharme lo absurdo que había sido llegar hasta allí para nada. Una vez superado eso, y aprovechando que estaba solo, la curiosidad me llevó a acercarme a las cortinas que daban a la siguiente estancia, para ver lo que sucedía allí detrás. Disimulado tras aquella cortina, vi a un grupo de mujeres muy maquilladas que parecían ni más ni menos que putas; una de ellas incluso mostraba parte de sus grandes tetas al descubierto. Al otro lado, un hombre mayor se les dirigía con mezquina disposición; además, y con eso ya me asusté, el desagradable sujeto golpeó a una de las mujeres de un guantazo en la cara, cuyo efecto me pareció más ofensivo y degradante que grave como golpe. Viendo que la cosa iba de tan mala leche, di por finalizado mi espionaje y me alejé inmediatamente de la cortina por temor a ser descubierto. Por lo visto, aquel antro, largo como un churro, debía ser en su reverso un burdel de baja categoría, o algo así.

Ahora sé que cuanto más oscuro se hace el sexo más se aproxima a la violencia; pero entonces lo ignoraba, de manera que me dejaba arrastrar por las ideas más obscenas, peregrinas y confusas. De haber sido en aquellos instantes un poco más sensato, o tal vez más consciente de mí mismo, me habría desentendido de cuanto acababa de ver. Pero mi terrible caos mental me indujo a tomar aquel furtivo espectáculo con un cierto sentimiento de lascivia. Sumido en esa excitación imprecisa de mi mente, percibí un calorcito benigno que me cosquilleaba por dentro. Con ese tosco antojo de lujuria latente, me fui directo hasta el garito de la entrada, donde pagué la conexión breve al precio de una larga, cuyo coste no discutí. Un instante después, al salir a la calle, no vi ni al empleado del hotel ni tampoco al chiflado de los neumáticos esperándome fuera. La ausencia de este último me alivió tanto como me preocupó la del primero: ¿cómo debía volver al hotel? Lo mejor, sin duda, sería tomar un *rickshaw*, aunque diese más vuelta, ¿qué más daba eso si no tenía que andar? Pero en cuanto di dos pasos para localizar uno, esquivando gente, bicicletas y demás, me hallé otra vez justo frente al santón; casi me doy de narices con él. El viejo estiraba el cuello como antes, alargando sus cervicales hasta un punto extraordinario, con lo cual aproximaba sus grandes ojos oscuros y enrojecidos a los míos. Intimidado, traté de retroceder a su aliento en mi cara, pero el claxon de una motocicleta me hizo trastabillar y caí al suelo, con tan mala fortuna que di justo sobre una enorme mierda de vaca completamente pastosa. Por lo pronto, nadie trató de ayudarme; es más, el santón chiflado se echó a reír a carcajadas, señalándome delante de todos con el dedo. Entonces, y gracias a él, más y más gente se fue sumando a la algarabía, producto de mi desgraciado accidente. Me sentía fatal, rabioso, pero aun así no era capaz de levantarme de allí, como tampoco de soportar el escarnio de cuantos se reían de mí, aplaudiendo aquello como el hecho más chistoso y divertido de la mañana. Un bloqueo momentáneo me tenía preso: «¡Cagoenlaputa!», vibró con fuerza en mi mente, mientras apoyaba las manos en el pastel del suelo, para despegar mis pantalones del «divino» presente de una de aquellas vacas sagradas. Alguien, finalmente, me sujetó por los brazos y me ayudó a incorporarme, momento que aprovechó el loco de los neumáticos para acercarse también, burlándose aún de mí. Justo entonces, cuando yo le odiaba tanto por lo que hacía, se puso serio y fue capaz de sorprenderme enormemente, pues me preguntó en perfecto inglés:

—¿Qué andas buscando?

Y yo respondí compulsivo, con cargada y violenta estulticia:

—¡Disfrutar follando, comiendo y durmiendo sin que me molesten, eso es lo que busco! ¿Queda claro?

Eso me pareció una soberana memez justo lo hube dicho, o más bien vomitado. Pero ya había sonado y lo único que me consolaba era que lo dije medio en castellano, medio en inglés y supuse que el santón no lo había entendido bien. Lo cierto es que tampoco disponía de otra respuesta a su curiosa pregunta, ni mejor ni más adecuada, salvo el silencio al cual no supe recurrir. Sabía, eso sí, qué no andaba buscando: su compañía. Pero el viejo, aprovechando mi sufrida contrariedad, replicó veloz a mi irreflexiva confesión con una nueva incógnita, una especie de pregunta rara —su inglés y su dicción, eso sí, eran excelentes y ese detalle me desconcertaba aún más—:

—¿Cuántas veces uno encuentra algo que no busca, y eso es justo cuanto precisaba hallar?

Yo no sabía cuántas veces... Ni qué narices quería decirme con aquello: ¿pretendía que rememorase mi vida en busca de un cómputo de anécdotas curiosas? ¿O que admitiese algo de orden simbólico en el ciclo de mis recurrencias? Fuese como fuese, no aguardó a que yo respondiera y se fue sin más, enigmático, sonriente y haciendo gestos raros con las manos. Se alejó de allí, dejándome obnubilado frente a la furia redoblada de los depredadores de turistas, quienes presionaban una vez más sobre mí. En tales circunstancias, apareció de nuevo el recepcionista del hotel y me dijo que le disculpase, que había aprovechado para ir a hacer un pequeño encargo. Pero a mí, sus frecuentes ausencias no me hacían ninguna gracia, de manera que le dije que me volvía en taxi. Él mismo alzó la mano para reclamar la asistencia de un *rickshaw* a pedales, pero cuando el conductor me vio el culo tan sucio de estiércol no me dejó subir al asiento, por más que mi acompañante trataba de convencerle de que aquella porquería de mis pantalones provenía, ni más ni menos, que de una venerable vaca. En esas, otro conductor hambriento de carrera me invitó amablemente a que le acompañase hasta su propio *rickshaw*, donde me entregó un trapo con el cual limpiar lo peor y más grosero de mis manos y posaderas. Entonces sucedió algo inaudito, de risa, porque el primer conductor, el que no me había aceptado antes, vino a buscarme arrepentido y dijo que ahora sí podía llevarme: ¡genial! Pero, como es natural el segundo hombre dijo que «nanay», porque el trapo me lo había dado él y, por lo tanto, yo tenía que subir a su bicicarro. Hubo un momento en el que cada uno de ellos me sujetaba de un brazo y el del hotel les gritaba improperios sin intervenir decididamente; parecía que yo fuese la última pieza de unas rebajas y varias señoras se peleasen por conseguirla tirando de las mangas.

—¡Basta! —grité recuperando de un tirón mis dos brazos—: ¡Ahora ni el uno ni el otro, ni nadie! ¡Me marcho a pie!

Y así lo hice, pasando de todos ellos. Sin embargo, un poco más allá y desconcertado por los incidentes, me sentí incapaz de localizar el camino exacto de retorno, por lo que me monté en el primer mototaxi que se me ofreció sin que reparase el conductor en mi sucio culo, le mostré a este la tarjeta de mi hotel, que en realidad estaba muy cerca, pero también muy lejos, valorando el laberinto de calles estrechas que era preciso atravesar para deshacer el camino. El empleado, que me seguía, llegó aún a tiempo de introducirse de gorra en la cabina cuando ya arrancábamos, y eso no me hizo mucha gracia, porque después de haberme dejado colgado varias veces cuando le necesitaba, me había tenido que buscar la vida sin él. Aun así no comenté nada; eso sí, le hice morros.

5

LA BÚSQUEDA DEL PLACER

Unas horas después, ya duchado y cómodo en mi habitación, los pensamientos se alborotaban en mi mente. De una parte, y movido por mis pasiones más lujuriosas, trataba de imaginar de qué forma podría visitar un burdel hindú, que por supuesto no fuese algo tan sórdido como lo que había visto en la trastienda del locutorio. Inicialmente, opiné que no era el caso tan urgente como para arriesgarme a coger cualquier enfermedad del vicio, ni para liarme en según qué berenjenales oscuros y peligrosos. Sin embargo, ese riesgo también me excitaba. Tenía tiempo para pensar y mirar antes, tenía condones, y lo que me apetecía era simple: quería gozar del morbo exótico junto a alguna joven hindú, alguien que me permitiese descubrir si lo del «Kama Sutra» era físicamente posible. Esa idea era solo una broma que me gastaba yo mismo, porque en realidad suponía que una prostituta, en la India, iría de cara al grano, como en todas partes.

Sin embargo, entre esos pensamientos ansiosos, se movían los hálitos de otros que no cedían al olvido en mi mente, mezclándose de forma aleatoria e imprevisible entre mis promiscuos propósitos. Me asaltaba con fuerza, entre otros pensamientos difusos, la frase sorprendente que me dejó ir el viejo santón chiflado. Pero lo que me resultaba más sorprendente era que me la hubiese soltado en plan aforismo, y con un acento que parecía puramente de Oxford. Eso era lo más insólito, inconcebible en un vagabundo.

Me había quedado momentáneamente colgado recordando al santón, cuando reaccioné de repente y me descubrí desnudo frente al espejo. Me gustaba lo que veía: los ojos azules y los marcados rasgos del rostro se me antojaban bellos en pleno ataque de hedonismo; los rizos pelirrojos y brillantes adornaban el ancho espacio de mi frente, contrastando con el dorado tono de mi piel; detuve la vista sobre el pecho, ancho y terso, como el vientre, que marcaba la musculatura con detalle; luego me regodeé en admirar mis glúteos de gimnasio: «¡Un culo espléndido!», opiné. Un culo que había sido ponderado por mis amantes como «lo más sexy de todo mi cuerpo sexy». Mi propia visión en aquel reflejo del estropeado espejo acabó excitándome, de manera que dejándome llevar tomé mis genitales en la mano y fui moviéndolos lentamente, suave, arriba y abajo, hasta sentir que su empuje quería escaparse de entre los dedos. Estaba caliente, y el efecto de eso fue una especie de paja lenta y a la postre *interruptus*, porque la suspendí sin llegar al orgasmo. Ir tan salido, de hecho, no me parecía una disposición idónea para citarse con una mujer y poder disfrutar del encuentro, aunque fuese una puta, pero llegar a ella sin el ardor guerrero intacto me pareció aún menos adecuado. La máquina de mis ideas se puso a soñar con pechos, curvas y vulvas, que imaginaba rezumando suero amoroso. De manera que resolví salir aquella misma noche, pero solo a mirar, con precaución, porque me acojonaba un poco pensar en ciertos ambientes sórdidos de la India. Mi idea inicial era ir de visita, preguntar, tomar algo y, solo en caso de verlo muy claro, enrollarme en algún sitio.

Aquella salida nocturna fue algo que decidí frívola e incluso temerariamente, de arrebato. Pero lo cierto es que en la medida que pasó a ser un hecho inminente, me fue produciendo un cierto sentimiento de reparo, casi miedo por la movida que se me avecinaba. Y eso que en aquel momento la necesidad me parecía más que bien justificada, puesto que, según creía recordar, habían transcurrido más de cuatro meses desde mi última relación con una mujer, lo que para mi ritmo habitual suponía una eternidad. Aun así, sexo, lo que se dice sexo, lo había vivido más recientemente, solo que mis últimos tratos habían sucedido con Vicente.

El lance con mi amigo era un episodio que no podía borrar de mi mente por más que lo intentaba, acaso justamente por eso, ya que no era capaz de aceptar lo que había sucedido. Solo buscaba una manera de justificarme, de poder estar tranquilo y hacer lo que me diese la gana sin remordimientos. Así, traté de esforzarme por derivar mi mente hacia otras cosas, por demostrarme que en realidad no me sentía tan mal. Justamente para eso, me centré en seleccionar la ropa que usaría esa noche para salir, regodeándome aún más en lo guapo que me veía. Pero era como una obsesión recurrente, como una canción del verano que, sin gustarte, no te puedes quitar de la cabeza, porque acaso fuera la visión de mis propios músculos en el espejo desconchado, o ese sentirme deseable, un hombre joven y atractivo, lo que hizo aflorar de nuevo a mi mente el insidioso recuerdo de mis relaciones homosexuales, y esta vez reforzado por imágenes aún más claras, las que habían quedado fijadas en mi memoria con indeseada contundencia.

Pese a todo, insistí con tozudez en mi tentativa y escogí de mi maleta una camisa blanca holgada y un pantalón tejano bastante ceñido. El calorcito tropical me invadía, emanaba sexo. Así de espléndido me dispuse para salir a la calle, donde el sudor seguramente empezaría a recorrerme la piel de inmediato, aunque me acabase de duchar. Para resolver ese problema climático, lo mejor en la India parece ser llevar una toalla colgando al cuello, e irse secando el sudor con ella. Ya me había dado cuenta de la utilidad de ese complemento funcional, pero me pareció que sin duda era preferible el sudor, ni se me pasaba por la cabeza, nada de toalla: el pecho debía lucir bien entre los botones desabrochados de la camisa, que para eso lo tenía ancho y bonito. La verdad es que ese detalle me confería una imagen un poco chulesca, sí, lo cual yendo tan salido como iba me pareció adecuado. Si hubiese tenido un cinturón de hebilla ancha, me habría asemejado incluso a uno de aquellos guapetones de Bollywood que primero luchan contra los malos, y luego cantan y bailan con la chica el resto de la película. Por la tele no paraban. Soltaban un verdadero bombardeo de películas de argumento idéntico, en las cuales uno se documenta fácil y escuetamente de cuál es el gusto de los machos hindúes —de aquellos que pueden vestirse, claro—, a saber: grandes hebillas en los cinturones; grandes solapas abiertas y bien dobladas hacia el exterior; pantalones ajustados y un pelo cuidadosamente peinado con raya al lado, marcada y fronteriza. Todo eso, y además unos zapatos magníficos puntiagudos y lustrosos. En definitiva, una estética de «macarroni-italiano-años-ochenta», más o menos. Ese me pareció el patrón de aquel héroe de las películas de Bollywood, el héroe que enloquece a las chicas hindúes. A mí, semejarme un poquito al arquetipo ese me pareció una buena idea para la conexión cultural.

Aunque no lo tenía del todo claro, había salido de mi habitación con un par de gomas en el bolsillo, por si acaso acababa follando. Ya empezaba a imaginar con cierta intensidad la movida en la que me iba a meter. Sentía un excitante estremecimiento por lo que podía esperarme en algún sitio, pese a que me repetía a mí mismo que debía ante todo ser muy cauto, puesto que no era nada casto. Pero lo cierto es que no sabía por dónde empezar a buscar, de manera que mientras circulaba por los pasadizos del hotel llegué a pensar en pedirle a algún encargado de la hospedería que me aconsejase al respecto, aunque desistí de ello, porque me dio corte; prefería preguntarle a un taxista. Así, me propuse explorar por mí mismo, independiente y muy temerario, como si lo tuviese muy claro. Curiosamente y para mi sorpresa, el empleado que por la mañana me había acompañado al locutorio salió a mi encuentro en la recepción, sonriente, y me anunció que en la puerta tenía a un taxista esperándome, gentileza de la Guest House.

—Y ¿cómo sabía que iba a salir? —le pedí extrañado.

—¡Ah! Siempre tenemos a un taxista a disposición de nuestros clientes.

Lo dicho: gentileza de la casa.

Un engalanado guardián, de rizados y larguísimos bigotes, con pintoresca indumentaria y una daga al cinto, protegía la puerta de la Guest House. Mientras aún tenía ciertas dudas, el bigotudo guardián me miraba y sonreía, manifestándome así su amparo en aquellos metros de calle próximos al hotel. Continué aún allí unos instantes más, pensando que todavía estaba a tiempo de no cometer disparates, hasta que me di cuenta de que el conductor de un *rickshaw* observaba mi indecisa situación, interesado por mí. En cuanto le presté atención se acercó, mirando de soslayo al emperifollado custodio de la Guest House, y me preguntó a dónde quería que me llevase. Le miré bien antes de responder. Como fuera que su sonrisa me inspiraba cierta confianza, fui directo, demasiado directo al grano, y le dije indiscretamente:

—Quiero ir a dar una vuelta, y que me enseñes sitios donde haya mujeres, guapas, jóvenes y limpias... ¿Me entiendes?, ¿puedes hacerlo?

Después de largarle eso en inglés, al estilo hindú, creí por momentos que no había entendido ni una palabra, porque iba ladeando la cabeza todo el rato sin responderme, eso sí, sonriente de oreja a oreja. En tales condiciones y para asegurarme, como mínimo, de que no acabaría secuestrado por una guerrilla de talibanes en las montañas del Pakistán, le pedí que me explicase dónde iba a llevarme, cosa inconsistente para alguien que no conoce ni la ciudad ni a quien le va a ejercer de cicerone, pero él se limitaba a sonreír y a continuar ladeando la cabeza. En ese punto, para tratar de resolver la situación con un cierto dominio y de paso ocultar mis temores, le puse cien rupias en la mano, dinero que él guardó en el bolsillo a la velocidad de la luz. Ahora bien, pese al pago por anticipado y seguramente encarecido, antes de responderme hizo aún un inciso para puntualizar que el *rickshaw* era aparte, tras lo cual me dijo:

—¡Sí! Yo conoce las chicas más guapas de la India. Yo lleva a ver buenos sitios, y no caros, sin problema...

Oyéndole decir eso, imaginé ante mí el salón «Puertas del Cielo», pero también una enorme boca de lobo abierta, y yo caminando hacia ella. Pese a lo contradictorio de mis premoniciones, acepté el servicio y subí al vehículo. El taxista, entonces, conduciendo frenéticamente, me llevó de aventura, entre el tráfico aglomerado y el humo irrespirable de las grandes avenidas. Luego, nos sumergimos en callejones cada vez más sinuosos, estrechos y sucios. Me entró miedo, me sentí inseguro e insensato y ahora aquella ansia de aventura no me resultaba ya agradable como lo fue antes, en la comodidad de mi habitación.

—¡Eh! ¿A dónde vamos? —le dije, tratando de controlar la situación.

—¡Ya llegamos, ya llegamos! —repetía el conductor.

Mi corazón latía rápido. Temía, porque lo llevaba todo encima por temor a dejarlo en la habitación, en una de esas riñoneras interiores, tan prácticas, pero tan arriesgadamente precarias en cuanto a seguridad —¡qué torpeza!—, porque todos los ladrones deben saber que los guiris llevamos una empapándose del sudor de la barriga.

6

CHAI

Es aquí —dijo el chófer frenando en seco; casi me como las barras separadoras.

—¿Aquí hay mujeres, mujeres guapas? —le pregunté aturdido, mientras me recuperaba del susto y contemplaba atónito aquella chabola de dos pisos.

—Sí, ¡muy guapas! Pero tiene que esperar momento porque aún no abierto... Yo llevo primero *chai* y habla con encargado, luego entra ver mujeres, ¡sin problema!

—Pero yo no sé si me voy a quedar, ¡solo quiero ver...! —le dije, pero ya no me escuchaba.

El chófer se aproximó a una parada ambulante y me trajo el *chai* que me había prometido.

—¡Tomas tranquilo! Yo viene enseguida, ¡no problema! Yo paga *chai*. ¿Ok?

Así, me dejó dentro del *rickshaw*, en plena calle.

Eran las nueve y veinte. Desde la oscuridad emergían inquietantes personajes que se aproximaban al motocarro para mirarme, sin decir nada. Reinaba una calma tensa que se me hizo molesta, porque pasó alrededor de media hora y el conductor no llegaba. «Seguro que está echando un clavo, que pagaré yo», pensé.

Por fin, cuando ya estaba casi desesperado, apareció presuroso y se disculpó:

—¡Oh! Siento amigo, aún no abierto, ha tenido que hablar con encargado antes, pero ahora ya puede entrar...

Entonces, le acompañé receloso hasta la puerta del antro.

—Aquí, pase, pase. Usted mira y si no gusta lo que hay, yo llevo a otro sitio, no problema...

Ya estaba metido en el lío, de manera que me dejé llevar. Tres chulos con bigote y cara de mala leche bloqueaban el paso en el estrecho y mal iluminado corredor. Llevaban todos, como si se tratase del uniforme de trabajo, pantalones ajustados para marcar paquete. Ahí, el taxista les dijo algo en hindi señalándome y ambos me repasaron de abajo arriba, sin el más leve indicio de estar complacidos por mi visita. No sabía qué encontraría dentro, pero el prolegómeno no era en absoluto amable, ni mucho menos excitante.

—¡Mira, vayámonos! —le dije al chófer viendo el panorama.

—¡No, no se vaya!, ¡puede pasar! —dijo uno de los chulos en un mejor inglés que el del taxista—. Aquí tenemos unas chicas que le gustarán, pero ha de pagar quinientas rupias por entrar, y luego otras mil a la chica.

—Ni hablar —dije—, yo solo vengo a mirar; otro día ya volveré... Eso, si me gustan las chicas.

—Eso no problema: si no gustan, cuando sale devolvemos dinero y ¡ya está!

Protesté solo tibiamente a la propuesta, porque en aquel momento empecé a sentirme intimidado por el ambiente, de manera que me enredaron y acabé pagando, «a cuenta» trescientas rupias que di por perdidas, lo máximo que pude rebajar, y eso por entrar simplemente a mirar las mujeres. Le dejé dicho al conductor del *rickshaw* que me esperase, pactando previamente el precio de espera, claro, aunque no tenía del todo claro que estuviese allí al salir.

7

UN PLACER EFÍMERO

Aquel local era una chocante superposición de objetos y detalles occidentales anticuados, flotando en la chillona estética del gusto hindú. Una generosa suerte de telas y cojines inundaba la sala en la que habíamos entrado; el olor no era de incienso, ni de nada agradable, sino más bien de sudor, humedad y tabaco, un cóctel nada seductor al olfato; carteles de actrices hindúes y norteamericanas ganaban espacio al rocambolesco empapelado de las paredes. En ese escenario visualicé a las putas disponibles del local, iluminadas a medias por bombillas azules que apenas permitían distinguir una multitud de piernas al descubierto, unas piernas y unos torsos que se mecían bajo aquella extraña e impropia iluminación. Aquellas mujeres, casi amontonadas, parecían emerger del sopor de la hibernación para empezar a ofrecérseme sin ganas y con poco arte. Y como aliño de la escena, todo ese nutrido ambiente se acunaba en el poso de una cierta suciedad e indisposición, diría que casi al límite de lo admisible para un tipo como yo, que sin llegar a ser escrupuloso tenía mis resabios de orfanato pulcro y familia postiza, pero remilgada. Con todo, cuando me hice al tufillo, aquel lugar me resultó menos repulsivo de lo que me había parecido inicialmente desde afuera. Dado por instantes a mi aspecto más humanitario, pensé en los dramas personales que debían ocultar cada una de ellas bajo la fachada que me mostraban.

Elegir fue fácil de entre la decena de prostitutas que allí había, porque la mayoría eran entre bastante y muy feas. Pero había dos que me gustaron e impulsivamente decidí quedarme, ya liado como estaba, y llevármelas a la cama —¿habría cama?—, ¿por qué no? Eran las más jóvenes y bien formadas; ninguna de las dos debía exceder los veinte años, juzgué, lo cual era aún una apariencia a la escasa luz de aquel salón. Una de ellas era negra, no demasiado guapa, pero bajo aquellas luces me pareció bastante sexy; la otra era de piel más blanca, delgada, más alta y muy guapa. El chulo me apremiaba y yo, mientras se las señalaba, le dije que sí, que aquellas dos juntas, pero que me arreglase el precio, a lo cual él se negó, aunque tras insistir consintió en una rebaja insignificante. Lo cierto es que yo iba tan subido que tiré la casa por la ventana, por así decirlo. Entretanto, las dos chicas ya se me habían acercado y empezaban a tocarme, con lo que el cerebro dejó de funcionarme y solo pensaba en follar con ellas como fuese y donde fuese.

No era la primera ni segunda vez que me enrollaba con más de una tía, ni siquiera la cuarta que lo hacía con prostitutas, sin embargo, aquel ambiente me inquietaba y me sentía poco relajado. Por suerte, las chicas supieron cómo tratarme de inmediato, de manera que mientras recorríamos ya el largo pasadizo por el que me conducían hacia las habitaciones, la chica blanca, quien por cierto tenía unos enormes y preciosos ojos verdes, apoyó su cabeza sobre mi hombro y buscó la entrada de mi camisa para acariciarme el pecho. El gesto sensual de sus dedos resultó delicadísimo, impropio de una prostituta; sus caricias tan dulces me hicieron reaccionar la piel y sentí escalofríos, por eso acerqué mis labios a su boca y quise besarla, pero ella me rechazó girando el rostro. Yo entonces, algo ofendido por su rechazo, me dirigí a la otra y le robé un beso, en el que la morena tampoco me mostró la más mínima pasión.

Tras el desatino de los besos en el pasillo, las chicas me introdujeron en una habitación francamente repulsiva: todo allí estaba desordenado y sucio; olía a humedad y miasma. Molesto, les pedí ir a otro sitio, porque en aquel cuartucho no se me ocurría cómo podría llegar a sentirme relajado para hacer el amor; las chicas accedieron, llevándome a continuación justo enfrente, a otra estancia simétrica a la anterior que no era mucho mejor, pero que por lo menos no olía tan mal y tenía ventilador. En cuanto entramos, las dos prostitutas empezaron a quitarse la ropa según la exigencia de un servicio rápido, pero yo las detuve, porque tenía ganas de un poco de erotismo, que para eso pagaba tantas rupias por ellas. Parecían divertirse con mi actitud finolis y sonrieron, se miraron y dejaron que hiciese a mi antojo, de manera que tomé confianza en aquella intimidad e inicié la expresión de mi lubricidad. Empecé por el culo de la negra, tirando de la cremallera de su faldita de cuero hasta descubrir lo más prominente de sus espectaculares nalgas. Viendo eso se me puso el instrumental al máximo, la sujeté por la cintura y la aproximé a mí con fuerza para presionar sobre la curva de su pubis mi erección. Quise darme tiempo, me frené y miré a la otra chica, quien me bajaba los pantalones lentamente y me acariciaba el culo; me di cuenta de que estaban tan dispuestas a follar y acabar pronto la faena que quise remediarlo intentando reducir mi propia excitación, cosa bien difícil, dadas las circunstancias. Cuando contemplé a la chica negra al descubierto, observé que era incluso más joven de lo que pensaba, acaso no tenía más de dieciséis años, pues sus pechos eran tiernos, turgentes y casi inmaduros, lo cual, pese a estar algo llenita, me generó aún más deseo por ella; la otra debía tener entre veinte y treinta, pero era preciosa, tenía un cuerpo más estilizado, acaso demasiado delgada, pero de pechos generosos. Era fantástico, pues las tenía ya a las dos sobre la cama, esperando que me uniese a ellas, y yo dilataba un poco más aquella contemplación entre sus risitas pueriles, tal vez burlescas, pero no me cabía duda de que yo les gustaba, por más que me viesen acaso ridículo así, erecto como un fauno frente a la cama y mirándolas sin hacer aún nada.

Follé con ambas hasta la saciedad. Salía de una y entraba en la otra, por delante, por detrás, mientras besaba a una penetraba a la otra y le azotaba las nalgas como un loco. Luego, escenificaron ante mí una divertidísima pelea por mamármela; me lo pasaba a lo grande, porque acabaron pactando y haciéndolo las dos a un tiempo, y luego a turnos: mientras una me lamía los testículos, la otra se comía todo lo restante, y yo mirándolas desde el respaldo de la cama, como si fuese una película porno, pero con un lujo de sensaciones que me desbordaba de placer. No sé durante cuánto tiempo nos estuvimos enrollando, pero llegados a ese extremo de la felación a dúo ya no podía más y finalmente estallé como un volcán: eyaculé tanto, tanto, que no cabía en el condón y parecía que este fuese a reventar como un globo demasiado hinchado... ¡Qué barbaridad! Me quedé absolutamente deshecho, flotando, tuve que suplicarles que dejasen de hacerme cosas porque ya no podía más. Tras eso, las dos chicas se dejaron caer conmigo sobre las sábanas; nos aflojamos así los tres juntos en la cama, abandonados y revueltos, mojados de sudor y de sexo.

En aquel ocaso de somnolencias las chicas continuaban sin tener prisa; me pareció curioso. Yo, por supuesto, tampoco la tenía. Sospeché que, más que estar cómodas conmigo, preferían escaquearse un rato, antes que ser obligadas hacer a otro servicio a la voz de ya. Seguro que de una forma u otra para ellas el salario era el mismo y los únicos interesados en acelerarlo todo eran los chulos, quienes pese a decir que la mitad era para la chica, finalmente lo cobraban todo.

En medio de tan difusos pensamientos, alguien golpeó la puerta con cierta violencia. Me levanté como tirado por un resorte y me puse los pantalones a toda prisa. Quien quiera que fuera, vociferaba desde el pasillo no sé qué en hindi. Curiosamente, las dos chicas parecían no inmutarse en lo más mínimo por el griterío que a mí me ponía tan nervioso. Estaban aún desnudas y tumbadas boca abajo sobre las sábanas; sus piernas se entrecruzaban en blanco y negro, con las caderas sueltas y los brazos extendiéndose armoniosamente junto a los cabellos, que se esparcían mezclados sobre la almohada: pese al requerimiento y la insistencia de los de fuera, tuve un momento para contemplar el espectáculo visual que ofrecían y que me pareció maravilloso, tanto que me habría quedado allí, acurrucado entre las dos y formando parte de aquel excelente juego de cuerpos abandonados, de la somnolencia, de aquel unísono y delicioso momento que no pasó de ser furtivo, demasiado fugaz. Lástima de aquellos pesados, que venían a romper la bondad infinita de aquel instante.

No había aún acabado de vestirme cuando uno de aquellos tres pintas de la entrada irrumpió sin más ni más en la habitación. Fue muy desagradable: al entrar, me miró con mala leche y seguidamente comenzó a arremeter contra las chicas, a quienes gritaba y apremiaba con violencia, estirándoles de la sábana para que se desperezasen. Aquel tipo las hizo vestirse a la voz de ya. Parecía pretender, sin darles siquiera tiempo para limpiarse un poco, tenerlas dispuestas para otros clientes, y probablemente lo logró, pues las dos chicas salieron a trompicones de la habitación y desfilaron por el pasillo a toda prisa sin ni siquiera mirarme al pasar. Acto seguido, el tipo fue a por mí: se me dirigió con todo el oficio de su chulería, sujetándose con una mano el paquete y mirándome con las mismísimas malas pulgas de antes. Sin duda, trataba de intimidarme con bastante acierto; el otro pinta, mientras tanto, aguardaba en la puerta.

—Más tiempo, más dinero —dijo el macarra.

—No dijimos nada de tiempo... ¡Tampoco hemos estado tanto! —aduje, mientras por la puerta aparecían otros dos compinches más; ya eran cuatro.

—Más de una hora, es doble dinero... ¡Cuatro mil rupias!

—¿Qué hora? ¡No he estado una hora! —dije.

Lo cierto es que a esas alturas empecé a acojonarme, pero de verdad, porque uno de los tipos de la puerta había sacado una navaja y se limpiaba las uñas con ella en un ademán del todo inquietante.

—No llevo tanto dinero, solo os puedo dar tres mil, es todo cuanto tengo...

Había separado el dinero hindú en un billetero que puse en los pantalones, pero llevaba toda mi documentación, los *travel chec*, el billete de avión y algunos dólares en la riñonera. Abrí el billetero y les di todas las rupias que llevaba, más de tres mil. Pero no les pareció suficiente y uno de ellos tiró de mi camisa para sacarla de los pantalones. En cuanto vieron la riñonera me obligaron a quitármela, lo extrajeron todo y se quedaron inmediatamente con los trescientos dólares que llevaba en efectivo. Por fortuna, me devolvieron la documentación y los *travel chec*, dejándome con eso por fin en paz. Me quedé tan cortado que no fui capaz de rechistar, ni amenazar, hundido y confuso, no pude decir nada. Del placer al mal rollo absoluto solo hubo un paso.

8

NADA

Después de aquel robo sin paliativos en la habitación, salí de nuevo al salón donde se ofrecían las furcias escoltado por el tropel de chulos. Había ahora allí un par de hindúes con aspecto de clientes que festejaban a dos de aquellas mujeronas; mis dos chicas habían desaparecido del escenario y quizá cumplían ya servicio con otros hombres. Pensé de forma peregrina y sensiblera que seguramente no las volvería a ver nunca más. Pero el jarro de agua fría que me habían echado me hizo despertar de cualquier sueño seudoromántico. Desanimado, calculé saliendo de allí que lo de aquella noche me había salido no solo por una pequeña fortuna, sino también por el precio de una grave desilusión, porque lo que acababa de hacer no era ni exclusivo ni reconfortante. Tampoco demostraba nada respecto a mi virilidad, exceptuando que me excitaban las mujeres, cosa que ya sabía, y que me las había podido follar a las dos, cosa que tras el incidente no me consolaba en absoluto. Deplorable. En aquellos momentos mis dos concubinas se habrían olvidado ya de mí en la continuidad de su oficio de putas. Solo me aliviaba el hecho de que, como mínimo, estaba sano y salvo y tenía la documentación y los *travel*.

Cuando llegué a la calle había algunos vehículos en la puerta de aquella mancebía, un coche y varios *rickshaws* que se me ofrecieron, pero tras lo sucedido allí dentro los tuve que rechazar a todos de forma muy concreta y convincente: no tenía nada para pagarles, «*nothing of money!*». Comprobé, sin sorpresa, que quien me llevó hasta allí ya no estaba entre ellos: normal. Posiblemente el conductor pasaría en otro momento a recoger su parte del botín, o tal vez había cobrado ya de los macarras, porque yo no le había pagado nada, salvo las cien rúpias de anticipo en la puerta de la hospedería. En cualquier caso, su participación olía tan mal como todo lo otro.

No sabía qué hacer. Denunciar algo así a la policía hindú debía ser complicado de por sí, pero aún más tratándose de una casa de putas. Taciturno, eché a andar por aquella oscura callejuela llena de gente que dormía en los portales, en los escalones o en camas de estera sacadas a la calle para aprovechar el frescor de la noche. Unos pasos más allá, hallé un grupo de hombres en torno a un fuego que habían prendido allí mismo, al pie de una pared. Vi junto a ellos dos o tres *rickshaws* de pedales y, aunque no tenía dinero, me acerqué con la esperanza de que alguno de ellos me condujese hasta la Guest House. Aquellos hombres no hablaban casi nada de inglés, pero por fortuna la referencia de Connaught Place sirvió para hacerles entender que mi hotel estaba cerca de allí. Tras una negociación entre ellos, se levantó un joven de entre el círculo que, de cuclillas, formaban en torno al fuego. El chico tomó una de las bicicletas y me ofreció su asiento. Por fin, una vez montado a lomos de aquel lento artefacto, pude respirar hondo el aire cálido de la noche en las calles de Old Delhi. En el hotel podría cambiar un cheque, pagar el *rickshaw* y disponer nuevamente de dinero en efectivo. En tales condiciones me sentía ya salvado y volví a pensar que, pese a todo, había salido relativamente airoso de la aventura, pero también me juré que, después del palo que me habían dado, en adelante sería cuestión de andarme con más precaución y por supuesto reducir un poco el presupuesto general del viaje.

9

CAFÉ CON LECHE Y TAROT

Un tremendo ruido me despertó bruscamente en la habitación donde me hospedaba. Me levanté de la cama de un brinco —otro brinco—, me vestí de cualquier forma y salí aterrado al corredor, desde donde pude ver a un grupo de obreros que, provistos de martillos hidráulicos, reventaban el pavimento del gran patio central, ¡a las seis y treinta de la mañana!, ¡infernal! Como yo, otros huéspedes se fueron asomando a la barandilla que daba al patio en sucesivos pisos de altura; todos los clientes, perfectamente compenetrados, empezamos a entonar un grito enorme de indignación, capaz de sobrepasar el horroroso estruendo de aquellas máquinas. Los obreros pararon y miraron hacia arriba; por lo menos éramos treinta los que los increpábamos, despeinados, legañosos y molestos porque no podíamos dormir. Entonces, uno de los trabajadores fue a por el encargado del hotel, quien momentos más tarde nos pedía disculpas desde el centro del patio, como si se tratase del presentador de un circo excusando los problemas del espectáculo frente a las gradas repletas de público. Adujo que había un grave problema en los desagües generales y era preciso arreglarlo cuanto antes. Creo que todos nosotros llegamos a imaginar por un momento el efecto de un hotel entero embozado, donde todos los servicios rebosarían excrementos. Al parecer, ante esa premonición espantosa algunos decidieron cambiar de hotel inmediatamente, los más listos y previsores; pero otros, como yo, simplemente nos levantamos antes de lo previsto —qué remedio nos quedaba—, deseando que encontrasen cuanto antes el problema y acabasen con aquella movida ensordecedora. Por lo demás, la Guest House no estaba tan mal.

Había dormido apenas dos horas, pero me tuve que ir a desayunar lejos de allí, y además a pie. Ya por el camino, y eludiendo pedigüeños —cada vez tenía más práctica en hacerlo—, recapitulaba sobre lo ocurrido la noche anterior. Todo había pasado de ser placentero y maravillosamente excitante a mezquino, deprimente y ruinoso; y lo peor de todo era que el sabor que me había quedado era claramente amargo. Más que el haber ido de putas, me reprochaba el hecho de haberme quedado en el primer local al que me condujo un desconocido, cuando en realidad había salido con la intención preferente de echar una simple ojeada. Creía que todo había sido culpa de la ansiedad, por la que me precipité de forma insensata a un antro de lo peor. Lo cierto es que me sentía, a parte de somnoliento, bastante bajo de moral, por eso se me ocurrió que si no cambiaba de parecer, o cambiaba mi suerte, tal vez me marcharía de la India mucho antes de lo previsto. Sin embargo, no era aquel el momento apropiado para decidirlo, porque aún estaba excesivamente espeso y molesto.

Momentos más tarde, y pese a los pesares, constaté que no todo era tan malo, pues tomaba café con leche plácidamente en una terraza sombreada por una magnífica pérgola. Era domingo, todo estaba tranquilo y además no hacía tanto calor como en días anteriores. En aquel estupendo restaurante del centro de New Delhi, además de *lassi* y té, incluso tenían cruasanes, un poco raros, pero que se parecían bastante a los nuestros y estaban buenos: todo un lujo en la India, eso sí, a precio occidental. Intentaba relajarme desayunando, olvidarme de las cosas que me habían pasado, que no daban como para un guión romántico, y empezar a disfrutar ya de mis días de asueto. Esa era mi renovada intención. Sin embargo, mi mente no estaba lo suficientemente confortada y daba vueltas sin parar, hasta derivar de nuevo en el viejo loco de los neumáticos. En especial, me sobrevino la frase misteriosa que soltó antes de marcharse. ¿Cómo lo había dicho? No conseguía recordar su pregunta, o su aforismo, con exactitud: algo así como que «quien encuentra lo que no busca es porque no había buscado lo que necesitaba». No. Era más bien que: «Algunos encuentran justo lo que necesitan, aunque vayan buscando otra cosa». Sí, creí recordar que era algo así, pero como si me interrogase al respecto. Lo que sí recordaba con perfecta exactitud era el tono y la fuerza con que pronunció sus enigmáticas frases, como si yo tuviese que responder a eso en algún momento, o entender algo determinado, preciso, personal. No sabía por qué me obsesionaba tanto el encuentro con aquel chiflado, si los había por todas partes. Pero no podía evitar que continuase deambulando por mi mente, de modo que me fue fácil ponerme a pensar al respecto haciéndome ciertas cábalas, como por ejemplo, que la afirmación implícita en lo que me dijo parecía referirse al destino de cada cual, aunque de forma general y difusa. Sin embargo había algo más, algo raro: yo tenía la extraña e ineludible corazonada de que aquel encuentro no había sido de ningún modo casual, ni siquiera fortuito, que lo que me dijo aquel viejo guardaba de alguna manera relación exclusiva conmigo y, por ende, con los hechos que me ocurrieron en la noche, cuando fui al prostíbulo buscando hacer realidad alguna fantasía erótica. Si el viejo era una especie de vidente, o algo así, cabía la posibilidad —proseguí, dándole a la nuez— de que se refiriese a lo de la mañana anterior, es decir, mi necesidad de justificarme con Vicente. Sí, también podía ser eso, puesto que ese fue el pretexto baladí de mi desplazamiento hasta aquella plaza, e incluso, entre otras cosas, de mi huida de Madrid. Tenía la inusitada convicción de que algo encajaba perfectamente, ya que, fuese como fuese, busqué lo que no me convenía, es decir, una falsedad, un equívoco que entonces empecé a ver claro. Ahora faltaba ver el «por qué» auténtico de mi viaje, si es que lo había. Mi tendencia innata a sobrenaturalizar los asuntos afloraba en aquellos instantes en abundancia. Pero como buen géminis no tardé, sin embargo, en defenderme de esas posibilidades misteriosas, y aun valorando los hechos con respeto traté de tocar con los pies en el suelo, por lo que me pareció una majadería creer que el santón hubiese adivinado lo que me iba a suceder, y menos aún las motivaciones de mi viaje.

Siempre había creído en la adivinación, la inexistencia de lo casual y la relatividad del tiempo, pero tampoco me chupaba el dedo, de manera que esas premisas que parecía haber acertado el santón y la asimilación a los hechos consiguientes de mi vida me parecieron puramente flexibles y contingentes, tanto como lo pueden ser las predicciones del horóscopo en el periódico: a una tópica descripción generalizada, el vividor de turno añade de propia ilación aquellos detalles que hacen de la predicción algo aparentemente personal, pero que en realidad, y aunque coincida con los sucesos posteriores, es puro embauco. Sin duda —pensé—, se trataba solo de un aforismo puramente flexible, que como un traje de goma a cualquiera le podría ajustar en su talla.

De cualquier forma estaba deprimido, sí, y descontento por lo de la noche anterior, por la pérdida del dinero, por los miedos perennes de mi vida y por muchas otras cosas que no me agradaban de mí mismo. No es que me pareciese feo, en sí, el hecho de irme de putas, ni demasiado libertino, sino más bien desatinado. Siempre la cagaba, porque siempre me repetía y perdía en actitudes temerarias, obligado a tener que demostrarle algo a alguien, a un fantasma que abrumaba mi mente fuese a donde fuese, quizá a un padre que nunca conocí, o al director de un orfanato al cual odiaba. Lo malo no había sido el hecho en sí, que fue gozoso, sino el molesto gorgojeo interno que me inducía a la tensión, al lío y a la desgracia, cosas que me sucedían demasiado a menudo, porque era un verdadero especialista en meter la pata. Llegué a pensar que tal vez sería mejor proponerme, cuando sintiese deseos de ir hacia la izquierda, girar sistemáticamente a la derecha y viceversa, sin dudar que así daría en el clavo. Entre tales cavilaciones, recordé de manera abrupta algo que había leído años atrás, un texto místico que hablaba de «los destinos secretos». Aquel libro, del que no recuerdo apenas más que ese concepto, apuntaba que en la trama de nuestras respectivas vidas conocemos solo el factor superficial de los actos, y que tras cada uno de nuestros pasos subyace una verdadera razón, la cual nos impulsaba a experimentar cosas determinadas, cosas que nunca o casi nunca coinciden con nuestro propósito consciente. Me sorprendía ese recuerdo, porque equivalía en cierta manera a lo que el santón me había insinuado con su enigmática cuestión.

En el fondo, esa insinuación de cosas ineludibles, justas y correctas, me generaba un gran rechazo. A mí, en aquella época, hablar de cosas «correctas» me enervaba en sumo grado; era una cuestión de principios. Tenía treinta y cinco años, y aún consideraba que debía permitirme muchas, muchísimas incorrecciones, por lo cual dejaba la corrección para el retiro. Pero mi mente se parecía entonces más a una tómbola llena de premios posibles y curiosamente era, además de cabezota, supersticioso. Por ahí se me debía colar el maniqueísmo más tenso y molesto, sobre todo, como aficionado que era a consultar el tarot para tomar ciertas decisiones. Aquel día me tiré las cartas allí mismo, después de despejar un poco la mesa. Me entró la urgencia de hacerlo, ya que los últimos acontecimientos me parecían a todas luces el aviso de algo importante, y no sabía aún qué. Surgió una tirada interesante: interpreté que la carta de «El Diablo» me indicaba las tendencias recurrentes a las que me sometía aquí y allá. A la derecha, «El Ermitaño» me invitaba a seguir la tenue iluminación de su candil hacia panoramas más prósperos para mi espíritu; abajo, en ese pasado que se quedaba atrás pero que transportaba en mi maleta, estaba la duda que sugerían «Los Amantes», y arriba, tratando de definir un futuro incierto, salió «La Torre», derrumbándose mientras sus pequeños habitantes caían al vacío. La carta central fue la última que giré: era «La Muerte». Sentí un *glups* atravesándome la garganta, no porque intuyese un inminente peligro físico para mi vida, sino porque aquella corazonada extraña e ininteligible, aquel temor impreciso, se vio reflejado en esa carta de forma instantánea.

Poco después, acaso impelido por la lectura del tarot, me fui de allí decidido a volver hasta la plaza donde descubrí al loco de los neumáticos. Quería conversar con él, conocerle, porque intuí que tenía algo más que decirme. ¿Por qué yo entre tantos otros? No lo sabía. Acaso lo hacía cada día con gente distinta, quizá les decía a todos los turistas la misma frase, más ridícula que profética o trascendente, y por eso la pronunciaba tan bien. Pero no eran solo las palabras, era también algo en el extraño brillo de sus ojos; había escrito en ellos una especie de reto, o algo más. Por eso tomé inmediatamente un *rickshaw* y me hice llevar hasta allí, cosa compleja, ya que no tenía demasiadas referencias para hacerme entender por el conductor. Sin embargo, guiado por un formidable instinto hindú de localización, aquel chófer de gran turbante y espesa barba me llevó hasta allí con solo darle dos detalles: primero, que era un mercado, y segundo que en la plaza había un modesto hotel llamado Shankya.

10

EL DISCÍPULO

El taxista me dejó justo frente al hotelucho de referencia, mostrándome con la mano el rótulo que indicaba «Shankya Hotel», para que no le pusiese ninguna objeción. Pagué y me bajé del motocarro esperando, con solo poner un pie en el suelo, recibir la presión de vendedores, vagabundos y charlatanes. Pero no fue así. La plaza estaba mucho más vacía que el día anterior, tal vez porque era más temprano, o acaso porque no era día de mercado y había menos paradas. En un principio, el lugar me pareció distinto; me sentía tan fuera de lugar que llegué a pensar en la posibilidad de que aquel hotel fuese otro con el mismo nombre, y por tanto, aquella fuera otra plaza. Aunque las dudas se disiparon inmediatamente, cuando al otro lado del lugar pude visualizar la pila de neumáticos, y sobre ella al santón, quieto como una momia maya. Con cierta inquietud me fui aproximando lentamente hasta allí, caminando sin que nadie me interrumpiese, para detenerme luego frente al pilón de caucho, sobre el cual reinaba aquel exótico ser. El viejo tenía el cuello tan estirado como un lagarto, con el rostro dirigido hacia el sol, y los brazos relajados en una postura de yogui. Sostenía en una de sus manos una pipa larga, de esas que se usan para fumar hachís. Repentinamente, el santón bajó el rostro y abrió unos ojos enrojecidos de fumar, supuse, buscándome directamente como si ya supiese que yo estaba allí, justo allí.

Mientras eso sucedía, un niño requirió mi atención tirándome de la camisa: observé cómo se reía de mí, y más tarde cómo miraba al viejo buscando su complicidad. El santón entonces se fue añadiendo a la risa del niño, de a poquito, pero al cabo de unos instantes ambos se reían de mí a carcajadas. Otra vez se reían de mí, ¡se reían de mí! Una vez más la guasa, como el otro día al caerme sobre la mierda. Me pareció intolerable, aunque hubiese ido hasta allí por mi propia voluntad, porque, a la sazón, se estaba empezando a formar nuevamente un corro de animados espectadores, quienes también se mofaban de mí divertidísimos por algo. Pero ¿qué?, ¿qué pasaba conmigo?, ¿de qué se reían? El otro día me había caído sobre una mierda, eso tenía gracia para ellos, había algo de lo que reírse, ¿pero ahora qué? Me quedé atónito, o tonto, no sé, en cualquier caso tremendamente confundido, porque no alcanzaba a entender lo que estaba sucediendo. Seguramente, en aquellos instantes encarné una pura caricatura de imbécil, mientras veía que más y más gente iba entrando en la algarabía. Mi susceptibilidad hizo mella, me sentí violento y decidí marcharme de allí inmediatamente para librarme de aquella situación reiterativa e insidiosa. Con tal intención, quise abrirme paso entre el grupo de gente que se había congregado en torno a mí, pero no pude zafarme, porque la gente me empezó a empujar febrilmente hacia la pila de los neumáticos. No podía escapar de su cerco, ni mucho menos entender su reacción unísona, por lo que me abrumé absolutamente. Con todo, y aprovechando la avalancha que me llevaba, el santón, que había descendido, me tomó por el brazo y empezó a estirarme también hacia la mugrienta acumulación de caucho. Desconcertado por aquella rocambolesca situación, finalmente no pude sino ceder y ser arrastrado por la muchedumbre sin opción alguna. Ayudado por los demás, el santón chiflado me condujo, desalentado, hasta lo más alto de la pila, mientras la gente gritaba cosas, como quienes estimulan al gladiador a enfrentarse con las bestias. La verdad es que no sabía si aquellas gentes estaban divertidas o enfurecidas: mi desconcierto era tal, que no fui capaz de discernir ni siquiera eso.

—No te preocupes —me dijo entonces el santón en un pulcro inglés—, la gente está contenta, celebran conocer a mi nuevo discípulo...

—¿Nuevo discípulo? Yo no soy ningún discípulo, ni quiero serlo, ¡deje que me marche de aquí!, ¡ya he tenido bastante por hoy!

—¡Relájate, cachorrito! Todos esos me conocen muy bien, y ahora te aclaman porque tienen la suerte de verte en persona. No se te ocurra hacerles un despecho, ¡salúdales, muéstrales tu satisfacción por estar aquí arriba, junto al *sadhu* más grande de la India! Ese soy yo, ¿entiendes? Sri Yusâidhan Maheshwaraji, el rey del mundo. Estar a mi lado tendría que ser un motivo de júbilo para ti... Creo que deberías besarme los pies, ellos lo verían bien...

De pronto, mi indignación volvió a crecer y me dio alas para responderle.

—¿Los pies?, ¿pero qué dice? Tal vez sí que es el rey, ¡el rey de los «majaras-maharachis»! Y ahora, ¡yo me marcho! De hecho, no sé por qué he venido.

—Yo sí —añadió el santón.

Traté de hacerle caso omiso y me fui desplazando penosamente neumáticos abajo, mientras la gente que rodeaba la pila aplaudía al unísono y entonaba no sé si elogios o vituperios incomprensibles para mí. Una gran escena. Yo, me tapé las orejas, tropecé con un neumático desperdigado y caí de bruces: carcajadas. Me levanté y traté nuevamente de abrirme paso entre la gente, solo deseaba una vez más huir, huir de allí también. Siempre huía. Esta vez tenía la determinación de olvidarme del santón y no volver más por aquel lugar, pues pensé con determinación que se había acabado el tiempo de seguirle el juego a aquel chiflado y de liarme en historias raras una y otra vez. Pero, mientras forcejeaba con la gente de abajo, quienes trataban de impedirme abandonar el círculo, el *sadhu* aprovechó para soltarme otra de sus aseveraciones enigmáticas, aunque en esta ocasión tan ajustada a los recientes acontecimientos de mi vida que logró dejarme helado:

—¿Piensas que ya eres suficientemente hombre por haber podido con dos mujeres tú solito? No era tan difícil, te ayudaron mucho... Y tuviste suerte, ¡si se hubiesen soltado como verdaderas hembras, se te comían vivo! ¡Ja, ja, ja! No tienes aún ni idea de lo que es una verdadera mujer, ni tampoco un verdadero hombre...

Al oír eso me quedé paralizado. Tan solo fue oportuno irme girando lentamente hacia el viejo, que se había quedado a mis espaldas. Que dijese eso ocasionó en mí una impresión brutal, tan rotunda que fue como si todos los demás desapareciesen de la escena y nos quedásemos a solas, él y yo otra vez, mirándonos directamente a los ojos como ya sucediera en otra ocasión.

—¿Cómo puedes saber lo que me ocurrió anoche? —dije con voz pobre; los demás se habían callado—, ¿me han estado espiando?, ¿o es que conoces al conductor del *rickshaw*? O no, a las putas, conoces a las putas, o a los que me robaron, o a todos ellos, tú también cobraste algo, como el taxista, ¿no es cierto?

—¡Vaya! —respondió el santón—. ¿Te pones nervioso, eh? ¡Buen síntoma! En realidad aquí nos conocemos casi todos, Old Delhi es como un pueblo inmenso.

Mientras me decía eso, se ocupaba también de que la gente, agolpada y atenta a nuestra conversación, no me apretujase, tendencia esa innata en los hindúes. Era del todo sorprendente constatar el respeto que le profesaban al viejo: a uno de sus gestos alzando la mano retrocedían todos, el *sadhu* mostraba una autoridad impresionante y eso no era normal, porque un vagabundo vulgar jamás entona un inglés tan espléndido, ni se expresa refinadamente, por mucho que le convenga, ni domina a las gentes de la calle de esa manera, como tampoco adivina el futuro, ni sabe qué te ha sucedido, así, por las buenas y sin haber estado presente. Seguramente —pensé—, poseyendo una influencia tan notable sobre aquellas gentes dispusiese de informadores o compinches... ¡Pero vamos!

Era increíble, surrealista, ¿qué hacía un tipo así encaramado sobre aquellos desperdicios inmundos, medio desnudo, carcajeándose y fumando *chiloms* de hachís en plena calle?

11

LA FURIA

L legué a la conclusión de que lo mejor que podía hacer, teniendo en cuenta que ya me habían robado una vez, era marcharme cuanto antes a la hospedería, recapacitar y acaso planear salir de Delhi cuanto antes, para dejar atrás los malos rollos que me estaban aguando el viaje.

Había conseguido salir del cerco con cierta facilidad en cuanto el *sadhu* consintió en que me dejasen marchar, sin que yo fuese capaz, pese a mi perplejidad, de objetar nada respecto a la sorprendente clarividencia del santón. En el colapso de mis ideas creí oportuno dejarlo todo así, sin tratar de esclarecer nada más, para olvidarlo definitivamente y cuanto antes. Con ese propósito me alejé de aquella gente tan rápido como me fue posible, sin volver la vista atrás. Mi objetivo era tomar un taxi para solventar mi última cagada irreflexiva, pero incomprensiblemente no veía ninguno. Di una vuelta a la plaza, habría tomado incluso un *rickshaw* a pedales si lo hubiese encontrado, pero todos los taxistas y sus vehículos parecían haberse esfumado como por arte de magia. «¡Qué raro! —pensé—, habitualmente no me los puedo quitar de encima, y ahora que los necesito, ¿dónde están?». Consulté el reloj: eran las 11:15 a. m., y no era exactamente una hora «temprana» como para justificar aquella carencia. Algo sofocado por el calor que ya apretaba fuerte otra vez, di media vuelta y me hallé frente al *sadhu*, quien una vez más me andaba siguiendo. Al ver mi cara de fastidio, lanzó una de sus enormes risotadas, salpicándome groseramente con su saliva. Su absoluta falta de respeto conmigo empezaba a ponerme furioso, por lo que traté de desembarazarme de él de una forma más agresiva y le empujé para que me dejase en paz. Tal vez no calculé bien la fuerza, o estaba él desequilibrado, pero lo cierto es que le tumbé del empujón. Aun así, y tendido en el suelo, continuaba riéndose, riéndose de mí, y señalándome con el dedo para llamar la atención de todos, irritándome ya hasta un grado insoportable para mi débil paciencia. Su actitud me indujo a una reacción convulsiva y feroz, desmesurada: regresé sobre mis pasos y le asesté dos o tal vez tres puntapiés; lo hice apretando los dientes y los puños de tensión, enrojecido, fuera de mí. Estaba tan ciego que no sé dónde le propiné las patadas, pero el santón parecía haberse desvanecido tras mi violento ataque. La gente empezó a gritar, me señalaban y vociferaban al unísono, alarmados, mientras formaban un anillo en torno a mí. Pronto, apareció un policía que se aproximó con la porra en la mano. Se detuvo frente al *sadhu*, que yacía en el suelo junto a una mujer que le sostenía la cabeza y llorando le abanicaba la cara con un periódico. Tras echar una ojeada al cuerpo del delito, escuchó las versiones amontonadas que todos querían brindarle. A aquellas alturas del incidente, a mí me habían bloqueado los brazos entre dos o más hombres y el policía se me aproximaba con cara de muy mala leche. Se quedó con mi documentación y me esposó. Yo no me lo podía creer, me quedé taciturno y mudo frente a los incidentes; poco después estaba en un calabozo pequeño y cochambroso, que olía endemoniadamente a orines, junto a dos hindúes muy guarros que no paraban de eructar y pederse.

Viéndome allí dentro, el cielo se me cayó encima. La oscuridad del local se sumó a una oscuridad interna que me ofuscaba. Empecé a ponerme muy nervioso, a pensar que tal vez, por mala fortuna, me había cargado al viejo, y que si estar en la cárcel era malo en cualquier sitio, en la India podía llegar a ser absolutamente infernal. Mis únicas esperanzas radicaban en poderme poner en contacto con la embajada española, tal como me habían prometido que podría hacer, y sobre todo, que lo del viejo no fuese nada grave.

Inquieto al máximo, en cuanto vi a uno de los policías que rondaban por allí le insistí en que quería telefonear a mi consulado, pero me dijo que más tarde. «¿Más tarde? —pensaba yo—. Y si ya no tienen las oficinas en horario de atención, ¿qué?, ¿tendré que pasar la noche aquí?». Estaba muy preocupado, y no era para menos. Por fin, a las ocho menos cuarto de la noche, medio asfixiado ya por la pestilencia de la celda, me dejaron salir para hacer la llamada telefónica, inútilmente, porque fue imposible poder comunicar con el número de la embajada que yo tenía anotado, de manera que les pedí que me llevasen hasta allí, para poder hablar con los de mi consulado. Se rieron de mí. Me dijeron que por lo pronto pasaría la noche en aquella celda mugrienta, y que de los dos que había allí, deshaciéndose en pedos hasta la putrefacción completa, solo quedaría uno para compartir la celda... «¡Qué suerte!», me indujo a pensar la ironía. Solo me quedaba el recurso de interesarme por la salud del santón, y por la mía, pidiendo la cena, porque no había tomado nada desde el maravilloso desayuno en la cafetería del centro, el único evento placentero de aquel día en que sentía haber vuelto a meter la pata una vez más. Respecto al santón omitieron decirme nada, por más que insistí; tal vez no tenían ni idea de cómo estaba la víctima y eludían reconocerlo. Lo cierto es que me tranquilicé, porque de habérmelo cargado o herido de gravedad no me habrían dicho a continuación que seguramente yo saldría pronto, y que de momento estaba arrestado por «alboroto callejero», nada más. Luego, lo de la cena, que consistió en un plato de arroz tan picante que a pesar de estar hambriento no pude comerme, cosa que hizo por mí y con gusto el pedorro de mi vecino, quien se engulló el suyo y el mío a toda velocidad. No me extrañaba que tuviese tantos gases, porque no masticaba los alimentos, se los tragaba directamente, y es que el pobre hombre no tenía dientes, pese a ser probablemente de mi misma edad.

12

EL PERDÓN

La noche me ahogaba en aquella celda de tránsito de una comisaría cualquiera de Old Delhi. Fue de insomnio completo, de repugnancia y de comida de coco, reprochándome una y otra vez mi infausta pericia para buscarme líos. Fue un gran ejercicio de pensamientos funestos sobre una almohada sin funda, manchada y maloliente de humedad, en la cual, pese a haberme resistido de puro asco, finalmente caí rendido, que no dormido. La luz de la alborada, que me llegó desde un ventanuco al final del pasillo largo frente a la celda, se hizo de un esperar que rayaba lo eterno: creo que jamás había deseado tanto que llegase el nuevo día. Sin embargo, nadie apareció por allí hasta pasadas las ocho. Mi compañero de celda dormía aún como un lirón cuando un policía vino a por mí y me dijo que tenía una visita, que le acompañase. Tener una visita me pareció tan extraño como espléndido. Me puse casi eufórico, porque pensé que tal vez habían informado al consulado y algún empleado venía a sacarme de aquella pocilga. Pero no era un empleado quien me esperaba en aquella sala de mármol blanco, que parecía un mausoleo, ni siquiera era alguien que hablase en español. Allí me aguardaba ni más ni menos que la víctima de mi agresión, sonriéndome, bien peinado, con sus largas melenas blancas limpias y completamente extendidas sobre un elegante traje de color granate. Quedé tan sorprendido por su presencia y su flamante aspecto, que no sabía qué decir cuando el policía nos dejó a solas. El ambiente tampoco ayudaba mucho, porque el único mobiliario del local eran dos tristes sillas, una frente a la otra, aisladas en el centro del frío y homogéneo mármol que cubría suelo y paredes. La única cosa que se me ocurrió de entrada fue tomar asiento, algo que ambos hicimos a un tiempo, pero sin decirnos aún nada, ni siquiera nos habíamos saludado aún. Pensé que el santón habría venido hasta allí para hacer un reproche de mi violenta actitud con él, pero lo cierto es que su cara no mostraba animosidad alguna, sino más bien complacencia. Estaba desconocido, parecía otro hombre.

—Lo he arreglado todo para que salgas: estás perdonado. Como ya te dije, yo soy el rey y por eso hago lo que quiero, ¿entiendes?

Mi sorpresa no encontraba límite. Algo contrariado, le respondí:

—¿El rey?, ¿el rey de dónde?

—¡El rey del universo, hombre!, ¡ese soy yo!

—Muy bien, señor «rey universal», pues le agradezco que me haya perdonado, porque lamento haber reaccionado de aquella forma... Me puse muy nervioso. ¿Le hice daño? —instintivamente y acaso influenciado por su nueva imagen, empecé a tratarle de usted.

—Un poco, pero nada importante. Después de tomar un *chai*, volví a mi templo y me continué riendo...

—Me alegro... Oiga, ¿de verdad me van a soltar ya?, ¿no me toma el pelo?

—¡No hombre, no! Nada de bromas. No he puesto ninguna denuncia contra ti, al contrario, he venido personalmente para que viesen que estoy bien y les he dicho que eres mi amigo, que tuviste un arrebato y nada más, ¿sabes? Saldrás de aquí enseguida y yo me volveré al templo que ya tengo ganas de reír un rato...

—¿Ah, sí? Por cierto..., ¿de qué se ríe en «su templo»?

—Veo que no tienes prisa por salir de aquí...

—Sí, pero es que creo que su risa es como el origen de todo esto y quisiera saber al menos de qué se ríe, porque ahora, viéndole tan compuesto, todavía lo entiendo menos. Usted no es un pordiosero, se comporta, va bien vestido, la gente le respeta, ¿de qué va todo esto?

—Cierto: ahora me comporto y voy vestido, ¡ja, ja, ja, ja! Pero... ¡ya has visto! Allí, sobre las ruedas, no soy nadie, por eso puedo estar en aquel lugar, nadie me ve pero estoy allí, tú me encontraste. Ahora soy alguien, ahora no soy nadie, me da igual. Ser el rey o desaparecer en alguien a quien nadie presta atención es mi vida, les doy tan poca importancia a esas cosas que se hacen absolutamente reales, más reales que las de todas esas gentes que circulan por las calles pensando en sí mismas y en la importancia de lo que hacen: es de ellos de quien me río, me río del mundo, sí, me importa tan poco el mundo que me parto de risa viendo los problemas que ocasiona a quienes ignoran la verdad. Te diré algo más, cachorrito: no soy yo quien desfila por el mundo, yo estoy quieto, aunque te cueste creerlo. En realidad, *el mundo pasa ante mí*, y yo me río, callo, hablo, escucho o tomo el sol. Así de simple.

Salimos por fin de la comisaría, después de recuperar mis documentos. Yo empezaba a estar realmente seducido por aquel increíble personaje y mi actitud hacia él cambió decididamente en un abrir y cerrar de ojos. Ya en la calle, el santón me propuso ir a tomar *chai* juntos, a lo que accedí gustoso. Su compañía me resultaba ya incluso agradable y de lo más interesante. Mientras tomábamos *chai* caliente, continuamos hablando:

—Dígame, ¿qué tiene conmigo? —le pregunté—, ¿por qué trata de forzar la relación?, ¿por qué me llama cachorrito?

—Bueno, es mejor que no hagas tantas preguntas a un tiempo... Créeme, en cualquier momento puedes provocar que pierda la compostura y deje de ser alguien, ya sabes que eso te pone muy nervioso, ¿entiendes, verdad? Bien, ¿forzar la relación? ¡Ni hablar!, ¡nada de eso! Cada cual encuentra lo que realmente precisa, aunque desvaríe buscando otras cosas que desea. Las cosas son perfectas si las aceptas tal y como son: eso es la perfección, no hay otra. Respecto a lo de «cachorrito», bueno, no te enfades, cachorrito, que te sienta mal. Cachorrito es quien todavía no sabe de sus propias posibilidades porque no las ha descubierto ni desarrollado, ni sabe de la realidad del mundo en que existe, ni de nada; es como un tigre pequeñito, que aún no ruge, sino que maúlla como un gato. Insisto, no te ofendas, que te pones muy, pero que muy feo... Y tonto —dijo, acercando su nariz a la mía con una mímica expresión de pánico en el rostro—, pero es que tú ahora eres así, eres un cachorrito de tigre que aún no sabe que será un tigre, ¿lo entiendes? Lo que debes hacer es fijarte en un tigre de verdad, como yo.

No me gustaba mucho lo que le oía decir, pero me contuve, algo contrariado ante la comicidad de sus argumentos y gestos. Luego, preferí cambiarle de tema:

—Y lo de las prostitutas, ¿cómo lo sabía?

—¡Ja, ja, ja! Me lo dijiste tú...

—¿Yoo?

—Sí, sí, tú, tú me lo dijiste. ¿Recuerdas? «Busco placer, comer, follar... y esas cosas», ¿no lo recuerdas? ¡Te pusiste de un tonto! ¡Lo que hay que aguantar!

—¡Pero si lo dije medio en español! Además, no le estaba contando que esa noche me pensaba ir de putas...

—¡Ja, ja, ja! —carcajada: su única respuesta.

—¡Bueno vale! ¿Pero cómo sabía que eran dos? Alguien tuvo que explicarle lo que me pasó, también lo del robo...

—Claro, claro, me explican las cosas, por supuesto, sí, ja, ja. Conozco la casa a donde te llevaron, no está muy lejos de mi templo, y conozco a las chicas: ¡unas leonas de campeonato, ja, ja! Y el taxista que te llevó también es devoto mío, te esperaba en la puerta, ¿qué te crees?, ¿por qué piensas que tardó tanto en volver al taxi?

—No lo sé, ¿me lo dirá usted? Tal vez todo eso resulta difícil de creer, ¿no?

—¡Bah! No lo pienses, lo apañé solo un poco: mi devoto te siguió hasta el hotel y luego aguardó a que salieses. Te dimos lo que pedías, lo que deseabas, pero a nuestra manera. Procuré además que tuvieses a una chica espléndida. No tenía la menor duda de que optarías por la joven de ojos verdes, es preciosa, ¿verdad? Pero decidiste redondear la noche con dos mujeres, ¿eh? Si en vez de haberse hecho las colegialas contigo se sueltan de verdad te aplastan en un instante, como a un piojo, ¡ja, ja, ja!

Pasé por alto ese comentario y la mofa, que me ocasionó cierta molestia, para retomar el tema de cuanto me intrigaba respecto a lo que estaban haciendo conmigo:

—Entonces, no entiendo el porqué de todas sus maniobras, ¿lo de robarme y tratarme tan mal también estaba previsto?

—No. Esas son cosas que pasan en tales ambientes, y te diré algo más: no fue nada comparado con lo que podría haberte sucedido yendo solo a ciertos sitios. Pero no te preocupes, conozco a aquellos hombres y creo que conseguiré que te devuelvan el dinero robado.

—¡Estupendo! Pero, a ver, ¿para qué todo esto? Aún no me lo ha dicho.

—Sí, sí te lo he dicho: eres un cachorro de tigre y no lo sabes ni lo entiendes, pero ya lo entenderás, lo entenderás. Ahora, tomemos más *chai*, yo invito...

Estaba cada vez más perplejo. Imaginé que así, por las buenas, había dado con una especie de maestro o guía espiritual, que lo tenía a mi lado y me insinuaba que no había coincidido con él por casualidad. Era como si el sueño de mis místicos años mozos se hiciese realidad cuando ya no lo esperaba, cuando me había olvidado por completo de tales anhelos de adolescencia en la época en que leí *Siddharta*, de Hesse. Ciertamente, y con todo el peso de la lógica evidencia, el viejo podía interpretar un papel inferior al de su propia condición real, es decir, podía hacerse pasar por pordiosero. Lo que no resulta posible es que un mendicante chalado y sucio interprete el papel de filósofo o gurú, y además sin fisuras, con absoluta coherencia. Y lo que es más, no podía pasar por alto algo relevante: un hombre que me había perdonado por la agresión que le hice y que además me había rescatado de la cárcel merecía solo por eso mis respetos, al margen de todo lo demás.

—¿Quieres aprender yoga durante unos días? —comentó de pronto el *sadhu*, entre sorbo y sorbo de *chai*—. Puedo invitarte a mi *ashram*, te irá bien, verás.

—¿Su qué?

—Mi escuela. Puedes instalarte allí: comer, dormir, asearte, estudiar y conocer a mis discípulos. ¿Qué me dices?

—Pero continúo sin entender bien, ¿por qué yo? ¿Por qué me busca a mí? Si soy un turista cualquiera, ni tan solo soy hindú, y si es por dinero apenas lo tengo, y menos después de que me robasen los dólares...

—¿Por dinero? Te saco de la cárcel y ¿crees que voy a robarte tu dinero? No solo no haré eso, sino que intentaré reintegrarte lo robado y te invito gratuitamente a mi *ashram*, y a tomar *chai*, ¿estás tonto? Vuelves a hacer demasiadas preguntas ansiosas. En cierta manera entiendo que estés nervioso, tu mente está contrariada y te colapsas con cosas sin importancia. Mira, yo no te he buscado, ¡yo te he encontrado, nos hemos encontrado! ¿Es que no lo entiendes? De hecho, por más que te explique ahora no podrás entenderlo todo, pero, por favor, acepta mi invitación, tendremos tiempo de charlar, y conocerás a otras personas maravillosas que te aclararán cuanto quieras saber, palabra. Deja de dar vueltas en tu cabeza y ven, ¡es la vida! Y con eso ya te respondo a todo suficientemente, pero ¿quieres que te dé además un consejo en la misma línea? Aprovecha las oportunidades cuando se presentan, no las busques, solo aprovéchalas.

—Pues hasta ahora aflojarme al azar solo me ha metido en líos —comenté.

—Las oportunidades que te esperan no son el azar, no es lo mismo, y además, no te has dejado ir de verdad, te has escapado. Tú bien lo sabes, ¿no es así?

—¿Cómo, cómo puede decir eso?

—Lo leo en ti, en tu rostro, en tu comportamiento, en los pensamientos que expresas y en los que te guardas.

—No le creo.

—Bueno, me da igual, pero te diré lo que estás pensando ahora: desconfías, piensas en qué cosas pretendo ocultarte y tienes tentaciones de huir, ¿verdad?

—Decir eso no demuestra nada, es una deducción...

—Bien, pues deduje de la misma forma que tú eres un cachorrito, ¿te vale?

—No sé...

—Entonces confórmate con saber que yo sí lo sé...

—Mire, quisiera recuperar mi dinero —cambiar abruptamente de tema fue una defensa, porque sus aseveraciones me tocaban hondo.

—¡Volvemos a la tontería! Ya te dije que voy a hacer lo posible para que te lo devuelvan, y si no, yo mismo te lo reintegraré de mi bolsillo. Lo que quiero es que no te preocupes más por eso, que aceptes mi invitación y descanses en la casa de mis alumnos, te irá bien.

—¿A cambio de qué?

—¡Otra tontería más! ¡Qué desconfiado! ¡A cambio de nada! Solo has de venir, relajarte y recuperar tu dinero. No vamos a cobrarte nada, ni por estar, ni comer ni dormir, nada, ¿lo entiendes? Eres un invitado, mi huésped.

Al *sadhu* no parecían importarle ni mi estupidez ni mis reticencias, ni tampoco las patadas que le arreé. Es más, se le veía completamente feliz y ecuánime, aunque a medida que tomábamos *chai*, como si fuese vino —ya llevábamos cuatro—, fue pasando de la sonrisa discreta y considerada a la carcajada sonora, a las miradas provocativas e incomprensibles, y a romper la distancia razonable entre nosotros, a sabiendas de que eso me intimidaba. Creo que, por momentos, se estaba empezando a transformar en el *sadhu* loco que conocí sobre los neumáticos. Pero ¿por qué se reía tanto de mí, por qué se burlaba sabiendo que me ofendía al hacerlo?

Refrené nuevamente mi irritación, aunque me jodía muchísimo que se pusiese así; era un rebote visceral que me volvió a hacer sentir violento con él.

—Mira «cachorrito», ya sé que te pongo nervioso, ¡ja, ja! Es que tienes mucha energía, mucho orgullo y un enorme sentimiento del ridículo, ¡ja, ja! No puedes evitarlo, los demás te ponen muy nervioso si no te consideran como tú quisieras, ¿te das cuenta? ¡Ja, ja, ja!

—No me llame «cachorrito», ¿de acuerdo? Y si quiere burlarse de alguien, hágalo de su propia sombra, porque a mí me fastidia que me falte al respeto, ¿lo entiende?

—¡Oh, claro! Respeto, el respeto debido... Tal vez debiera respetarte como tú lo hiciste ayer conmigo: a patadas... ¿Es eso?

Me quedé cortado. Tenía toda la razón y de pronto volví a recordar que gracias a él estaba en la calle. Le pedí disculpas por mi tono, aunque lo cierto es que aquel santón parecía ser inmune a la ofensa, de manera que me sonrió otra vez y dijo:

—¡Vamos, no te lo pienses más! Vete a recoger las cosas a tu hotel y te instalas en el *ashram*, aquí tienes la dirección.

Accedí. Aunque temía volverla a cagar, de rebote, con una nueva imprudencia, dije que sí. Confié en él, en el fondo no me parecía un mal tipo, y además, no era como para dejar escapar la oportunidad de recuperar la pasta que me quitaron. Nos despedimos en pleno alboroto callejero, el viejo me dijo que se iba a su «templo», pero antes me explicó algunos detalles de su escuela de yoga, dijo que era muy sencillo localizar el lugar, y que me acercase por allí cuando quisiese, ese mismo día si lo deseaba, porque siempre habría alguien para recibirme.

—*Namasté Babaji!* —me dijo el santón cuando nos despedimos, juntando las manos frente al rostro e inclinándose ligeramente ante mí.

—*Namasté!* —respondí yo imitando su gesto.

13

SHANKAR

Desde mi punto de vista, que no era muy positivo en aquellos momentos, existían dos posibilidades, digamos «A» y «B», dos posibilidades que eran, además, reversibles, puesto que pensaba que desde «A» me podría pasar a «B» y viceversa. Luego estaba el «plan C», la opción más salomónica. La primera, acceder a la invitación del viejo *sadhu*, con lo cual me exponía a verme involucrado en más líos como los que ya había tenido; en ese supuesto pesimista, resultaba absolutamente desaconsejable y estaba aún a tiempo de evitarlo. La «B», no ir, hacer mi viaje por la India pasando de todo aquello. Eso suponía ceder al miedo y acaso a la necedad, porque podía estar desaprovechando la oportunidad de descubrir algo diferente y auténtico, algo que desde que había llegado a la India no dejaba de rondarme de manera insólita. Las dos posibilidades eran hijas de mis dudas, de mis temores e inquietudes, de mi mente partida como me mostraba el tarot en la carta de «Los Enamorados». Pero, pese a mis taciturnas dubitaciones y contrariedades pesaba más lo primero, la inquietud, el espíritu aventurero y, como no, también los trescientos dólares que deseaba recuperar. Curiosamente, tenía la certeza de que el *sadhu*, aun intuyendo mis dudas, sabía que optaría por hacerlo. Finalmente, estaba el «plan C», que era de lo más reaccionario, y consistía en pasar de aquella historia, de la pasta y de la India, volverme a Madrid y tumbarme en el sofá a ver la tele durante dos semanas seguidas. No llegué entonces a valorar esa última posibilidad seriamente.

Decidí inicialmente aceptar la invitación, pero antes me pareció razonablemente cauto no abandonar mi alojamiento sin haberme acercado a echar una ojeada, sin el equipaje, porque podía tratarse de algún lugar inmundo o simplemente desagradable, donde no estaría dispuesto a instalarme. De manera que, ligero y sin ninguna carga, me propuse acercarme aquella misma mañana hasta la dirección que tenía anotada en un papelito. Tal vez cambiaba de idea, y si con esa simple visita recuperaba ya el dinero, me podía volver al hotel, dar el asunto por concluido y continuar mi viaje por la India hacia otros derroteros, es decir, la posibilidad «B», que siempre me dejaría en la duda de cómo habría sido la «A».

El lugar al que me conducía aquel taxi no era cercano, ni fácil de hallar pese a las indicaciones que me había dado el santón, puesto que el mismo conductor iba perdido y tuvo que bajar del vehículo para informarse varias veces. Todo aquello empezó a erizarme el pelo del cuerpo cuando vi que siguiendo diversas indicaciones aquel chófer abandonó las avenidas principales por las que discurríamos, para adentrarse en callejas sinuosas, recorriendo esquinas y lugares cochambrosos que resonaban en mi mente con un ánimo desagradable. Pasados unos instantes no tuve ya dudas: íbamos en la misma dirección en que fui conducido la otra noche, hacia el infausto burdel en el cual me robaron. Quise preguntarle al conductor si estaba seguro de que se iba por allí, pero me pareció absurdo, porque de pronto todo empezaba a cuadrar, es decir, que sospeché una vinculación mayor de la que el santón había admitido con el burdel al que fui conducido deliberadamente. De hecho, recordé que el viejo había comentado que su *ashram* estaba cercano al burdel de marras. No sabía qué pensar, ni qué hacer. Casi habría sido prudente decirle al conductor que diese la vuelta y me devolviese a la hospedería sin más. Pero no lo hice. Algo indefinido me lo impidió, por lo que me dejé conducir sin intervenir ya en lo más mínimo.

Pasamos justamente por delante del burdel; por un momento pensé que aquel local sería también el anunciado *ashram* del gurú chiflado. «Acaso el viejo sea un proxeneta», pensé, y no el hombre sabio que bien consideré en nuestro último encuentro. Pero el *rickshaw* no se detuvo frente al serrallo y continuamos adentrándonos por otra calleja que discurría al frente, ya en terreno completamente desconocido para mí. Cerca de allí, el conductor se detuvo frente a una pieza y me hizo gestos, dándome a entender que la dirección del papel que le entregué era aquella casa. Me señalaba un edificio bastante pulcro y lujoso para lo que era la zona, en cuya fachada lucía un gran cartel escrito en indescifrable hindi, del cual la única cosa que pude llegar a interpretar fueron los trazos del celebérrimo «Om», escrito a un lado con toda la pompa y el adorno de sus líneas rizadas y circunscritas en un radiante sol. Allí me apeé.

En la recepción me detuvo un anciano barbudo y bajito, poco simpático por demás. Llevaba puesto un turbante que, dado lo escaso de su estatura, aparentaba ser enorme; el color negro de esa prenda contrastaba rotundamente con el resto de su atuendo, que era de un intenso granate. Lo cierto es que no fue nada amable: parecía malhumorado, de manera que sin tan solo saludar me exigió con un gesto brusco qué quería. Mi primer impulso fue el de enviarlo directamente a la mierda y largarme de allí, porque ya no lo tenía muy claro y solo faltaba que además me tratasen mal. Pero como me sé tan susceptible, respiré y conseguí hacer cierto acopio de serenidad; entonces mencioné el nombre del señor Yusâidhan Maheshwaraji —lo llevaba anotado, si no, ¿cómo me iba a acordar?—, a partir de ahí todo cambió. El hombre del turbante dejó de fruncir el ceño, situó sus manos frente al rostro y me saludó con un: «*Namaskar Babají!*». Con todo, una vez más el santón demostraba ser, como él mismo afirmaba, «el rey». Aquel hombre bajito me condujo por los pasadizos cubiertos que circunvalaban un gran patio interior lleno de plantas y estatuas de divinidades; había otros hombres circulando también por los zaguanes: «*Hari Om!*», saludaban al cruzarse con nosotros. Nos detuvimos ante una de las numerosas puertas, donde aquel tipo llamó con tres secos toques del nudillo; alguien respondió de inmediato y pasamos al interior. Allí olía muy bien, a inciensos o perfume, pero estaba bastante oscuro y en principio no fui capaz de distinguir a nadie; sin embargo, una voz surgió de la penumbra, a nuestra izquierda. No era la del santón, a menos que la estuviese falseando. Me volví en aquella dirección y pude descubrir la larga silueta de alguien en postura de meditación, una silueta difuminada tras el humo del incienso que jugaba en el aire, como un halo etéreo atravesando aquella sombra quieta.

—Siéntate, por favor... —me pidió el misterioso personaje en un inglés resonante, con la cancioncilla y el acento característico de los hindúes.

En ese momento, el recepcionista se fue y yo traté de acomodarme como pude sobre unos cojines. Continuaba sin poder ver la cara de aquella persona, debido a que la única luz que penetraba en la alcoba procedía de un estrecho agujero, más que ventana, situado en la parte más alta de la pared. Sin descender de los cielos espirituales, ni mostrar la mínima intención de aproximarse a mi vulgar presencia, aquella sombra misteriosa habló de nuevo desde su limbo:

—Mi nombre es Swami Shankar. Te estaba esperando, bienvenido.

—¿Ah, sí?, ¿no podríamos encender la luz? Se me hace extraño así —comenté.

—No. No hace falta, ponte cómodo. El maestro me pidió que te recibiese, y que en primer lugar te diese esto...

Aquel hombre me alargó la mano sin encararme, como si no tuviese intención de ver, como si fuese ciego y la mirada no contase para él; tal vez era eso, acaso se trataba de un ciego. Me entregó un sobre, en el cual comprobé que había dólares, probablemente los trescientos que me habían robado, aunque no los conté entonces.

—Bueno, veo que los han recuperado, gracias —dije—. Entonces, ya debe estar al corriente de que su «maestro» me ha invitado a quedarme aquí unos días.

Charlar contemplando la oscura silueta de aquel individuo se me antojaba de lo más raro, pero decidí aceptar las reglas del extraño juego. Tras una breve pausa, como si lo hubiese consultado con los ángeles, me respondió:

—¡Sí, sí..., por supuesto! Yo mismo seré el encargado de que tu estancia en el *ashram* sea agradable y provechosa...

—¿Provechosa?, ¿qué quiere decir con lo de provechosa? —Eso me olía a chamusquina.

—Esto es una escuela, no un hotel; aquí se trabaja, y mucho...

—¡Hombre! Pues no era mi intención... —traté de completar la queja, pero no me dejó acabar.

—¡Nada, no tengas miedo! Me refiero básicamente a trabajo interno, espiritual; aunque también se hace del otro. Aquí lo hacemos todo de forma compartida, ¿lo entiendes?

—¡Ya! Y me parece muy bien, pero yo estoy de vacaciones y vuestro «maestro» solo me ha hablado de hacer un poco de yoga, nada más...

—¡Ah, pues será eso! No te preocupes más... Y ahora, acompáñame, te enseñaré el *ashram* y conocerás a algunos de los discípulos del gurú Maheshwaraji.

Con extraordinaria soltura se puso en pie frente a mí. Sin duda, no era ciego; lo que sí saltaba a la vista es que el tal Shankar era altísimo, sobre todo habida cuenta del recepcionista. Mientras me incorporaba de los cojines, el hombre tomó algo en la penumbra de aquella estancia y a continuación abrió la puerta, manteniendo pese a todo su rostro aún oculto a mí; los gestos medidos parecían formar parte de un inusitado ritual de presentación. Salí primero y luego él, quien todavía girado hacia la puerta manipulaba un candado con el que la cerró. Ya a la luz del pasadizo, su aspecto era sorprendentemente atractivo, con aquel pelo de color azabache intenso tan largo y liso, una melena que pese a su gran estatura le cubría la espalda. Por fin, dio media vuelta y se mostró a mí con una magnífica sonrisa. Era un hombre relativamente joven y muy guapo, de una belleza casi femenina, cuyos rasgos faciales me parecieron relajados y afables hasta el punto que confié en él de forma instantánea.

—¡Bueno, pues ahora ya nos vemos bien! *Namasté!* —Su sonrisa era realmente espléndida y seductora; sus dientes blancos y bien alineados contrastaban con el oscuro de su piel y cabello, otorgándole una presencia tocada de gracia. Lo cierto es que yo, pese a no ser nada bajo, apenas le rayaba los hombros: eso también impactaba, y mucho.

—*Namasté!* —respondí yo—. Me llamo Rubén.

—¡Ah, Rubén!, ¡estupendo! Ven, primero te mostraré tu celda y luego verás a una persona que está deseosa por conocerte.

—¿A mí?, ¿por qué?

—Porque sabe que llegas hoy, el gurú lo anunció...

—¿Y?

—Dejemos las preguntas para más tarde, ¿de acuerdo? Ahora será mejor que pongas tus cosas en su sitio y aprendas cómo desplazarte por aquí. También es necesario que conozcas los horarios de todas las actividades.

—Verás, es que no he traído el equipaje, porque primero quería ver el lugar...

—¡Ah! Eso no va a ser problema...

Shankar dio un par de sonoras palmadas y gritó un nombre que no pude entender dirigiéndose al recepcionista que se hallaba a unos veinte metros; aquel hombre bajito y malcarado se nos acercó a regañadientes y cuando llegó junto a mi anfitrión apenas le alcanzaba la cintura, de manera que tenía que esforzar el cuello y doblar el turbante para llegar a verle la cara. Shankar me pidió cuál era mi hotel y tras saberlo le dio unas instrucciones al viejo, aunque argumenté que debería ir yo mismo, puesto que tenía que recoger las cosas y pagar la factura pendiente. Sin embargo, él insistió en que no había problema, porque aquel tipo malcarado, o no sé quién, me lo traerían todo perfectamente recogido, pagarían lo debido y ya arreglaríamos cuentas más tarde. Iba a protestar nuevamente, pues me sentí manipulado y sin opción a pensarme el permanecer o no en aquel lugar espiritualesco, pero con un rotundo gesto de las manos aquel gigante me dio a entender un «no se hable más», y lo cierto es que fui incapaz de rechistar, porque Shankar imponía mucho.

Cuando ya aquel anciano de abultado turbante se alejaba, le pregunté al altísimo:

—¿Y el «maestro», no está?

—Nuestro maestro es un *sadhu*, ha renunciado a toda posesión personal; por eso pasa muchos días allí, donde tú le conociste.

14

OJOS VERDES

Mientras Shankar me mostraba las diferentes dependencias de la escuela, empecé a sospechar, o más bien temer, que había firmado mi ingreso en un monasterio. Me pareció que, siguiendo el hilo de tan rocambolescas iniciativas, acabaría haciendo cosas que no deseaba hacer y por ende, privándome de la sensualidad y el placer que en cambio tanto anhelaba gozar en ese viaje. No me apetecía nada enclaustrarme en un reducto de puritanismo y ásperas ascesis: mi tibia inquietud espiritual no daba para tanto.

Sin embargo, un hecho sorprendente me extrajo de tan onerosos pensamientos. Fue una visión fugaz, pero sobrecogedora: cuando siguiendo la visita entramos en la gran sala de yoga, había allí un corro de mujeres sentadas sobre las alfombras; al parecer, mantenían una divertida reunión, pues se reían todas ellas con ganas. Pero, en cuanto nos vieron entrar allí acallaron el alboroto abruptamente, se cubrieron la cabeza y saludándonos con un sucinto «*Namasté*» abandonaron la sala. Sin embargo, una de ellas me miró: solo pude ver sus ojos, pues se ceñía el sari con la mano, evitando mostrarme el resto de su rostro. Eran unos ojos verdes absolutamente inconfundibles: no me cabía la menor duda de que aquella era la preciosa chica del prostíbulo. Quise acercarme, detenerla, interrogarla, pero Shankar me lo impidió.

—¿Qué haces? ¡Deja que las mujeres salgan! De momento no puedes, bien, no debes conocerlas.

—¿Cómo? Pero si ya conozco a una de ellas, a esa joven de los ojos verdes. Estuve con ella la otra noche.

—¿Te refieres a Dakini?

—¡No sé cómo se llama!

—Debes estar confundido. Esas chicas están siempre aquí, son *devadasi*, mujeres diosas, ¿sabes? Apenas salen del *ashram*. Ahora ven, voy a presentarte a alguien.

Salimos de nuevo al patio y atravesando el pasadizo de distribución accedimos a otra dependencia. Allí había alguien, una mujer sentada sobre la alfombra, envuelta en un impecable sari blanco y de espaldas a nosotros.

15

MA ANANDA

A esta mujer sí la puedo conocer? —pregunté bajito pero con cierta ironía.

—Sí, es más, a esta debes conocerla —me respondió Shankar, también en voz baja, mientras aquella mujer permanecía inmóvil, hierática.

Mi acompañante se adelantó entonces hasta ella y le susurró algo al oído, luego, me hizo una seña indicando que me acercase y tomase asiento frente a ella. Así lo hice, y me apercibí de que se trataba de una anciana, la cual permanecía aún con los ojos cerrados, sin inmutarse aparentemente por nuestra presencia. Shankar tomó también asiento a nuestro lado y me sonrió, sin más explicaciones. Trascurridos unos momentos de silencio, tediosos para mí, estaba a punto de quejarme y pedir explicaciones, pero no fue necesario, porque la dama pareció leer mi conflicto interno con una nitidez propia de semidiós y, de repente, abrió en extremo unos ojos penetrantes, sutiles y a la vez enérgicos. Fue como si antes de abrirlos ya los tuviese profundamente atentos en mí, como si ya me estuviese mirando antes de mirar, con una visión que me atravesó con la facilidad que el aire atravesaría una ventana abierta. Me sentí desnudo ante ella. Lo cierto es que aquella venerable apariencia la hacía asemejar ser la madre superiora del convento, por lo menos, pero en versión angelical. Además, la dama no tenía prisa; daba la sensación de ser enormemente sensible y consciente, puesto que en lugar de mirarme directamente contemplaba más bien en torno a mí, como lo pueden hacer esos farsantes que dicen mirar el aura, solo que en este caso la cosa no parecía ser ninguna farsa. Incluso un inquieto rufián, cuasi frívolo como lo era yo entonces, podía constatar que había algo imponderable y verificador en la profunda y enigmática observación que aquella mujer hacía de mi espacio periférico, algo sutil, pero tan evidente y real como mi propia certeza física de las cosas.

En algún momento, por fortuna para mí, intervino Shankar:

—Rubén, te presento a su divina gracia Ma Ananda Chittanam. No te dirá ni una sola palabra, porque hizo voto de silencio cuando dejó de ser *devadasi*, como las que viste antes en la sala de yoga, pero en cuanto se enteró de que llegarías, me hizo saber que deseaba verte cuanto antes. ¡Ah! Y no te extrañes por su actitud: ella está mirando tu energía, porque ve lo que otros no pueden llegar a percibir...

—¡Ah! Muy interesante... Y yo, ¿se supone que he de decirle algo? ¿Puedo preguntar cosas?

Por primera vez la dama sonrió e hizo un gesto afirmativo. Shankar le entregó un lápiz y un cuaderno.

—Bueno..., ¿qué hay de especial en mí para que desease conocerme?

Parecía entender perfectamente el inglés, de manera que escribió inmediatamente la respuesta en su cuaderno:

«Nos hacía falta alguien como tú. Tienes el color preciso».

Me alcanzó el bloc para que leyese la respuesta. Excelente caligrafía la suya.

—¿El color?, ¿qué color? —respondí.

Ma Ananda no escribió nada y se limitó a sonreír, dando por suficientemente respondida así mi pregunta. Nuevamente, Shankar hizo de mediador:

—Ma Ananda se refiere al color que aprecia en la parte más alta de tu cráneo. Yo no puedo llegar a verlo como lo ven ella o el

72

gurú, pero puedo decirte que hay algo en ti fuera de lo común, y que desde hacía mucho tiempo su compañero y ella buscaban a un ser humano como tú.

Mientras Shankar me explicaba eso, la anciana escribió algo de nuevo y me lo entregó:

«Estás muy sucio, el color apenas aparece, pero se puede llegar a entrever que está ahí. No puedo explicarte qué color es, puesto que no hay nombre convencional que lo defina, aunque nosotros le llamamos "el azul". Basta con que sepas que el destino y el acierto permitieron al gran *sadhu* Maheshwaraji dar contigo».

Yo estaba absolutamente sorprendido, e incluso un poco acojonado; no sabía qué decir. Miré a Shankar extrañado, buscando una explicación congruente a todo lo que me estaba diciendo aquella mujer. Él, benévolo, hizo lo posible por calmar mi agitada inquietud:

—Eres de una naturaleza especial, aunque seguramente no lo sabías. Lo que pretende decirte Ma Ananda es que debes purificarte para que tu verdadero ser aflore, y no lo tomes como un simple aforismo: han estado buscando a alguien como tú la mitad de sus respectivas vidas, porque sin ti no pueden completar la operación mágica de sus existencias...

—¿Operación mágica? Pero... Un momento, yo no me quiero meter en sus operaciones mágicas, no me pueden obligar a nada, y si es para eso para lo que me invitó el «maestro», yo me voy...

—¡Tranquilo! —dijo Shankar—. Quédate unos días a hacer yoga con nosotros. No harás nada que no desees hacer, te lo garantizo. Además, la puerta está abierta durante todo el día, puedes marcharte cuando quieras.

16

LAS VISITADORAS

No sabía exactamente por qué, pero decidí quedarme. Aquella misma tarde trajeron mis cosas, perfectamente recogidas y empaquetadas; no faltaba nada. Pero además, y eso me despertó una cierta suspicacia, cuando quise pagar la cuenta que ellos debían haber saldado por mí, Shankar me dijo que estuviese tranquilo por eso, que ya lo arreglaríamos más adelante. ¿A qué se debía tanta generosidad?, ¿convenía estar alerta o realmente eran superbuenos conmigo porque tenía ese raro color en mi cráneo?

Aquel mismo día tuve mi primera sesión de yoga: durísima. Acabé con el convencimiento de que por la mañana saldría de allí y no volvería a poner el pie en ningún otro *ashram*. Traté de organizar mi mente durante un buen rato en la soledad de la celda que me habían cedido, hasta que oí el sonido de la campana invitando a la cena. La tomamos en un comedor largo, sentados sobre esteras, sin cubiertos y con un absoluto silencio que solo rompía el traqueteo de los bols sobre las bandejas metálicas en las que nos habían servido los invariables ingredientes de las comidas sencillas en la India, a saber, arroz en abundancia, *dhal* picantísimo, algunas verduras y *chapatis*. En aquel comedor solo había unos diez o doce hombres, en su mayoría jóvenes, todos hindúes vestidos de granate a excepción de mí, que iba con pantalones tejanos y camiseta. No sabía si la tónica era siempre esa, pero parecían todos tan recogidos, tan meditativos, cada cual atendiendo únicamente a su plato, que me pareció de lo más aburrido para alguien que, como yo, está acostumbrado a justamente aprovechar los ágapes para departir. Tras poner una enorme voluntad en tomar aquella comida tan picante y poco variada y luego también en lavar mi escudilla haciendo cola frente al fregadero, decidí irme a dar una vuelta para divertirme un poquito, porque aquella vida de santones no se me ponía del todo bien. Anochecía ya en Delhi; pude aún contemplar los últimos albores del día a través la enorme abertura del patio central, y mientras me dirigía hacia la salida se me ocurrió que si mi información al respecto no estaba errada, los monzones debían estar ya al caer. Pero instantes después mi sorpresa fue enorme cuando descubrí que la puerta estaba cerrada y barrada. Me indigné, me sentí cautivo y engañado, con lo cual fui como una flecha a buscar a Shankar para exigirle que me abriese la puerta: ¡no eran más que las ocho! ¿Ya tenía que irme a dormir, sin un rato de diversión siquiera?

Llamé a la puerta de la celda de Shankar, quien me dio permiso para entrar. Me recibió estirado con toda su enorme longitud sobre una cama de estera, de la cual le colgaban fuera los pies. Pero lo que más me sorprendió fue que estaba completamente desnudo, y además, según pude apreciar medio aturdido por el detalle, ligeramente erecto, lo cual era ciertamente notable porque tenía una verga proporcional a todo lo demás. Inicialmente, esa situación me incomodó sobremanera, en especial porque él estaba, pese a las evidencias, absolutamente relajado y sonriente. Cualquiera podría haber imaginado que tranquilamente dejó de tocarse al entrar yo; pero me negué a tomar esa premisa a la ligera, porque aquel hombre no emanaba lascivia, ni siquiera una excitación sexual se traslucía de su mirada, ni de su gesto, ni de su sonrisa.

Transcurrido un pequeño lapso en el que me sentí demasiado coartado para expresarme debidamente, respiré hondo y pude decir por fin algo:

—Quisiera salir a dar una vuelta... Me dijiste que podría salir cuando quisiera.

—Sí, pero durante el día, por la noche el *ashram* se cierra. Hay muchos bandidos por las calles...

—Me parece exageradamente temprano para cerrar la puerta, ¿no?

—Es conveniente hacerlo así.

—¡Muy bien! ¿Puedo ver al «maestro»?

—No. El maestro no esta aquí.

—¿Cómo?, ¿pero es que no aparece nunca por su escuela? ¿Para eso me invitó?, ¿para tenerme aquí encerrado? ¿Cómo puede dirigir un centro si no está nunca en él?

—Él está, cuando está. No sabemos nunca si aparecerá o no; lo cierto es que viene muchos días a descansar aquí, ¡ya le verás! Mientras tanto, confía en mí. La escuela no está descuidada, el *sadhu* delega la dirección en mí porque él ha renunciado ya a todo, incluso al *ashram* que fundó en su día. Y ahora ve a tu alcoba y descansa. Si no tienes aún sueño, escribe, o dibuja, pero descansa, porque la campana de aviso para ir a meditar suena a las cinco.

—No pienso ir...

—Bien, tú verás. Pero no dejes de asistir a las clases de yoga... Para eso viniste, ¿no?

—¡No lo sé! Lo estoy dudando, el yoga más bien me hace sufrir, tengo un terrible dolor de espalda y piernas por las dichosas posturas... Además, no me he relajado nada y no entiendo en absoluto todas esas referencias a chacras y canales energéticos que todos los demás parecen comprender tan bien.

—¡Bah! Eso no importa, ¡si solo has hecho una sesión! No es más que la reticencia del principiante, ¡ya aprenderás!, ¡seguro! Luego agradecerás haberte iniciado en la práctica. Venga, ve a descansar...

Salí de allí consternado por ser tan estúpidamente tácito, sin haber exigido que me abriesen la puerta para irme a donde me diese la gana. No me importaba en absoluto el yoga, ni que me hubiesen dicho que yo era especial, me sentía igual que siempre. Solo que en esa ocasión no pude huir y me resigné a aquel insufrible aburrimiento que se me cernía cuando hice exactamente lo que me dictó Shankar, es decir, escribir un rato en mi celda, donde ya había ordenado todas mis cosas, y así, hasta que me vino la somnolencia. Entonces me desnudé y me tumbé sobre el austero camastro, cuyo lecho suavicé un poco extendiendo el saco de dormir encima. Hacía calor, por lo que no me cubrí en absoluto y dejé que el ventilador diese vueltas sobre mí para poder dormir mejor.

Sin embargo, al cabo de una hora aún no había conseguido dormirme; solo pensaba y le daba vueltas a las cosas de mi vida, mientras contorsionaba mi cuerpo sobre el pegajoso saco de dormir buscando alguna posición satisfactoria. Fue entonces cuando oí claramente como alguien discurría frente a mi celda —la ventana que daba al patio estaba abierta, puesto que disponía de una infranqueable mosquitera—. Ese alguien se detuvo frente a la puerta y aguardó. Yo me puse alerta, e incluso me cubrí la desnudez con el saco, movido por un resabio de pudor. Tras unos instantes, el misterioso personaje abrió lentamente la puerta de mi alcoba y yo di un salto increíble sobre la cama, de suerte que me quedé sentado sobre el borde, expectante e intimidado por aquella incomprensible intrusión.

—¡Shhhhht! —me susurraron desde el umbral.

Solo podía apreciar la silueta de una mujer en sari, que se recortaba a través de la puerta entreabierta contra la escasa luz proveniente del exterior. Cerró suavemente, y sin decir nada ni prender la luz se aproximó a mí a pasos cortos, como para darme tiempo a pensar qué podía significar todo aquello. Por mi parte continuaba inmóvil, perplejo en el borde del catre e incapaz de pronunciar una sola palabra, vislumbrando como aquella desconocida se aproximaba en silencio. Cuando por fin estuvo frente a mí y sin haberle podido ver el rostro, me arrancó bruscamente el saco con el que yo me cubría el sexo de manera pueril y acto seguido me empujó enérgicamente hacia atrás, sobre la tosca estera. Mis defensas fueron absolutamente desactivadas, o más bien anuladas. Poco a poco mis ojos se fueron esforzando en aquella penumbra; conseguí llegar a ver algo más que una silueta, en especial cuando se fue retirando la tela que le cubría los cabellos, para continuar luego despojándose de aquellos metros de sari que giraban en torno a su figura. Yo quedé sencillamente boquiabierto contemplando la sensualidad incontestable con la que aquella mujer se iba desvistiendo. Ninguna otra prenda cubría su cuerpo, el cual quedó absolutamente desnudo cuando dejó por fin deslizarse y caer el final del liviano sari sobre el suelo de mi habitación. Era una hembra joven, poderosamente atractiva, mestiza y perfectamente desconocida, según acerté adivinar en la penumbra que reinaba.

Momentos después, y sin que yo me resistiese ni hubiese de colaborar apenas, me levantó las piernas, que aún estaban fuera de la cama y las estiró suavemente a lo largo de la estera, para una vez así írseme poniendo encima con la naturalidad de quien lo hace cada día. Lo cierto es que tuve una erección formidable e inmediata al sentir su sexo sobre el mío, sobre todo cuando la chica empezó a moverse de forma lenta y rítmica, cabalgándome. Arrodillada sobre mí, se iba friccionando poco a poco sobre mi polla henchida, con los brazos extendidos y las manos apoyadas sobre mis hombros, hasta que me hizo sentir la humedad rezumando de sus labios abiertos, de su sexo cada vez más generoso, más dulce e irresistible sobre el mío. Una y otra vez se deslizó adelante y atrás, hasta llegado aquel momento en que la penetración sucedió sin el menor esfuerzo. De repente, estaba dentro de aquella desconocida y aflojé un jadeo loco mientras ella se mantenía aún en absoluto silencio; me moví intentando dominarla desde aquella entrega tan pasiva, pero la chica me frenó con fuerza y me detuvo de forma tan firme entre sus nalgas que no pude sino claudicar y dejarla hacer, es decir, ser un perfecto espectador de mi propio placer, un varón domado, lo cual dadas las circunstancias no estaba nada mal.

Aquella mujer me hizo el amor con una lentitud extraordinaria, permitiéndome saborear cada momento como si fuese el único instante de placer posible. Acaso estuvimos así más de una hora, tal vez dos; creo que hasta aquel día jamás había permanecido tanto tiempo en el interior de una mujer. En algún momento, fue cesando su dulce vaivén como el final de una danza concertada, para tenderse acto seguido sobre mi pecho, acaso agotada de estar erguida sobre mí. Aun así, yo continuaba sintiendo de forma clara las palpitaciones en el interior de nuestra intensa unión. Además, lo que me resultaba más sorprendente era el hecho de que, aun no habiéndome corrido, mi ansiedad hubiese desaparecido por completo. Pero aquella mujer no me besó, aun estando sus labios tan cercanos a los míos no lo hizo, y continuó silenciosa sin que pudiese siquiera intuir cuál era el tono de su voz; fue sensible y delicada, paciente, pero callada. No sé muy bien cómo fue, pero mi pene se desinfló y debió salir de ella de forma natural poco antes de que se retirase, eso sí, con la delicada elegancia de besarlo antes de dejar mi lecho. Fue un beso de despedida, pues luego todo sucedió de forma precisa y breve: descendió de la cama, y con una destreza impresionante giró y giró la tela del sari para ceñirlo a sí en cuestión de pocos segundos y salir de forma tan reservada como había entrado antes. Tampoco entonces fui capaz de decir nada; acaso no había nada que añadir a lo sucedido.

Qué decir tiene que aquella inusitada pero maravillosa epifanía femenina cambió las cosas respecto a mi motivación por permanecer en aquel *ashram*. Y eso que aún no sabía si se trataba de una misteriosa anécdota aislada o allí pasaban cosas «especiales» por las noches. Creo que alenté tanto esa suposición que mis dudas sobre quedarme allí se disiparon alegremente.

La noche siguiente, tras entregarme a una durísima jornada de prácticas que solo la estoicidad y el recuerdo de aquel lance nocturno me permitieron soportar, apareció otra mujer distinta en mi alcoba. Fue hacia la misma hora y ante mi más absoluta expectación, vestida con un sari amarillo, como la de la noche anterior. Aquella nueva visitadora me hizo el amor riéndose todo el tiempo como una loca, no sabía si de mí, tampoco parecía importarle que la oyesen desde las celdas vecinas, pero como fuera también me dominó por completo y me hizo presa de su enloquecido sexo. Esta no era tan joven, ni atractiva como la anterior, seguramente pasaba de los cuarenta, pero eso no me importó mucho, porque aquel juego de misterioso erotismo me parecía fascinante. Además, que fuese menos joven no equivalía a que se mostrase menos brava, todo lo contrario, porque esta era mucho menos tranquila que la anterior, un verdadero volcán sobre mí, aprisionándome bajo sus nalgas con los pies por delante ciñéndome los hombros, moviéndose con tal vigor y hollándome con tanta furia que me llevó al límite del estallido en pocos minutos. Dado que me había privado ya la noche anterior, mi necesidad de eyacular en esos momentos se armó feraz, pues de hecho, era la primera vez en mi vida que me había abstenido de tal manera. Justo entonces, cuando ya estaba a punto de correrme, la mujer me despojó repentinamente de su vulva entre risas, ahora más bien groseras, y se puso en pie sobre el catre con un salto ágil y bien controlado, dejándome allí tendido como un sapo en celo, con la polla latiendo de energía y pulsión sanguínea, a punto de estallar. Tras un breve lapso descendió de nuevo sobre mí, ya sin reírse, y ahora con una lentitud más amable untó su sexo sobre el mío una vez más, pero no para penetrarme, pues lo retiró después del contacto para limitarse, luego, a darme un beso en el henchido glande. Eso también lo había hecho la otra, acaso se tratase de un ritual de veneración, anunciándome con ello sus inminentes retiradas. Tras esa sorprendente conducta, bajó del catre y se vistió muy rápido, como si la esperasen o se hubiese acabado el tiempo establecido. Esta vez no quise evitarlo y le pregunté quién era y por qué hacían lo que hacían; pero solo me respondió con un «¡shsssst!», y como colofón, una última risita medio burlesca. Me dejó tan caliente que inmediatamente empecé a masturbarme, creyendo que sería cosa de unos cuantos movimientos rítmicos y me correría como un semental abstinente. Pero no pude, incomprensiblemente mi erección se desinfló en la mano, sin que pudiese rescatar un placer que pocos minutos antes me había llevado al límite. No podía entender lo que me pasaba, no tenía precedentes.

El tercer día continué con las prácticas del *ashram* —tanto las dulces, como las amargas—. De hecho la obsesión por lo que me estaba sucediendo era tan grande que me daba igual pasarlas negras haciendo posturas de yoga o tener que luchar por mantenerme durante una hora entera sentado sobre un cojín, lo cual era para mí un martirio a todos los efectos, puesto que no me concentraba en absoluto, sino que me pasaba el rato pensando en sexo y otras obsesiones de mi mente. La cosa llegó hasta el curioso extremo de que ya apenas salí del *ashram* para nada, ni siquiera de día, cuando la puerta estaba abierta y me estaba permitido hacerlo. Yo solo esperaba la noche, y con ella, la llegada de una nueva visitadora. Debido a la inquietud que me generaba esa obsesión, traté sin éxito de dar con las habitaciones de las *devadasi* durante mi tiempo libre, puesto que ya me parecía del todo evidente que mis visitadoras eran ellas, pero las mujeres parecían haberse esfumado, porque no veía más que hombres por todas partes. Incluso le pregunté a Shankar que dónde estaban las chicas, pero este no me esclareció nada; se limitó a sonreírme y nada más. Esa parecía ser una de sus salidas favoritas cuando prefería dejarme en la inopia de información.

Lo cierto es que a aquellas alturas ya me estaba volviendo loco de tanto sexo *interruptus* y pensé obsesivamente en intentar masturbarme, para reducir así la presión de mi testosterona de una parte, pero de otra algo más insidioso aún: el dolor de mis testículos, que era bastante difícil de soportar. Sin embargo, por más que hice nuevas tentativas me frustré, extrañamente incapaz de hacerlo. Aquellas imágenes, aquellos movimientos, la lascivia propia de mis tocamientos habituales, todo lo que me habría excitado antes fácil y obscenamente para hacerme una paja ahora no me traía el efecto deseado; mis hormonas parecían huir, como la sangre, que no llegaba a alimentar mi erección. Estaba confuso y desalentado. «¿Acaso ya padecía problemas por la edad?», se me ocurrió pensar, buscando alguna explicación a mi impotencia por satisfacerme.

Con todo, en cuanto llegó la siguiente noche mi ansiedad iba en aumento. Nadie me tuvo que aconsejar retirarme a la celda, pues lo hice temprano, encantado y casi ya empalmado. Allí esperé, y tratando de calmar mi nerviosismo anoté diversas simplicidades, fruto de mi dispersión, en el diario; luego apagué la luz, me desnudé completamente y me tendí sobre la cama expectante, para continuar aguardando aquella más que probable nueva visita.

Y en efecto, una vez más sucedió, a la misma hora más o menos y con otra visitadora diferente. Pero esta vez la cosa se me hizo difícil de aceptar, porque no obedecía a mis expectativas. Aquella hembra que apareció ante mí parecía más bien mayor, nada que ver con las otras, pero eso no era lo peor, la mujerona tenía un cuerpo tan enorme que sacudí la cabeza intentando convencerme de que no alucinaba. Solo entrar, percibir una descomunal silueta; en un primer arrebato, pensé que aquello ya era demasiado y estuve por negarme, pero luego cambié de idea. Mi promiscua forma de pensar me propuso aquello como un divertimento más, me sentí como si fuese un gigoló y tuviese que vérmelas con un servicio realmente complicado, pero que debía resolver con oficio. «¿Por qué no? —pensé—. Soy capaz de follarme a toda mujer que me visite en esta celda, si este es el juego, aquí estoy yo, aunque tenga que cerrar los ojos e imaginarme cualquier cosa». Pero mientras se desnudaba frente a mí las dudas volvieron, tuve miedo, pensé que aquello se estaba convirtiendo en algo demencial y que lo mejor sería no aceptar unirme a aquella mujerona, cuyo exiguo reclamo sexual no conseguía ver por más que me esforzase en hacerlo, por más cariñosa que llegase a ser, por muy caliente que estuviese yo, ni por más excitante y raro que pudiese llegar a resultar aquel extraño juego. De forma peregrina y abrupta, me vino a la memoria una vieja película de Pier

Paolo Passolini, en la cual todas las monjas de un convento se iban pasando por la piedra al jardinero. Sin embargo, mi evidente reacción de rechazo fue percibida por ella, quien reaccionó enervándose sobremanera, tanto que se puso furiosa conmigo y me lanzó una tremenda bofetada, capaz de hacerme rebotar las ideas desdibujadas que pululaban en mi mente, como si mi coco fuese un sonajero. En condiciones normales, y en sucesión lógica de los acontecimientos, me habría defendido tras aquel tremendo tortazo, me habría rebelado e incluso le habría soltado también otra torta, o cuando menos me habría enfadado mucho con ella. Pero la realidad continuó siendo algo más que sorprendente, apabullante, puesto que acto seguido la espectacular mujer me sujetó directamente por las pelotas, presionándolas como una tenaza hasta producirme el dolor más bestia e insoportable que pueda recordar; lo de antes sin eyacular no era ya dolor, eso era dolor. ¿Cómo iba a enfadarme? Si lo que estaba era acojonado, haciendo un uso del término más ajustado que nunca. En ese punto de humillación ya no pude aguantar más y en cuanto tuve un poco de aliento para hacerlo grité y luché por liberarme de ella. Desperté la esperanza de que los demás oyesen el alboroto y acudieran en mi ayuda, que alguien me liberase de aquella hembra terrible. Pero nadie pareció inmutarse ni acudió a la celda siquiera para ver qué pasaba. Y cuando por fin la mujerona dejó de presionar mis huevos y yo de gritar, el silencio más absoluto se hizo en el lugar. En mi miedo, eso me permitió sospechar en lógica que aquello no era solo una actividad nocturna y subrepticia, sino que estaba sucediendo con la complicidad de todos en aquel lugar.

No sabía si aquella era también una *devadasi* como las anteriores, desde luego no lo aparentaba, pero lo fuese o no procedió inmediatamente con la tarea que la traía a mí: se puso sobre la cama boca abajo y de manera brusca alzó las caderas y separó las piernas, exigiéndome, con ademán dictatorial, que le hiciese el amor por detrás, burda y primitivamente. Yo entonces miré hacia la puerta de salida, por obvias razones, pero cuando devolví la vista a la escena en la cual me hallaba incluido desistí de la tentativa, puesto que percibí una mirada tan pavorosa por parte de aquella mujerona que accedí a moverme con cuidado, como un pollito indefenso, intimidado por aquella situación inverosímil. Comprobé de inmediato que tenía un problema añadido, porque mi sistema viril se hallaba en un reposo de difícil redención, dadas las circunstancias. Pese a todo, y para que no se volviese a enfadar, decidí hacerme con la responsabilidad de mis actos, me situé tras ella, cerré los ojos e hice volar la imaginación como había planeado ya antes, mientras fregoteaba los genitales en aquel culo y aquel sexo enormes. Trataba de buscar inspiración en mis mejores recuerdos eróticos, cosa que no me fue del todo posible ni efectiva, por lo que tuve que apelar a la memoria de las noches anteriores para poder hallar algo excitante entre aquellas enormes nalgas y el interior de aquel sexo voraz. Para mi propia sorpresa lo logré, y no solo eso, me excité lo suficiente como para poder llegar a penetrarla, con lo cual fantasear fue ya una tarea mucho más sencilla. Me esforcé por convencerme de que aquella era otra vagina, e intenté aplicar la mayor obscenidad de que era capaz mi mente para proseguir follando con aquella matrona desmesurada que olía a sudor, a curry y a pescado al sol.

A partir de ahí nada más me importó, ni siquiera el hecho de andar metiéndola en cualquier parte sin la mínima protección, cosa realmente peligrosa. Me arriesgué de forma temeraria una vez más e incluso, en mi ofuscación, decidí aprovechar la oportunidad para descargar todo lo que había sujetado en mis testículos las anteriores noches, sin pensar siquiera en preñarla, cosa improbable por la edad que aparentaba, superando así la hostilidad que me habían suscitado los prolegómenos de aquel acto tan grosero con una mayor grosería, todo fruto de una tendencia al desvarío entonces habitual en mí. Fuese como fuese, y para mi pavor reiterado, cuando ya me había sugestionado lo suficiente, cuando la oía gritar a ella disfrutando de mis empujones y cuando estaba a punto de correrme irreversiblemente, eso no sucedió; sí, en cambio, algo espantoso, pues aquella mujer alargó la mano y me agarró de nuevo los testículos —no precisamente con cariño—, cosa que me provocó un enfriamiento repentino y la consecuente inhibición de mi impulso, pues temí entonces lo peor. Sin embargo, y pese al terror que eso me causó inicialmente, su intención esta vez no era la de hacerme un torniquete en los huevos, sino la de acariciarme a su manera, ahora con mayor amabilidad, cosa hasta entonces inédita en ella, e inducirme incluso con eso a una penetración más profunda.

Todo resultó de pronto extrañamente placentero y abrí los ojos, dejé de imaginar y sentí lo que pasaba, porque la realidad era ahora sugerente por sí misma. A partir de ese instante, empecé a experimentar cosas que no había sentido jamás; el mismo cuerpo de la mujer me pareció distinto en apariencia, más agradable entre las sombras que nos rodeaban. Fue en aquellos instantes cuando sentí que la mujer alargaba un poco más la mano por debajo de mí y me presionaba con los dedos en los esfínteres. Ese hecho me provocó un incomprensible choque interno, tan agudo que mi pelvis empezó entonces a vibrar como enloquecida; no podía controlar sus movimientos, que me arrastraban convulsivamente como a un poseso. Entretanto, ella se quedó completamente quieta, aunque yo no podía parar: tenía escalofríos, todo mi cuerpo se sacudía involuntariamente y, en consecuencia, mi erección cedió por completo a la flaccidez. Al percatarse de ello, la mujer se dio media vuelta sobre la cama y me sujetó la verga con ambas manos, retiró bien la piel del prepucio que había abrigado ya el mustio glande y me besó en él, como las anteriores, sin importarle en absoluto la decadencia en que se había sumido mi pobre polla. Yo aún estaba temblando, y aunque las sacudidas habían disminuido, me sentía bloqueado y sumamente extraño, por lo que antes de marcharse me ayudó todavía a estirarme en el catre, extrañamente complaciente ahora, y me cubrió incluso con una tela. Tras eso, la mujerona desapareció de mi alcoba en silencio, como las demás, confundiéndose entre las sombras que reinaban a mi alrededor.

17

EL SILENCIO

Aquella noche había vuelto a suceder; era la cuarta vez. Me había visitado una joven extraordinariamente dulce, sobre todo considerando a su antecesora. Me extasié con ella hasta un punto exquisito durante un prolongadísimo coito; pero tampoco pude eyacular, pese a que deseé hacerlo de una vez por todas, motivo por el cual incluso me había puesto una goma que localicé en mi maleta. Pero la chica supo manejarme de tal manera que en ningún momento quise finalizar y tras un largo ejercicio de amor se retiró como las otras, después de retirarme la goma y besarme el glande todavía hinchado. Tras eso, por enésima vez intenté masturbarme, porque cuando se ausentó la chica mi erección volvía a ser irreducible. Pero el curioso embrujo que me afectaba continuaba planeando sobre mí y tampoco en esa ocasión me fue posible alcanzar el clima propicio, lo cual me resultaba incomprensible después de follar tantas veces sin llegar a tener un solo orgasmo y sentir los testículos a reventar.

Ese día, vi de lejos al grupo de mujeres entrando en una de las salas. Sin dudarlo, me dirigí hacia allí para tratar de esclarecer lo que me estaba sucediendo. Lo cierto es que la situación era extrañísima, puesto que, aun resultándome evidente que todos o casi todos sabían lo que sucedía en mi celda, ni yo le había pedido explicaciones a nadie aún, ni nadie me había hecho el más mínimo comentario respecto a las visitas nocturnas que estaba recibiendo.

Todo se mantenía en una intriga que yo permitía tácitamente, porque era algo que me hacía sentir vivo y expectante en todo momento. Sin embargo, durante el día permanecía como aletargado, fingiendo que no pasaba nada, y acudía esforzadamente a las clases de yoga y meditación, a las charlas y a los trabajos compartidos, como si todo eso fuese el precio a pagar por aquellas noches de misterioso placer. En el ámbito diurno, conocí a los discípulos de Shankar con los que no entablé apenas relación, pues casi siempre permanecían silenciosos y circunspectos; también pude conocer a algunos visitantes que aparecieron por allí ocasionalmente, entre ellos varios extranjeros, los cuales acudían únicamente a las clases del *ashram* pagando por ello. Yo estaba tan metido en lo mío que en ningún caso me esforcé lo más mínimo por comunicarme en especial con nadie. De hecho, yo era el único residente extranjero en aquella escuela e imitaba hasta donde me era posible la actitud distante de los demás internos, aunque en mi caso era una actitud más taciturna que mística.

En esas condiciones la monotonía de los días era soportable, porque las noches eran tan asombrosas que yo me mantenía en vilo, absorbido y sin abandonar el *ashram* bajo ningún concepto. Tal vez, en el fondo, temía que si hablaba con alguien de ello podía romper el juego en el que me hallaba gozando de forma tan intensa, pese a la dureza de la penúltima experiencia, que si bien debiera haberme desencantado, no hizo sino aumentar el hechizo a un grado aún más candente en mí. Con todo, incluso llegué a olvidarme del santón, que no había aparecido por allí desde que yo llegué.

Cuando casi alcanzaba la sala en la que entraron las *devadasi*, Shankar salió de pronto al pasadizo y me interceptó:

—¿No irás a ver a las mujeres? ¡Ya te dije que no puedes! Solo pueden ser vistas en el momento apropiado...

—¿Ah, sí? ¿Y cuál es ese momento?

—Lo sabrás. Pero por lo pronto debes respetar las normas del *ashram*, ¿está claro? —dijo, con una inusual contundencia en él.

—¿Y cómo sabes que no conozco ya a algunas de ellas? —se me escapó.

—¡Imposible! Son *devadasi*...

Tras mirarnos en silencio durante unos instantes, comenté:

—Suceden cosas extrañas en este lugar...

—Tal vez —respondió simplemente Shankar; luego, con una sonrisa me indicó la dirección de la celda y me dejó.

Contrariado, me fui a la habitación pensando en estirarme allí un rato. Pero en el trayecto tuve una aparición: era Ma Ananda, que surgió de una de las puertas como si se tratase de un personaje emergente del guiñol. Llevaba sueltos sobre el sari sus largos y ondulados cabellos blancos; sus ojos claros y cristalinos me contemplaron de aquella manera que lo hacía ella, como mirando alrededor. Aquella mística dama me hizo un gesto con la mano, suave pero claro, indicándome que la siguiese adentro. Yo así lo hice, porque no dejaba de sentir una clara fascinación por su presencia etérea. Una vez dentro y mientras la señora me indicaba un lugar donde sentarme, preví con cierta resignación someterme al juego silencioso de las preguntas y las respuestas escritas sobre papel. Sin embargo, no veía el cuaderno por ninguna parte. Ma Ananda caminó hasta unas cortinas que separaban la estancia y después de pasar solo unos instantes tras ellas volvió a aparecer; luego, se limitó a sentarse en su lugar, hierática otra vez frente a mí, con una inexpresión en su rostro que a mí me producía nerviosismo. Parecía aguardar a que sucediese algo. Pasaron acaso tres minutos así, pero a mí me pareció mucho más, tanto, que deduje que se había olvidado por completo de mí: ¿para qué narices me había hecho entrar?

Sin embargo, de pronto sonó una voz que me sobresaltó:

«¡Bueno cachorrito! ¿Parece que te gustan mucho las mujeres, eh?».

Era la voz del santón, sin duda, y sonaba muy raro. Pero ¿dónde estaba? Busqué a mi alrededor, imaginé al viejo tras las cortinas y me levanté del suelo como alma que lleva el diablo, ante la impasible presencia de la dama, que por nada se inmutaba. Me dirigí hacia las tupidas cortinas que separaban la sala de Ma Ananda de su dormitorio, las descorrí de golpe y entonces entendí lo extraño de aquella voz enlatada: se trataba de una grabación, que sonaba en un reproductor de baja calidad. Entonces me giré de nuevo hacia la divina anciana y la vi sonreírme; no me miraba a los ojos directamente, pero su rostro me expresaba una atención inteligible y acaso más directa de la que había mostrado hacia mi persona con anterioridad. Hizo un nuevo gesto, indicándome esta vez que escuchase, porque el mensaje en el magnetófono no había finalizado aún:

«Debes entender —continuó la cinta tras un intervalo silencioso—, que tu ansiedad de sexo no será satisfecha jamás por más mujeres que conozcas. Eso solo hará aumentar el deseo que te enloquece y necesitarás más, cada vez más y más, porque con ello solo alimentas los fantasmas de tu mente. No eres consciente de la energía que sucede, y la energía te arrolla, te desborda. Eres como una hoja flotando en el curso de un río: ni sabe que aquello es un río ni tiene control alguno de su propio destino, de su propia energía, ¿para qué? Si se desprendió del árbol, si es ya solo una hoja muerta y arrastrada por la corriente. Así estás tú: muerto, aunque en vano juegues a sentirte tan vivo, y separado de la esencia que debiera nutrir tu visión de la realidad.

»La otra noche recibiste la visita de una gran *shakti*, es decir, una mujer extraordinaria, energía pura, magia pura de transformación. Pero tú viste una mujer desagradable y repulsiva y la ofendiste; no supiste ver más allá de eso y rechazaste la esencia de su mujer más pura, porque es una hechicera infalible. Eso la puso muy, pero que muy molesta, furiosa, diría yo, ¡claro! Es que tú prefieres las jovencitas, cuyo cuerpo se te antoja más agradable y sensual, como todos los fornicadores. Todo cuanto ves en ellas es un culo bien proporcionado, la tersura de una piel, un sexo prometedor y unas tetas que miran hacia arriba... ¡Qué ridículo y vulgar eres!, ¡no sabes hasta qué punto! Si supieses cómo es en realidad una mujer auténtica, llena de fuerza más allá de la forma, te volverías loco de añoranza después de haber cometido un acto tan burdo, espeso y desconsiderado, porque ella puede ser la mujer más encantadora de todas, y a la vez la más peligrosa: ¡ella es una Kali, una devoradora de hombres! Pero es igual, no supiste reconocerla y no es este el momento de lamentarse de nada, y menos de eso, porque ella estaba deseosa por conocerte y ya lo ha hecho. Pero quiere más. No tiene suficiente con la piltrafa de hombre que halló en tu alcoba. Sabe lo que se oculta en ti y lo quiere todo... ¡Naturalmente!

»Escúchame bien, cachorro: Shankar te va a llevar mañana a un sitio muy especial, donde por fin conocerás a las *devadasi*, es decir, sabrás quienes son en realidad las mujeres que tanto deseas ver a la luz del día. Pero, por lo pronto, acude a tu habitación, porque tendrás una nueva cita, la última... ¡A ver si conseguimos espabilarte de una vez! Porque de otra forma, Kali te destrozará, y no tendrá contigo ni para uno de sus afilados dientes...».

La grabación cesó ahí, sin más, dejando paso al monótono soplido de la cinta que aún rodaba sin palabras que reproducir. Yo me sentía profundamente tocado por lo que acababa de escuchar respecto a mi actitud, como también contrariado al desvelarme el santón todo aquel montaje de las visitadoras, de manera que busqué el consejo de Ma Ananda, quien desde su abstracción parecía entenderlo todo, como la más perfecta de las celestinas.

—¿Quiénes son las mujeres que me están visitando?, ¿son *devadasi*? —interrogué a la anciana, quien me hizo una seña para que le alcanzase algo que estaba guardado en un cajón.

Allí descubrí su cuaderno de conversaciones y se lo entregué, ansioso por saber qué podría aclararme. Ella escribió sin prisa y me entregó luego el texto de su primera respuesta:

«Esas mujeres te están limpiando. Están haciendo cuanto pueden para que tu encuentro con Kali sea posible, porque, sin saberlo, has estado buscándola toda la vida, como ella a ti».

—Pero ¿quién demonios es Kali, y por qué dice que nos buscamos? Si no la conozco... —objeté al acabar de leer su nota.

Ma Ananda tomó de nuevo el cuaderno y escribió en él:

«No hace falta saber quién es. Solo es necesario conocer qué es, identificar su energía; si fueses más consciente de ti mismo ya lo habrías hecho. Kali no es una mujer en concreto, sino el espíritu del poder femenino, ¿entiendes? Yo misma fui Kali, y tuve a mi preciado consorte, quien estuvo a la altura y con el que me realicé. Le busqué hasta hallarlo, como él a mí: era imprescindible que nos encontrásemos».

—Bueno, todo eso no me explica mucho la situación. Podría aclararme... —intenté decir, pero Ma Ananda hizo entonces un gesto taxativo, dándome a entender que allí finalizaba nuestro encuentro, y luego otro más, con el que me puso de manifiesto que debía irme ya porque no tenía nada más que comentarme.

Así de abrupta fue en aquella ocasión. Y una vez más me sentí atónito, porque la anciana volvía a ignorarme de nuevo desde su profundo y circunspecto silencio. Yo salí de aquella sala creyendo entender aún menos que antes lo que estaba sucediéndome.

18

LA ÚLTIMA VISITADORA

Pese a la «reprimenda puritana» que recibí desde el magnetófono, la lascivia no cesaba de aturdirme y el latido de una explosión sexual reiteradamente aplazada era ya insoportable en los testículos; todo el día iba dolorido, caminando ancho, para evitar el roce y no solo era dolor, sino también como si cien fuegos ardiesen en mi interior. Por eso, al finalizar la cena me fui directamente a la celda, ansioso por recibir allí aquella última y anunciada visita. Como ya empezaba a ser habitual y prematuramente excitado, me desnudé completamente y me tumbé así sobre la estera a esperar la aparición de mi próxima concubina. Pero esa noche no apagué la luz.

Sin embargo pasaron las horas, y con su paso se excedió el tiempo habitual en el que se presentaban las visitadoras. Luego, pasó una hora más, y otra, hasta que cansado de esperar apagué por fin la luz y me quedé profundamente dormido. Soñé que una bestia me perseguía; no podía saber de qué animal se trataba, porque era consciente de que si me giraba, o si dejaba de correr, me despedazaría en un instante. La pesadilla era tan abrumadoramente real que podía sentir el cansancio en mis piernas a medida que avanzaba desesperado, a sabiendas de que la distancia entre mí y la bestia se iba reduciendo más y más. En cualquier momento el depredador me atraparía y sesgaría mi carne con sus garras, ya podía casi sentir su aliento cerca de mi nuca. En ese punto fatídico grité, convulsionado y sudoroso. Al despertarme, me di cuenta de que me había sentado sobre el catre como movido por un resorte; jadeaba aún por la terrible experiencia de la pesadilla. Fue entonces cuando sentí el contacto de una mano sobre mi espalda y me asusté sobremanera, porque no estaba completamente seguro de haberme despertado definitivamente de aquel sueño.

La última visitadora estaba tras de mí, o tal vez fuese la bestia tremenda de mi sueño, acariciándome la piel con la parte más suave de su cuerpo feroz, hasta tenerme absolutamente entregado, manso e indefenso. Lo cierto es que sentí un cierto reparo antes de iniciar el lento giro sobre mí mismo, un movimiento que me llevaría a contemplar a quien se hallaba tras de mí. Pero eso no fue necesario, porque aquel personaje se adelantó y desde la penumbra reinante vi a una mujer, la visitadora, quien inició seguidamente el ritual al que ya me tenían acostumbrado: fue retirándose el sari del cuerpo, lentamente, primero de los cabellos, luego hasta la cintura, para finalmente mostrarme aquel cuerpo de larga silueta completamente desnudo. Como también era habitual, los detalles precisos de su identidad me quedaban velados por la oscuridad, pero sentí claramente la fuerza de aquella presencia femenina, que se mantenía todavía estática apenas a un metro de mí. No sabía lo que era, pero algo de ella me resultaba conocido. Tal vez fuese el tenue aroma que me llegaba desde su piel, o desde su aliento, o desde el perfume que acaso emanaban sus largos y lacios cabellos. Cuanto más respiraba su presencia, más extrañamente familiar me resultaba. Movido por esa inquietud, me puse en pie y me aproximé a la chica, quien no retrocedió, sino que se rindió a un abrazo, excesivamente franco para unos desconocidos, casi enamoradizo y emotivo. Creo que la estreché como a una mujer reconocidamente amada, sin atender a las circunstancias que me permitían estar junto a ella en ese momento. Luego, en el vibrante encuentro de las pieles desnudas busqué sus labios, que no me quisieron encontrar. Pero entonces, un tenue brillo de luz procedente del exterior destelló

93

en sus ojos, reflejando aquel verde exótico y profundamente misterioso: eran los ojos de una de las dos chicas que conocí en aquel burdel cercano. No había ninguna duda ya para mí, porque estaba seguro de haberla visto también el primer día en que llegué al *ashram*, junto a las demás *devadasi*, por más que Shankar desmintiese la posibilidad de que pudiese conocer a alguna de ellas. El corazón me dio un vuelco. Dakini, dijo que se llamaba Dakini. Con la corazonada de que estaba en lo cierto, pronuncié su nombre, poniendo todo el cuidado en cada pequeña inflexión de mi voz, tratando de que notase en ello la caricia de mi felicidad por volver a sentir su cuerpo junto al mío. Ella no respondió nada, solo se movió para envolver mi cadera con una de sus largas piernas, ciñéndome así a su cuerpo; luego buscó mi sexo, ya enardecido, y con el tacto de unos dedos inspirados lo condujo en una lenta progresión hasta la entrada de su vagina, cálida y untuosa, perfectamente dispuesta a recibirme. Yo entonces la sujeté por las nalgas, para que así pudiese cruzar la otra pierna en torno a mí, y mientras iba encontrando el dulce placer en lo más profundo de su sexo, danzamos. Penetrándola de esa forma me pareció liviana, aérea, sutil y más dulce que las otras visitadoras, con Dakini había ternura además de sexo y esa combinación creó, o acaso reforzó, unos vínculos que desde la primera vez asomaban entre nosotros, incipientes, pero innegables más allá de lo razonable. Me moví sosteniéndola en brazos mientras jugábamos y gozábamos de aquellos instantes, dando vueltas y más vueltas en el aire, felices de amor, inflando mi sexo y siendo absorbido por el suyo con una prodigiosa succión que ella sabía producirme desde su interior, desde una vagina tan húmeda ahora como la fruta jugosa. Aún siendo la chica ligera, llegó el momento en que tuve que arrodillarme, algo exhausto por sostenerla a peso, y después, sentados ya en el suelo, continuamos haciendo el amor, ella sobre mí agitándose sin que pudiésemos ya notar diferencia alguna entre nuestros sexos, que ya eran un solo sexo. Más tarde y de forma espontánea, nuestro movimiento fue cesando, no quedamos quietos manteniendo la penetración, que ahora se había convertido en una latencia interna, simplemente sintiendo el fuego, nuestro fuego interno. Creo que en todo momento nuestras manos estuvieron entrelazadas, nuestra piel fundida, la química con aquella mujer era extraordinaria.

No sé cuánto tiempo transcurrió, pero fue el resto de aquella noche, porque cuando sonó la campana para ir a meditar, aún estábamos unidos, sin cansancio, sin la mínima intención de eyacular por mi parte. Aquella sensación molesta en los testículos, aquella ansiedad que me había acuciado tanto, ya no estaba. Cuando sin decidirlo racionalmente llegó el momento en que nos fuimos aflojando, parecía ser una cosa tan natural que ambos la entendimos desde esa naturalidad, sin esfuerzo, sin prisa, sin preguntas ni tensiones. En condiciones normales, me habría parecido imprescindible interrogarla, ahora que podía, respecto a nuestro anterior encuentro en el burdel, pero la fluidez de nuestro amor no dejó espacio a la suspicacia. Ambos preferimos no hablar, tumbarnos juntos en mi estera, descansar después de amarnos cubiertos con una fina tela. En esa noche mágica junto a Dakini, dormirse dulcemente abrazado a ella fue tan fácil como placentero. Sin embargo, cuando tras horas de sueño abrí los ojos, ella ya no estaba a mi lado.

19

___

LA SIMIENTE DEL LABRADOR

Debía ser ya media mañana, cuando llamaron a la puerta de mi celda. Era Shankar, que quería saber por qué no había acudido a las clases matinales. Eludí excusarme, porque aquel montaje me resultaba tan insólito que a mi parecer al último a quien debía excusas era a él, quien por otra parte parecía estar ya al corriente de todo.

—Haces mal en abandonarte tanto. Aquí se trabaja, esto es un *ashram* —me reprochó.

—Bueno... Pero si apenas he dormido, tú ya sabes que he tenido visita, no disimulemos. Además, si no he ido ¿qué?, ¿por qué se os ha metido en la cabeza que debéis redimir mi vida «abandonada»? Yo ya estoy bien así y no he pedido ayuda a nadie.

—No sabes lo que quieres ni lo que tienes... —añadió.

—Te equivocas, tengo muy claras mis apetencias, de manera que si aquí estoy de más, me largaré, pero no pienso someterme a la tortura de vuestras prácticas indefinidamente, porque no creo lo que me dijisteis: ni soy especial, ni creo tampoco necesitar una limpieza «espiritual» como la que proponéis. Quiero vivir mi vida, a mi aire... Nada más. Aunque te seré sincero: los métodos que usáis para limpiar mi alma son buenísimos, es más, son la única cosa por la que me he quedado aquí durante todos estos días...

—¿Me permites que te explique una historia? —me propuso Shankar, salvando la discusión.

—¡Si no es moralista! —objeté.

El gigante se adelantó y tomó asiento junto a mí, en el borde del catre.

—Es una historia que tiene que ver mucho contigo. Me la explicó una vez un sabio musulmán.

Si algo tenía Shankar era lo persuasivo que resultaba. Su voluntad era de una intensidad carismática y cuasi incontestable, con lo cual acababa convenciéndome siempre de lo que fuese. Me incorporé, pues, sin rechistar y escuché atentamente lo que quería narrarme.

—La historia es esta: había una vez un campesino al cual le faltaban semillas para poder cultivar un huerto y alimentar de esa suerte a su familia. Así es que un día partió rumbo al este, porque de allí, como el propio sol de la mañana, procede todo bien para quienes no conocen el mundo sino por su propia experiencia natural. Se fue así hacia el levante, para hallar y conseguir las simientes con las que cultivar y alimentar a los suyos.

»Aquel hombre, ignorante de las cualidades de aquello que buscaba, llegó un día a un mercado de semillas. Allí pudo ver innumerables cestos llenos a rebosar de simientes variadas, de todos los tamaños, de todos los colores; algunas eran magníficas y exuberantes, mientras que otras aparecían a sus inexpertos ojos como groseras, raquíticas o miserables.

»Así, fue preguntando a los mercaderes cuál era la mejor semilla y todos, sin excepción, le declararon que la suya era «la mejor». Entonces él, dudoso, se acercó a un viejo vestido con harapos que poseía un solo cesto en su tenderete. Su semilla era sin duda la más fea e insignificante de todo el mercado. Nuestro hombre, con ganas de burlarse, le preguntó si era buena simiente, a lo que aquel anciano respondió: «¡Es la mejor!». El campesino creyó que aquel viejo le tomaba el pelo, de manera que se ofendió desmedidamente y, tratando de dárselas de entendido, gritó con desprecio: «¡Maldito viejo! ¿Cómo puedes afirmar que esta basura es buena?». Enseguida, el mercader se levantó con dificultad y tomó en su mano un puñado de las semillas de su cesto, diciéndole luego al arrogante campesino: «¡Toma! Te la regalo para que la pruebes». Nuestro hombre, entonces, advirtió un brillo extraño y peculiar en aquellas simientes que le ofrecía el mercader, pero ofuscado y aún violento, le propinó un golpe en la mano que hizo volar el grano por la plaza, al tiempo que le vituperaba de nuevo: «¡Viejo demente!, ¡no me vas a engañar, no a mí!». De esa manera el campesino se retiró de aquel tenderete y, acto seguido, compró las semillas de color más intenso y mejor tamaño que halló, regresando, después de haber satisfecho eso, a su hogar.

»Sin embargo, tras un año las espléndidas semillas no habían germinado aún: se pudrieron en la tierra sin dar ningún fruto de sí, mientras la familia del campesino pasaba la peor de las hambrunas. El hombre, entonces, acuciado por el lamento de sus propios hijos, partió de nuevo hacia el mercado del este en busca del viejo cuyas semillas despreció un año atrás, puesto que a la sazón intuyó que aquel se hallaba en lo cierto y que el misterioso brillo que percibió no era sino la vitalidad genuina de las modestas semillas que le ofreciera a cambio de nada. Pensó que era preciso disculparse por su anterior desaire, y rogarle que le permitiese probar las semillas, pagando ahora el precio conveniente.

»Así, cuando llegó al lugar, en la plaza del mercado habían crecido unos árboles espléndidos, repletos de las más exquisitas frutas. Nuestro hombre se quedó maravillado, y de inmediato comprendió que aquellos maravillosos árboles eran el resultado de las semillas que se esparcieron en aquel infortunado día. Sin dilación, buscó ansioso al anciano y finalmente lo halló sentado bajo uno de los árboles de fruta, donde inmediatamente le rogó: «Abuelo: ¡dispénsame!, ¡soy un necio y te pido disculpas por lo que hice un año atrás! Espero que sepas perdonarme y te compraré algunas de tus semillas». El anciano, tras observar su agitación, respondió: «¿Semillas? ¡Ya no las hay! Las vendí todas a buen precio al día siguiente de marcharte. ¡Qué desafortunado fuiste, a ti te regalaba un puñado! Pero ¡fíjate! Yo ya estoy esperando la muerte, de manera que conservé una con el fin de que alguien la sembrase sobre la tierra de mi tumba. Pero, pensándolo bien, ya no me hace falta, porque tú has vuelto para buscarla: ¡tómala, es tuya!». Y le alargó la mano, con la misma generosidad de un año atrás reiterada entonces. Así, nuestro campesino tomó atónito esa única semilla y expresó denodado su profunda gratitud, venerando al anciano con postraciones y besos en los pies.

»¿Te das cuenta Rubén? A pesar de la afrenta cometida desde la ofuscación, la última de las semillas maravillosas era para él, ¡no en vano volvió a buscarla! ¡Era para él! —comentó Shankar.

—¡Muy bonito! Pero no entiendo qué puede tener que ver conmigo esa historia que parece sacada de «las mil y una noches», la verdad.

—¡Bueno! ¡Ya irás entendiendo! Y verás lo análogo de su simbolismo.

—Bien..., ¡si tú lo dices!

—¡Dejémoslo, no importa! En realidad he venido a verte porque hemos de ir juntos de viaje: esta noche tenemos una cita...

—¿Qué? ¡Te estoy diciendo que ya estoy hasta las narices de todo este rollo, y me dices que nos vamos de viaje! ¡Increíble!

—¡Sí!, ¡ya sabes! Ayer te lo comentó Ma Ananda, ¿no es así?

—¡Ah, sí, la mística y muda ancianita!, ¡y tú!, ¡y el bendito santón!, ¡empiezo a estar harto de todos vosotros! Insisto: el único motivo por el cual os he seguido la corriente es por las visitas que he estado recibiendo, si no, ¿te crees que iba a quedarme yo aquí haciendo posturitas de masoquismo puro y meditaciones soporíferas? ¡Yo no soy como vosotros!

—Las chicas han hecho su trabajo a la perfección, aunque ahora estés tan enfadado, de hecho eso es un buen síntoma, se están removiendo cosas importantes en tu mente, por eso te resistes. Ahora te toca asistir a un Kala Chakra...

—¿Un Calaquééé...?

—El Kala Chakra es la reunión del círculo tántrico de nuestro grupo. Es imprescindible que vengas.

—¡Me da igual lo que sea!, ¡no pienso ir!

—Sí, sí vendrás, de otra manera jamás volverías a ver a las chicas que has conocido a lo largo de todas estas noches, ni tampoco al gran *sadhu*... Te quedarías sin tu «semilla maravillosa», ¿entiendes?

—¡Entiendo que me estáis manipulando!

—Sí... No había otra opción contigo —afirmó Shankar para saldar la conversación.

20

LA CAVERNA

Una vez más, el persuasivo Shankar logró convencerme y acepté a regañadientes ir con él a la ceremonia con las *devadasi*, de la cual ni siquiera me había aclarado suficientemente en qué consistía. Pese a rechistar como un niño, me hallé finalmente en el interior de una furgoneta que conducía él mismo y en la que viajaban además otros tres hombres en el asiento trasero, quienes por cierto, no me parecieron residentes del *ashram*. En principio no reparé en ellos con la debida atención, pero transcurrido un insufrible y bochornoso tramo del trayecto por las escandalosas e inacabables calles de Delhi, me fijé en uno de ellos a través del retrovisor central. Fue así como descubrí algo que me ocasionó auténtico estupor: aquel tipo era, ni más ni menos, el conductor del *rickshaw* que me condujo hasta el burdel noches atrás, y el otro, en quien reparé acto seguido, el empleado de la Guest House que me acompañó el día en que comenzó todo el embrollo. «¡Qué desfachatez!», fue lo primero que me vino a la mente al percatarme. Abrí los ojos como un poseído y, como es lógico, no me hice el desentendido, porque el fregado en el que me metieron la noche de marras me parecía intolerable. Por eso me giré sobre el respaldo, buscando una ironía apropiada con la que atacar el tema:

—¡Vaya..., señor taxista!, ¡qué casualidad! ¿Ha perdido el *rickshaw*? Y usted, señor encargado, ¿ya sabe dónde encontrar un locutorio más próximo al hotel?

Los tipos sonreían con cierta sorna y sin responderme: aquella parecía ser la manera que tenían todos ellos de manejarme como a un tonto. Sin embargo Shankar, benévolo, rompió mi onerosa espera de una respuesta:

—Te presento a Ramesh, es decir, tu taxista favorito...

—¡Menos guasa! —exigí.

—Bien —continuó Shankar—, y estos otros son Robi y Asham, dos miembros más de nuestro grupo...

—¡*Okey*! ¡Tanto gusto! Y ahora: ¿me explicas de una vez por todas qué significa el embrollo en el que me metisteis la noche de las putas?

—Cálmate, te pones muy tenso sin motivo. En realidad, es bastante sencillo de explicar: tú buscabas sexo, ibas desbordado y lo sabíamos, porque se lo habías confesado al *sadhu* Maheshwaraji. Si no hubieses querido ir a ver prostitutas, Robi se las habría arreglado para que de alguna forma tuvieses una cita con alguna de nuestras chicas, cosa a la que sabíamos que no te ibas a negar; esa fue la manera de traerte hasta nosotros. Fue un montaje, es evidente, pero nada de lo que debamos arrepentirnos, porque tarde o temprano te darás cuenta de lo importante que ha sido conocernos...

—Pues a mí me resulta imposible entender la utilidad de vuestra rocambolesca artimaña —confesé—, y no me vengas otra vez con que soy «especial»... Además, lo que está pasándome me fastidia enormemente: ¿qué hay en el fondo de todo esto?, ¿qué queréis de mí?, ¿acaso soy el primer tonto que cayó en vuestra trampa?

—¡Mira que eres cabezón! —me dijo Shankar en un tono más duro—. ¿Es que no te das cuenta de que las cosas no son ni pueden ser casuales, y de que la casualidad no existe más que para vosotros, los obtusos occidentales que la inventasteis?

Por lo pronto, ahí finalizó la escueta conversación. Sencillamente, no se me ocurrió qué más decir, estaba tenso, él tenía razón y preferí calmarme tal como me aconsejaba. Acepté la situación hasta donde me fue posible: simplemente iba dentro de una furgoneta, sudando a raudales, junto a una gente que yo no escogí como compañeros de viaje; es más, me llevaban a algún lugar desconocido para mí y a hacer algo misteriosamente desconcertante. Con todo, un completo despropósito para mi entendimiento. Pero respiré hondo, me quedé callado y consentí en todo, sin llegar a entender bien por qué extraña razón no me rebelaba a aquella especie de secuestro en el cual me veía inmerso.

Viajamos durante un par de horas sin parar, atravesando primero las extensas zonas industriales que rodean la contaminadísima ciudad de Delhi. Apenas hablamos. Al atardecer entramos en unas zonas boscosas; nos habíamos desviado de la ruta principal en las cercanías de Chandigarh, para entrar en sinuosas carreterillas que nos fueron aproximando a las estribaciones de los Himalayas. Caía la tarde ya cuando Shankar detuvo la furgoneta en un descampado, frente a imponentes montañas completamente rebosantes de vegetación tropical. Allí me comentó que debíamos seguir a pie, una media hora aproximadamente. Aduje que no me apetecía escalar montañas y pedí una vez más saber a dónde me llevaban, pero me respondieron únicamente que el camino era sencillo de hacer y que en un pispás estaríamos en el lugar de la reunión.

Desde luego, el camino no fue nada fácil de recorrer. Ellos, pese a andar con chanclas de goma, tenían que echarme una mano de vez en cuando, porque con mis estupendas botas de aventura tenía problemas para superar aquellos resaltes escalonados de más de metro, que además no parecían querer acabarse nunca. Me habían dicho que se trataba de un camino, pero aquello más bien era un gran torrente salvaje que ascendía entre el roquedo y la exuberante jungla, repleta del inquietante sonido de miríadas de animales que a aquella hora crepuscular parecían enloquecer al unísono. El grado de humedad era tan absoluto que la ropa estaba completamente mojada, como si acabase de zambullirme vestido en una piscina.

Por fin, y tras superar un último resalte, alcanzamos un claro en la espesa jungla del que partía un sendero bien visible, por el cual continuamos de forma ya más cómoda. No habían transcurrido más que unos minutos, en los cuales los mosquitos se pusieron de acuerdo para atacarme vorazmente, cuando vislumbré entre la fronda la colosal boca de una cueva enorme en forma de cuerno. Quedé tan embobado al verla que uno de mis acompañantes tuvo que volver a por mí y arrancarme de la especie de arrobamiento estático en el que me había abstraído. Me dio a beber limonada tan caliente como el propio sudor, una limonada que no obstante me hizo bien, porque debía estar ya al borde de la deshidratación. Pude así continuar avanzando hacia la gruta acompañado por aquel hombre, el tal Asham, el mismo que me llevó hasta el santón por primera vez. Shankar había desaparecido de mi vista, pero el taxista y el otro estaban charlando frente a la negrura de la sorprendente abertura. Cuando llegamos junto a ellos, percibí una extraordinaria frescura que surgía de la oscura cavidad; dentro, se podían oír las resonancias de algo que parecían voces humanas reverberando espectralmente en la profundidad de aquel abismo negro y terrible. La cueva no era moco de pavo: era realmente grande y descendía, parecía progresar entre los enormes bloques de piedra hacia las profundidades, de forma abrupta y vertiginosa. Cuando los tres hombres me vieron contemplar aquella sima con un pavor tan evidente, se rieron burlándose de mi miedo ante algo que para ellos era muy familiar. Pero yo les miraba aterrido mientras se reían, porque de ninguna manera podía compartir su confianza ni su guasa. Tras una breve dilación, y cachondeándose aún de mí, me hicieron un gesto con el cual me invitaban a entrar, pero tuvieron que ayudarme, casi empujarme, para que tomase la decisión de empezar a descender por los bloques. Con todo, una vez dentro la cueva no dejó de impresionarme, aunque no era ni mucho menos tan terrible como llegué a imaginar inicialmente, puesto que la rampante de bloques finalizaba enseguida y daba paso a una zona arenosa y plana, perfectamente transitable. Aun así mi encogimiento persistía, puesto que las dimensiones de aquella espectacular sala eran tremendas, con límites en lo alto imposibles de atisbar a la luz de las linternas que nos servían de iluminación; mis ojos, aún no hechos a la oscuridad, tan solo podían contemplar ciertos detalles: coladas gigantes y dantescas estalagmitas que nacían por doquier ante mi vista, creciendo impetuosas como la columnata de un templo tenebroso. Esas imágenes se alimentaban a su vez de resonancias fantásticas, producto del goteo constante de agua y el rumor de la gente en lo hondo de la caverna; un rumor cada vez más cercano, más vibrante. Tanto era así que desde el punto en que nos hallábamos se podían ver los indicios de una iluminación, la que surgía desde un recoveco de la gran sala por la que entramos a la cueva.

Atravesando una corta y baja galería accedimos a otra sala de menor tamaño que la anterior, en cuyo interior se hallaba reunido un numeroso grupo de gente. En principio, y a la luz de las antorchas que iluminaban la cavidad, no reconocí a nadie, pero transcurridos unos instantes descubrí la presencia de Shankar, que junto a otros hombres preparaba algo al pie de una colosal estalagmita de forma fálica situada en el centro de aquel húmedo espacio. Había también mujeres, que iban completamente tapadas y se mantenían en grupo, apartadas y silenciosas al otro lado de la sala; mientras, parte de los varones andaban de aquí para allá, o estaban sentados sobre la arena del lugar, riéndose o haciendo comentarios. Entonces, quien me había acompañado del brazo en todo momento me condujo hasta el grupo de hombres que charlaban sentados y me indicó que tomase asiento junto a ellos. Obediente, así lo hice.

Cuando tuvieron el centro bien dispuesto, nos ordenaron a todos los presentes que nos distribuyésemos en círculo en torno a la estalagmita fálica. Se hizo un silencio extraño. A mí, aquella sensación de mutismo y oscuridad me tomó el aliento, como una niebla que te alcanza y te cubre, como si tan solo quedase mi propio pensamiento y nada más; únicamente las gotas de agua y el discreto crepitar del fuego de la única antorcha prendida rompían la estremecedora sensación de vacío. Aquello resultó aún más insoportable para mí que las sesiones de meditación en el *ashram*, y no llevábamos más que unos minutos, pero mi mente estaba alborotada como un gallinero a la hora del grano. Traté de relajarme cerrando los ojos, pero la ausencia de algo indefinido se hizo aún mayor; nadie tosía, nadie cambiaba de posición, y mi sensación de ansiedad iba a más. En aquel momento alguien, de entre el grupo de mujeres cubiertas, se alzó del círculo y se aproximó al centro, donde Shankar y otros habían preparado antorchas y diferentes cosas que yo no distinguía bien desde mi posición; una vez allí, prendió fuego a un par de antorchas más y la sala se iluminó discretamente. Aquella hembra era alta e incluso corpulenta, suficiente como para que por un momento se me antojase que se trataba de la terrible visitadora que tanto pavor me causó noches atrás. Pero era improbable, porque o mucho me engañaba la vista o esta no tenía sus anchuras. Llegada al erguido falo de piedra, vertió sobre este el contenido líquido de un bol que llevaba; con aquellas luces no podía constatarlo, pero aparentaba ser leche, o algo así, un líquido que desde lo más alto de aquel falo chorreó casi hasta su base. Luego, se retiró el manto rojo que le cubría la cabeza y descubrí, como único sorprendido, que no se trataba de ninguna mujer: era el santón, el gran *sadhu* o como fuera que le quisieran llamar. No había podido rehacerme convenientemente del pasmo que me ocasionó su epifanía cuando aún logró sorprenderme de nuevo, porque ¿qué fue lo primero que hizo? Pues reírse. Soltó una carcajada tan enorme y sonora que toda la caverna vibró como si la multitud de estalactitas empezasen a danzar; fue un acto de poder y creo que su hálito nos atravesó a todos, cuando menos a mí.

«*OM KALIKÁ!*», pronunció sonoramente el santón, a lo que todos, excepto yo, replicaron con las mismas palabras y postrándose ante él. A mí eso me pareció un acto de servilismo al que no estaba dispuesto a ceder, por lo que me quedé al margen de lo que entonces se me antojaban pantomimas. A continuación el viejo se agachó, e inició una serie de maniobras con los extraños objetos que había dispuestos al pie de la piedra fálica. Alzó diferentes instrumentos, pronunció palabras desconocidas para mí y lanzó sobre la gran estalagmita más mejunjes, a los cuales la gran piedra ya estaba acostumbrada, porque lucía manchurrones que la teñían casi por completo; mientras el líquido resbalaba estalagmita abajo, arrastraba a su paso unos polvos colorados con los que habían untado el tronco previamente, con ello, un río de toda esa mezcla iba empapando finalmente la base del megalito e incluso creaba regueros que iban más allá, hasta la arena cercana. Embadurnado así, aquel falo pétreo tenía una imagen realmente impactante, y eso enardecía aún más aquel extraño culto que le rendían, pues, cuanto más mojado estaba, más fuerte sonaban las palabras de aquel curioso ritual. Luego, el *sadhu* dibujó sobre la arena extraños símbolos alrededor del gran falo e interpretó toda una serie de gestos extravagantes frente a la columna calcárea.

Hecho todo eso, se retiró apenas unos metros y tomó asiento en el interior del círculo que formábamos. Seguidamente, un par de hombres dejaron la formación y arrimaron pilas de matojos secos en torno a la roca, poniendo un cuidado extremo en no pisar los dibujos mágicos que había elaborado el santón —entendí así por qué la parte baja de la piedra estaba tan ennegrecida—. Pero si todo lo sucedido hasta entonces fue alucinante, lo que ocurrió a continuación sobrepasó la nota, ya que, tras prender fuego a los matorrales, la luz que emitía ese círculo de fuego se apoderó de la cueva y el crepitar de sus llamas invadió todo el espacio. Fue en ese instante cuando otro personaje cubierto, y que se hallaba medio oculto más allá del círculo de gente, se levantó y se aproximó al fuego central. Justo en ese momento, el santón dio una palmada en el aire y gritó: «*YONI-PUJA!*». Aquel misterioso personaje, velado bajo las telas que lo envolvían, juntó las manos frente al rostro al llegar hasta allí y saludó así al santón con una reverencia lenta y medida. Acto seguido, fue retirándose lentamente el manto que le cubría la cabeza, revelando así el signo inequívocamente femenino y una beldad absolutamente extraordinaria, que hasta ese instante nos había estado reservando bajo la túnica como una joya en su estuche. Su belleza era realmente arrebatadora, en sus rasgos jóvenes, hermosos y equilibrados, en su pelo oscuro, tejido en una trenza larguísima, en su manera mayestática de mirar. A la luz del fuego y en aquel ambiente impactante, se me antojó la mujer más bella, más perfecta y encantadora que había visto jamás. Pero ese solo sería el inicio de mi fascinación por ella.

La espectacular hembra empezó a moverse en una danza cautivadora frente al círculo de llamas, en torno al falo pétreo. Era ciertamente alta y muy esbelta, además de ágil y sensual, quiero decir, que estaba buenísima; además, no formaba parte del grupo de *devadasi* que yo conocía, por lo cual su presencia estelar era todo un misterio para mí. Momentos después, y siguiendo unos amplios pasos de danza, se deshizo impetuosamente de la tela granate que la cubría, tras lo cual pudimos contemplarla envuelta en un sari finísimo, casi diría vaporoso, de colores rojos y amarillos como las mismas llamas del fuego. Ahí, ya completamente absorbido por su hechizo, empecé a descubrir las sublimes curvas de su cuerpo, mientras observaba su cintura contoneándose, la elevación sensual de las caderas, el vaivén de sus pies y tobillos engalanados de joyas, su vientre descubierto en una deliciosa franja entre el *kurta* y el sari[2], que exhibía la graciosa agitación de su ombligo y su precioso abdomen en la danza. Giró y giró en torno a la hoguera, ejecutando signos precisos con sus largos dedos, me sedujo, nos sedujo por completo en cada movimiento. Miré por un instante a los demás hombres: estábamos todos absolutamente embobados frente

---

2 Sari y *kurta* son dos prendas básicas femeninas en la India. El primero consiste en una tela de gran longitud (en ocasiones de hasta seis metros) con la que se envuelven de cintura a pies, dejando un último tramo libre con el que se suelen cubrir la espalda y también el pelo. El *kurta* es una blusa ceñida que permite ver la cintura y el ombligo, cubriendo, eso sí, los hombros con una manga corta.

a ella. Ya no aparté ni un segundo más mi vista de aquella bellísima mujer, ¿cómo podría haberlo hecho? Si justo entonces, girando de nuevo, se desprendió del sari que le cubría los hombros y dejó que la tela flotase en el aire, corriendo el riesgo, quizá adrede, de que esta tocase las llamas y ardiese, cosa que no llegó a suceder. No había música, ella era el ritmo, la intensidad, todo lo preciso para que la danza fuese total. En la propia cadencia de su movimiento, aquella diosa fue desabrochándose los botones del *kurta*, uno a uno, danzando cada vez más enérgicamente hasta ofrecernos la visión de sus pechos jóvenes, libres y perfectos. Los hombres enloquecieron, enloquecimos juntos, y empecé a gritar al unísono con todos ellos: el furor que se creó era indescriptible. Aquello era la octava mayor del mejor striptease que yo pudiese haber visto jamás. Pero había algo más, algo secreto y potente, algo tan ígneo como el fuego que ardía junto a ella.

En un último despliegue, la mujer liberó el resto del sari y danzó absolutamente desnuda ante nosotros. Atónito, ya no podía mantener las mandíbulas juntas, ni contener la saliva que casi se me derramaba ante la esplendidez de sus formas y su danza. Pero el momento álgido llegó cuando se aproximó al círculo de hombres con las piernas bien separadas, los pies firmes y el abdomen bajo, saltando impetuosamente con un control y un equilibrio exactos. Todos gritábamos ya de forma ensordecedora; me vi inmerso en una adoración espontánea, en un gesto colectivo e instintivo, ineludiblemente inducido por la fuerza arrebatadora de la explosiva mujer que teníamos ante nosotros. Su paseo fue fulminante: acarició —literalmente— el rostro de todos y cada uno de los hombres presentes, incluido el mío, con el roce y el hálito perfumado de su vulva, que todos besábamos como si se tratase de la divinidad más beatífica. Nadie tuvo que explicarme nada; le habría cantado letanías si hubiese sido preciso, porque me entregué sin premisas a la pasión de aquel juego erótico, completamente encendido, como los otros. Pude constatar conscientemente, además, que mi erección a aquellas alturas era formidable, absolutamente incontestable. No había para menos.

Momentos después, y tan lentamente como empezó todo, la mujer se fue calmando, al tiempo que las llamas disminuían, consumidos ya los efímeros matorrales que les dieron vida. El viejo *sadhu* se levantó entonces y cubrió con un manto a la mujer que nos había hechizado de tal forma, quien ahora parecía haber entrado en una especie de trance, o acaso en un abandono muy profundo. Eso me dejó desconcertado, porque mi tremenda y apasionada erección por ella no cesaba aún.

21

LA ORGÍA TÁNTRICA

Nos habíamos quedado de nuevo todos recogidos y en completo silencio. Pasó así un tiempo lento, hasta que percibí que alguien empezaba a moverse; abrí los ojos y vi que eran las mujeres, las *devadasi*, que se habían quitado los mantos y ahora preparaban algo. Pese a la poca luz, pude reconocer entre ellas a Dakini, la chica de los ojos verdes, y a alguna otra que había visto furtivamente en el *ashram*; también la bellísima danzarina se había unido al grupo de las mujeres y destacaba con mucho, porque era la más alta y también la más atractiva de todas ellas. No me cabía duda de que aquella no estaba entre el grupo de *devadasi* del *ashram*, el simple detalle de que superaba en casi un palmo a la más alta de ellas lo evidenciaba, aunque allí las hubiese visto cubiertas. También creí intuir en una de aquellas jóvenes la figura de una de las visitadoras que recibí en mi celda, aunque no llegué a estar seguro de eso. Lo cierto es que, a aquellas alturas, me las prometía felices, aquello olía a orgiástico y eso empezó a entusiasmarme. Me atreví a pensar, incluso, que me habían entrenado bastante para el encuentro con esas mujeres, por tanto, aquello se dibujaba en las perspectivas de mi mente con todos los ingredientes de un juego exótico y excitante que me fascinaba. Solo temí que de pronto apareciese también aquella mujerona, la que por poco me castra exprimiéndome los testículos. Esa presunción no me hacía ninguna gracia.

Las ocho mujeres se redujeron a una piña. Vi entonces como se retiraba cada una de ellas un pañuelo del cuello y lo introducía en una cesta tapada; únicamente hubo una que no lo hizo: la preciosa danzarina, la diosa que nos había deleitado momentos antes y que solo llevaba encima la tela con que la cubrió el santón. Pero a mí, como fuera que nadie me había explicado de qué iba el juego, ese detalle no me pareció ni más ni menos importante. Llegué a pensar, no sin un cierto sabor a celos, que acaso aquella venus hindú era la concubina del santón. Lo cierto es que no sabía las reglas de aquello, pero empezaba a intuir lo que podía llegar a pasar, dado que éramos ocho parejas; eso, contando que se descartase a alguien, puesto que sobraba un macho que acaso podía ser el santón, por viejo o por santo, o bien yo, por inexperto o tal vez por extranjero, o por idiota. Mi mente se hallaba a la sazón en esa intriga insidiosa. Pero en realidad lo que me hervía por dentro era la fuerza del deseo por aquella mujer que me acababa de dar a besar la flor de sus encantos, por eso me sentía celoso de todos los demás hombres, rivalizaba, y el solo supuesto de que la tomase otro y no yo me resultaba inaceptable. Pronto, una parte del grupo de mujeres se aproximó a nosotros con algunas bandejas, e iban pasando ante cada uno de los hombres, dándonos a comer puñaditos de arroz y pequeños pedazos de pescado y carne seca. Mientras tanto, aquella hembra formidable se mantenía enfrente, al otro lado de la estalagmita; yo la observaba casi embobado, borracho de deseo, perdidamente cautivo de su belleza. Sin embargo, una timidez pueril y abrumadora me invadió cada vez que me correspondía la mirada, por lo que me llegué a ver torpemente forzado a desviar la vista hacia cualquier parte; eso me hizo sentir muy vulnerable ante ella.

La encantadora bailarina volvió a alzarse y se dirigió nuevamente hacia el grupo de mujeres, quienes después del curioso reparto de alimentos preparaban alguna cosa más. Pronto pude ver que se trataba de un bebedizo. Pasaron unos instantes en tales preparativos y luego la bailarina se aproximó hasta el grupo de los hombres portando un recipiente en las manos: era una especie de vaso redondo y grande, del cual bebió la chica primero, sin prisa, con una dulzura sensual que con toda seguridad mi fascinación amplificaba hasta el misticismo erótico; a continuación, entregó la vasija al primero de los hombres para que tomase a su vez. Yo, ansioso, llegué al extremo de querer hallar el sabor de sus labios en el borde de aquel vaso, cosa difícil, puesto que por lo menos iban a beber cinco hombres antes de que me llegase el brebaje que circulaba; pese a todo, mantuve esa ingenua esperanza hasta el último instante. Cuando por fin me pasaron el bebedizo me llevé una buena sorpresa, porque aquel vaso era ni más ni menos que un cráneo, un cráneo humano abierto y pulido, y lo que había dentro no era ni soma sagrado, ni infusión, sino vino... ¡Vino tinto con alcohol en la India! Pese a lo lúgubre del recipiente y lo desconcertante de su contenido, rastreé con mis labios todo su borde, buscando el mas leve, el más sutil indicio de su boca en aquel vaso de hueso, del que otros ya habían sorbido el vino después que ella y vete a saber cuántas veces antes. Ese acto nimio al que me veía impelido demostraba hasta qué punto aquella mujer me despertaba algo que se me escapaba de las manos.

Tras el vino, las mujeres trajeron una cesta que contenía todos los pañuelos que antes se habían retirado de cuello cada una de ellas, e iniciaron el reparto de dichas prendas entre los hombres, que tomaban al azar uno del interior sin poder mirar ni escoger. Pese a estar tan perturbado, miré al santón y descubrí que mantenía la vista fija en mí, es más, en cuanto le miré me sonrió de aquella manera grotesca que él lo hacía, ampliando sus grandes labios en dirección a las orejas; tenía una boca grandiosa aquel hombre.

—¡Cachorro!, ¡cachorrito! ¡Te ha llegado el momento de conocer a una Kali de verdad! —dijo el santón vociferando en las resonancias de aquella caverna.

—¿Qué...?, ¿a quién? —respondí yo aturdido, mientras me percataba desolado de que la repartidora de pañuelos se me pasaba de largo, ignorándome en la entrega de prendas.

Eso hizo que inmediatamente dejase de lado el comentario del santón y me sintiese muy afectado por la exclusión, creyendo que quien sobraba en el recuento de parejas era yo. «¡Qué tonto! Me había hecho ilusiones...», pensé, ya desatinando. Confuso, me di cuenta de que las mujeres se iban aproximando a los hombres que habían tomado sus respectivas prendas; todas salvo la reina, que permanecía frente al gran falo de piedra, quieta, sin mirar a ningún otro, sino a mí. En cuanto pude ser consciente de eso me sentí estremecer, todo el deseo se transformó de golpe en miedo, porque la vi aún más fuerte, poderosa, temiblemente fija en mí como una oscura pantera acechando a su presa. No sabía qué pensar. Mi mente se debatía entre el miedo de que fuese yo y el miedo de que no lo fuese, que la tomase el viejo santón.

Entretanto, los demás hombres y mujeres se desnudaron y se entregaron a una orgía cuyo clima me envolvió rápidamente. Eso no dejaba de ser absolutamente turbador, porque empecé a ver gente que se acariciaba por todas partes, parejas uniéndose y haciendo el amor, gente gozando y jadeando en la resonancia fantasmal de la cueva. A mí, el espectáculo que ofrecían se me hizo difícil de aceptar, porque estaba cohibido y empezaba a sentirme violento con todo aquello que se me escapaba, lejos del divertimento que antes había imaginado. A la sazón, solo el viejo y yo continuábamos aún vestidos, ya que, en cuanto llevé mi vista de nuevo a la bailarina comprobé, incomprensiblemente aterrado, que había dejado resbalar la tela sobre su piel y estaba completamente desnuda otra vez, aún más fascinante desde aquel saberse irresistible. Para entonces, el santón había cerrado los ojos y parecía meditar, pero ella me continuaba mirando, continuaba clavando sus ojos en mí, me atravesaba.

Supe que no era el santón, sino yo, solo que lo que antes fue deseo se había metamorfoseado en ese miedo que ahora me atenazaba y me hacía sentir nervioso y desatinado. Miraba furtivo e inquieto en torno a mí, tan solo por liberarme momentáneamente de la tensión que aquel extraño deseo y miedo me producían, y veía que todas las parejas se habían enlazado ya en diferentes posturas, que enloquecían de placer, jadeando y revolcándose algunas por la arena. Pero esa visión de fluidez, de sexo por todas partes aún me bloqueaba más. Estaba realmente colapsado. No podía entender por qué me sucedía aquello, a mí, que me las daba de tan liberal y abierto sexualmente. La verdad es que con aquel embotamiento terrible que me atenazó el cuerpo y el ánimo mi lívido se vino abajo y por supuesto mi polla también. Desapareció aquella erección formidable, que parecía inextinguible e indómita antes, se quedó marchita, como una flor arrojada al desierto bajo el sol del mediodía. Por si eso fuese poco, el santón, quien despertando de su trance místico se había percatado de mi gran consternación, se alzó repentinamente y se echó a reír a carcajadas, ridiculizándome como ya me tenía acostumbrado. Se burlaba así de mí por enésima vez, sabía que hería en lo más hondo de mi importancia personal, y lo hacía justamente para eso, para despedazármela. Una vez más empecé a sentirme violento, muy violento con él, e incluso con toda aquella situación que se me antojaba hostil. Sin embargo, no tuve tiempo para recrearme en esas emociones adversas, porque un instante después la mujer deseada avanzó determinada hacia mí, con una enorme energía en sus pasos. Su rostro no mostraba ningún gesto amable, ni de agrado, más bien de energía pura, de fuerza incontenible. Al verla venir así, de inmediato me alcé asustado y ella, tomándome por mi miedo, me enseñó los dientes como una bestia lo haría a su presa, terrible y agresiva, pero sin que pudiese dejar de percibir lo hermosa y deseable que era. Luego, agitó sus preciosos pechos frente a mí en un ademán de ofrecerse y separó los pies abriendo sus largas piernas para que vislumbrase otra vez aquel precioso tesoro que me reservaba en su interior. Entre tanto, el santón continuaba aún riéndose, y no solo eso, sino que además se ocupaba de iluminar el cuerpo de la mujer con una antorcha, como si aquello fuese un vulgar espectáculo de feria. Eso sí, entre carcajada y carcajada, era todavía capaz de repetir una y otra vez: «*Kaliká! Kaliká! Om Kaliká!*».

Los jadeos sumados de la gente que hacía el amor en torno a nosotros lo llenaban todo. Sus resonancias, lo que contemplaba ante mí y toda aquella energía sexual que se movía y crecía sin cesar me estaban volviendo loco. Justo entonces, el santón, ya más calmo, llevó la antorcha tras la mujer, con lo cual vi dibujada la silueta de esta a contraluz. De tal suerte, la vi fuerte y enorme, incluso menos esbelta que un instante antes: creí estar sufriendo una alucinación. Pero no tuve tiempo de pensar en nada más, porque aquella hembra, incomprensiblemente enfurecida conmigo, se abalanzó abruptamente sobre mí, me agarró por los huevos y me movió adelante y atrás como a un ridículo monigote, con lo cual el santón —a quien en esos momentos yo odiaba— se partía el pecho y revolcándose de risa por la arena aumentaba aún más el volumen de sus histriónicas carcajadas. El dolor moral y físico que sentía yo era terrible, pero apenas pude ni supe defenderme; me sentía tan torpe e inoperante que cuando ella soltó repentinamente mis genitales trastabillé y caí de espaldas sobre la arena. Aprovechando mi caída, la mujer se situó con los pies separados a ambos lados de mi cabeza y desde allí masculló algo en su lengua, agitando los brazos sobre mí y llegando incluso a escupirme en la cara. Estaba cada vez más aterrado, ya que por un momento creí alucinar y ver en ella a la mujerona que me había visitado la otra noche. No podía entender lo que sucedía, pero parecía ella, su energía, su actitud agresiva, su silueta inmensa sobre mi cuerpo abatido. La cosa fue aún más lejos, porque a continuación se agachó sobre mí, me desabrochó los pantalones y al comprobar la flaccidez absoluta de mi pene pataleó furiosa sobre la arena. Quise entonces escabullirme de entre sus piernas, pero se puso de nuevo como una fiera, gritó horriblemente, y se situó de ancas justo en el lugar apropiado para orinarse sobre mi boca abierta, que no estaba así con otra intención sino la de gritar de puro pánico, cosa que no pude llegar a hacer, claro. Lo que hizo me desconcertó de tal manera que quise decir algo compulsivamente, no sé qué, con lo que en medio de tal confusión engullí sus orines entre borboteos y gárgaras. A esas alturas, estaba ya tan fuera de mí que daba manotazos desatinados en todas direcciones, me defendía de forma pusilánime y creo que incluso lloriqueé como el huérfano abandonado que surgía de un recóndito lugar en mi inconsciente, ofreciendo, supongo, un espectáculo lamentable y cobarde.

Solo después de tales humillaciones, la hembra me dejó, abandonado sobre la arena, deshecho en aquel umbral cavernoso entre los gritos de orgasmo femenino que se oían a mi alrededor.

22

LA CASA DEL DR. RASCHID

Mr. Rubén Cifuentes —incluían a continuación mi DNI—: es imprescindible que acuda hoy mismo a la dirección escrita abajo. Hemos encontrado su pasaporte con la dirección del hotel en la funda y si no acude hoy lo entregaremos a las autoridades mañana mismo. Preguntar por "Durga", en casa del Dr. Raschid», decía aquella nota, redactada en inglés, que me acababa de entregar un empleado del hotel; añadían una dirección de New Delhi. Tras leerla, me alteré tanto que lo revolví todo buscando el pasaporte, por si era una broma; pero en efecto, el documento no estaba ni en la riñonera ni en ningún otro sitio. «¿Cuándo lo saqué por última vez? —me preguntaba—. ¿En un banco?».

Confuso, imaginé que si el pasaporte iba a la policía en la India era casi como si lo tirasen a la basura. Sin duda, mi menosprecio por las instituciones hindúes era algo exagerado, pero así lo sentí entonces y no era para menos, habida cuenta de la nefasta experiencia que había tenido en la celda de una comisaría, días antes. Era preciso hacer algo inmediatamente. En primer lugar, traté de averiguar quién había traído la nota para mí; supe que había sido un taxista, un taxista cualquiera, cuya somera descripción no me coincidía con la de nadie. Seguidamente, salí a la calle y tomé un *rickshaw*, pues pese a estar hecho polvo reaccioné ante la urgencia y decidí ir ipso facto a la dirección reseñada.

Para mi sorpresa, el taxista me condujo hasta un barrio lujoso de Delhi, una zona muy exclusiva, y se detuvo en una esquina, junto a un espacio ajardinado. Allí, me dijo que aquella era la calle y que preguntase por la casa, porque él no sabía cuál era la del tal «Dr. Raschid» y los *rickshaws* estaban mal vistos allí. Caminé entonces por las aceras un buen trecho, impresionado por la opulencia de aquellas grandes mansiones, hasta toparme con un grupo de militares a quienes solicité ayuda. Gracias a ellos, supe dónde debía llamar: la casa que buscaba estaba solo a unos veinte metros. Frente a la finca, crecía una escalinata que desde la calle subía hasta la puerta de entrada; allí, un individuo uniformado custodiaba la casa. «Dr. K. B. Raschid Balha. Psychotherapy», se leía en una abrillantadísima placa de bronce. Se me ocurrió, por obvias razones, que eso de la psicoterapia funcionaba de maravilla en la India. Pregunté entonces al guardián por el señor Raschid, pero antes de responderme me registró como si estuviese a punto de entrar en el domicilio del Primer Ministro. Así de riguroso se mostró en su puesto. Luego, tras mostrarle la nota que había recibido, accedió a dejarme entrar, primero a un suntuoso recibidor, con amplias y alfombradas escaleras al fondo, para conducirme desde allí a una sala de espera adyacente, donde había varias personas a quienes juzgué clientes acaudalados del señor psicoterapeuta. En aquel ensortijado ambiente, y pese a que le había dicho al guardián que solo venía a recoger mi pasaporte, me tuvieron media hora; un tiempo que se hizo larguísimo y endemoniadamente tenso. Por fin, el portero me avisó y me dijo que le acompañase escaleras arriba, hasta detenernos frente a una puerta ornamentada de grandes dimensiones. El guardia llamó y alguien desde dentro dio permiso. Entré, y vi a un gordinflón amanerado, feo y malcarado, que ni tan siquiera me devolvió el saludo. Tras identificarme, aquel extraño individuo afirmó ser el secretario del Dr. Raschid. Me atendió desganado, severo y aparentemente molesto por cuanto le comentaba, mientras yo me esforzaba por tratar de explicarle lo del aviso en mi hotel. Ante su visible indiferencia, le puse el papel sobre la mesa para que comprobase que lo del mensaje era cierto. Pero el muy cretino miraba continuamente el reloj, insinuándome tener mucha prisa por despachar el asunto, cuando en realidad no había transcurrido más de un minuto desde mi entrada en su despacho. Aunque, de pronto, pareció cambiar de actitud y prestarme un mínimo de atención.

—No entiendo, señor, cómo sería posible que la señorita Durga, que la hija del Dr. Raschid, tuviese su pasaporte... —dijo.

—Mire, yo no puedo explicárselo: tal vez lo perdí, ella lo encontró en algún lugar y quiere devolvérmelo... Es razonable, ¿le sirve?

—Me parece muy extraño, créame; pero si solo desea eso, vamos a ir a preguntárselo a la señorita Durga. He de reconocer que la letra de esta nota parece la de ella. Bien... ¡Venga conmigo!

El secretario del doctor mejoró el tono con el que me trataba, pero continuaba consultando su reloj compulsivamente mientras recorríamos un pasillo tan espacioso como todo lo demás que vi en aquella casa.

—Es que tenemos mucho trabajo —se excusaba el secretario—, muchos pacientes esperando... —comentó, apremiándome cuanto podía.

Sin embargo, y pese a tantas prisas, todavía me hizo esperar una vez más, ahora en el corredor, hasta que apareció por la regata de una puerta y me dio permiso para pasar. Allí, vi a dos mujeres en sari, sentadas sobre el alfombrado de una extensa sala de espectacular colorido. Una de ellas, la más vieja, me repasaba de arriba a abajo con insidioso detenimiento y una visible desaprobación; yo no es que fuese de lujo, pero me había duchado y la ropa estaba limpia. Sin embargo, a mí quien más me llamó la atención fue la segunda mujer —la hija del doctor, suponía—, que permanecía cabizbaja y cubierta con el sari, lo cual no me permitía verle el rostro, pero aun así el instinto me permitió saberla joven; joven y atractiva.

—La señorita Durga dice que halló su pasaporte tirado en un parque cercano. Ella quiere entregárselo personalmente... —dijo, en tono altivo, la señora que me miraba.

—Muchas gracias por haberlo re... —fui a decir.

Pero no pude acabar, porque la preciosa joven que alzó el rostro era ella... ¿Quién? Pues la mismísima diosa danzante que conocí en la caverna, la mujer terrible que me humilló y volvió loco de deseo. Un tremendo escalofrío me recorrió la espalda de abajo arriba en el primer instante, cuando sus oscuros ojos de pantera se clavaron en los míos, cuando me sentí devorado por la mirada arrolladora de aquella mujer extraordinaria... ¡Durga, se llamaba Durga! Frené como pude una pasión enloquecedora que me hizo subir la temperatura corporal mientras ella se alzaba, esbelta con su delicado y radiante sari blanco ribeteado de oro, para aproximarse a mí y entregarme el pasaporte. No dijo nada, pero se mantuvo mirándome y me permitió extasiarme por instantes en la línea exacta de sus voluptuosos labios, el color de la piel de sus mejillas brillantes, o en la oscuridad y la blancura deliciosamente definidas en sus ojos. Durga estaba absolutamente serena y entera; estaba fuerte y me contemplaba con atención y sin prisa. Yo, en cambio, era incapaz de disfrutar debidamente la situación, lo cual habría sido un deleite inmenso, puesto que no le guardaba ningún rencor sino todo lo contrario: la deseaba ardientemente. Pero mi mente no estaba bien; sentí la ofuscación de mi ánimo, la coacción del entorno, el miedo. Aun así y tratando de sobreponerme al difícil momento, le pregunté:

—¿Nos conocemos, verdad?

—No. Yo nunca le había visto antes... Salvo en la foto del pasaporte, claro, ¿por qué lo dice? —me respondió Durga, con una excelente y académica pronunciación del inglés unida a una bella sonrisa. Era la primera vez que la oía hablar con normalidad.

—¿Cómo? ¿No estuvo hace un par de días en una cueva de las montañas, junto a otras personas? ¡Estoy seguro de que era usted!

—exclamé; tal vez alcé el tono demasiado, producto de los nervios. Lo cierto era que estaba demasiado alterado como para elaborar suficientemente lo que decía o cómo lo decía, de manera que lo dejé ir así mismo, y eso provocó que el secretario, la vieja e incluso la chica se pusiesen tensos por mi actitud.

—Señor: ¿no lo ha entendido aún? Yo a usted no le conozco de nada. Encontré su documento en el parque, cuando paseaba con unas amigas. Nada más.

Ya no hubo tiempo para más aclaraciones, el secretario me tomó del brazo y me obligó a salir precipitadamente de la estancia.

—¡Gracias! ¡Deberíamos quedar! —le dije aún a Durga al salir, alzando el pasaporte en la mano.

Me sonrió, no sabía si porque se lo había tomado en serio o en broma. Pero yo entonces no solo hubiese alzado el pasaporte. Aquel encuentro inesperado —que obviamente no era casual— no hizo sino elevar a la enésima potencia mi obsesión por ella y mi deseo apasionado, del que me parecía ir a morir roto si no me unía a aquella hembra. Aunque, saliendo ya de aquella casa, no podía aún ni imaginar cómo.

Por fortuna, esa incerteza se desvaneció en el hotel. Cuando abrí el pasaporte para comprobar que estuviese todo bien, una nota voló de entre sus páginas y se detuvo sobre la alfombra.

23

UN MENSAJE

La próxima luna llena, al anochecer, nos encontraremos en la cueva. Durga», rezaba la nota que la chica escondió en mi pasaporte.

Las palabras del mensaje de Durga resonaban en mí, arropadas por otros pensamientos relativos también a ella, quien lo ocupaba casi todo en mi mente. A esas alturas, y sin haberme aún enrollado con ella, su amor me había empezado a parecer carísimo, algo realmente difícil de conseguir, porque me sentía diminuto frente a la potencia de aquella hembra. Pero a la vez, la fuerza de su llamado sexual era tan fuerte que no había opción; nunca antes se habían apoderado de mí de una forma tan envolvente, tan exclusiva e incontestable. Irrumpió en mi vida y se convirtió en la mujer, la única mujer.

Instintivo en mi afán de llegar a ella, intentaba rehusar el supuesto de que la dulce y encantadora Durga que había visto horas antes fuese en realidad tan pavorosa como se me mostró en la cueva, o que se tratase, como me anunciaban, de una Kali tan brutal como la mujerona que me visitó en el *ashram*, aunque su silueta me hubiese confundido y provocado alucinaciones en la penumbra de la caverna, o aunque coincidiesen ambas en tratarme de semejante mala manera. ¿Tenía acaso una hermana gemela? Esa era una de las ideas peregrinas que me rondaban en mi afán por obtener una explicación congruente. Y aun teniendo en cuenta lo que el *sadhu* me advirtió en la grabación, es decir, que me confundí lamentablemente con aquella enorme visitadora del *ashram*, mi mente luchaba por eludir la impensable posibilidad de que aquella a la que llamaban «Kali» fuese tan horrenda. Entonces, era incapaz de aceptar o llegar a concebir algo que hoy sé: la energía es la verdad. Lo físico solo aparece y desaparece, aparece y luego desaparece, por eso resulta justamente «aparente». En aquel entonces tenía miedo de equivocarme, temía la locura, perderme a mí mismo, morir. Entonces, ignoraba qué era lo que en verdad me angustiaba.

Tan pronto como pude, averigüé en qué día caía la próxima luna llena y pude comprobar que faltaban exactamente once días, lo cual, dado que me encontraba bastante mal, me daba un margen de tiempo para intentar reponerme, cosa que esta vez no me parecía fácil. Inicialmente, no dudaba que acudiría a la cueva y que de ninguna manera iba a eludir aquel deseado compromiso. Eso pensaba, pero me temblaban las piernas solo de imaginármelo, y más tarde la misma convicción de hacerlo también se tambaleó, porque en los días que siguieron mi estado anímico fue empeorando progresivamente. En apariencia, todo mi mal rollo empezó una noche de espeleología sexual; pero aquello fue simplemente la continuidad, o un detonante para otro mal rollo, mayor y latente, que me traje ya desde Madrid. Fuese como fuese, lo cierto es que me costó mucho aceptar lo sucedido en la caverna. De hecho, iba acumulando momentos que no podía aceptar y que me atormentaban, momentos que quise haber podido borrar de mi propia historia, entre otros, lo de Vicente y mis dudas sexuales. Ahora era Durga y aquella penosa impotencia ante ella, porque a la sazón, el recuerdo de aquellos momentos en la cueva, frente a la mujer deseada y deseosa, me abrumaba de forma atroz. Pasé vertiginosamente de desear a Durga a temerla. Me quedé bloqueado en la cueva frente a una hembra extraordinaria, fuerte y misteriosa, me refugié en un rincón, viendo cómo los demás hacían el amor extasiados durante un tiempo que se me antojó infinito. Y yo, mientras tanto me sentía burdo, confuso e irritado, pues como remate el santón se burlaba de mi ridículo encogimiento en aquel rincón, donde me acurrucaba frente a la inmensidad de los acontecimientos y el lugar. En aquel estado, mi mente coordinaba solo negaciones, pensamientos funestos y desgraciados, culpas horribles. Mi instinto se encogía ante la sobrecogedora evidencia de mi incapacidad sexual frente a la hembra por antonomasia, la mujer de mi absoluta predilección.

Aunque lo cierto es que, siendo honestos, realistas y científicos, en tales condiciones de estrés resulta incluso fácil que a uno le falte sangre en la polla. Eso debería haberme consolado, porque el día de marras estaba tan impresionado por aquel ambiente, y además, se me exigía tanto, que psicológicamente tampoco era tan extraño que me fallase la virilidad. Sí, pero para entonces mi desaliño interno era tal que no solo no obtenía consuelo con eso, sino que los detalles hacían aún pesar más la culpa y la sensación de fracaso.

Durga se enojó desproporcionadamente al comprobar mi carencia. No sé si era eso lo que pretendía, pero con su vigorosa furia logró acojonarme sobremanera. Tras mostrarme su absoluto repudio, meándose encima de mí, pasó un buen rato ofreciendo un espectáculo realmente aterrador: avanzaba desnuda por la arena, azotando literalmente el aire con la trenza de su pelo y rugiendo de ira. Acaso por el impacto visual y mi estado, su tamaño volvió a parecerme mayor, enorme, mientras progresaba pataleando el suelo entre las parejas de amantes, a quienes parecía incluso enardecer a su paso con un poder que yo jamás había percibido antes. Por fin, después de desahogar ampliamente aquella furia, la chica se detuvo y me miró con fiereza de felino; una vez más, la oscura pantera. A continuación, pareció relajarse de forma súbita e imprevisible, como saliendo de un trance de posesa, para lentamente recogerse cerca del santón. Ya no se movió apenas, se quedó quieta y tapada, como si no hubiese roto nunca un plato. Eso sí, a lo largo del tiempo que aún pasamos allí, aquella extraña mujer, tan hermosa y a la vez tan terrible, me echó alguna ojeada furtiva: entre la tela del sari llegué a percibir sus pupilas llameantes, reflejando el fuego de alguna antorcha.

El santón, por su parte, cuanto más herido me veía más se mofaba de mí, incansablemente, sin la menor compasión por mis sentimientos, sin apenas tregua mientras duró todo aquello. A veces, me miraba y se partía de risa; otras hacía comentarios hirientes en voz alta para que todos los oyesen y completar así el escarnio. Era una mofa incombustible que al final, de tan persistente, dejó incluso de afectarme, en especial, porque después de las humillaciones recibidas ya no quedaba nada de mí en pie y por mucho que me fustigase ya no era posible que me derrumbase más.

Posteriormente, y como resultado de aquellos incidentes, mi estado de ánimo se fue deteriorando progresivamente, tanto que ya mientras regresaba a Delhi junto a Shankar apenas hablé, ¡con todas las cosas que hubiese querido esclarecer! Decenas de preguntas urgentes pululaban en mi pensamiento. De hecho racionalizaba aún, quería decir y preguntar cosas, pero mis labios estaban sellados por la consternación, la desconfianza y el desánimo. Me sentía profundamente incapaz de ser el amante de aquella mujer con la que me habían emparejado y al tiempo pensaba que si no podía tenerla me moriría, no sabía si de tristeza o de deseo, pero que me iba a morir de algo así. La impotencia de mi sexo se había extendido a todo mi ser como una metástasis.

Aquel mismo día, una vez llegué al *ashram*, recogí mis cosas y me marché de allí presa del mismo estado de embotamiento que me oprimió en el viaje de vuelta. Me vi urgido a huir, lo más furtivamente posible y sin dar explicaciones. Por eso salí de la celda procurando no ser visto, aunque no lo logré, y por supuesto sin intención de despedirme. Además, me iba sin haber podido entender aún debidamente de qué iba todo aquel rollo del santón y sus seguidores. No había podido aclarar para mi buen entendimiento ni cuál era la finalidad de mi necesaria unión con aquella portentosa hembra, cosa que además tanto ansiaba, ni tampoco con las demás que me fueron enviando antes, por más que me argumentasen que me las enviaban para limpiarme el alma. Con aquellas visitadoras, según me apuntaron de forma imprecisa, parecía que me estuviesen entrenando para mi solemne encuentro con Durga. Pero ¿por qué yo?, ¿qué tenía de especial? Si me sentía hundido, estúpido y deprimido, ¿por qué yo? Con todo, era incapaz de dilucidar si aquellos adoradores del sexo estaban locos, o más bien manejaban cosas difíciles de entender para una mente como la mía. Como fuera, y aún sin entender nada, algo muy importante en mí se sintió en peligro. Tal vez la alarma no obedeciese a que alguien quisiera obligarme, sino al temor a mi propia tendencia, a mis ganas impedidas de lanzarme y entrar en aquella historia, acaso en cualquier historia que rompiese los engaños que había formulado a lo largo de mi vida, una vida que me pareció entonces llena de falsedades, máscaras y despropósitos. Aquellas no eran simples lagunas del entendimiento, sino algo más: eran los indicios en mí de la curiosa vinculación a una trama de la cual empezaba a sentirme extraña e inexcusablemente partícipe, en particular, atraído por la fascinación del potente arte amatorio que practicaban los devotos del santón, una sexualidad tan potente que reducía a menudencias triviales mis atrevimientos anteriores, mis trasgresiones y excesos, el esnobismo y todo cuanto había confundido hasta aquel momento con la verdadera intensidad.

Mis banales conflictos de indefinición sexual habían quedado atrás; eran pura paja —sin doble sentido— y quedaban opacados en el pensamiento por la fuerte reverberación de cuanto acababa de sucederme en la India. Paulatinamente, toda una suerte de ideas tibias y grises fueron cediendo lugar al caos y al extremismo, al alboroto interior y a un curioso estado de añoranza, bajo el cual subyacía una atracción misteriosa y potente. En principio, traté de refugiarme en la idea de que pronto olvidaría todo el lío y aunque la historia tuviese un morbo magnífico, hacía bien en salirme a tiempo de un embrollo tan desmedido. Sin embargo, hubo algo más que me costó entender al marcharme, algo que en cierto modo me fastidiaba. Era el hecho de que, después de haberme buscado y trampeado tanto, aquella gente no tratase de retenerme en forma alguna; era incluso ofensivo, para la parte de mí mismo que había empezado a considerar tibiamente la posibilidad de ser de todo aquello, el rincón de mi mente donde me preguntaba con cierto delirio: ¿por qué no podría ser cierto que yo fuese alguien especial sin saberlo?, ¿por qué me habré negado a creerlo? Pero esos balbuceos de mi pensamiento no llegaron entonces a tener ni a darme ningún tipo de aliento, porque lo que de verdad me impactaba eran los hechos y sus detalles.

En ese sentido, una de las cosas que más me sorprendió, fue que cuando me marché del *ashram* de puntillas el mismo Shankar me vio salir: nos miramos por un instante y finalmente él me dio la espalda, lo cual me pareció primero molesto, un despecho; luego se me antojó inquietante e incomprensible. Se me ocurrió que habían quedado enormemente defraudados de mí y no pude evitar con ello reforzar mi propia sensación de fracaso. Salí de allí con un acentuado sentimiento de ridiculez y la autoestima como un trapo, por los suelos. «¡Vaya con la escuela de yoga!», pensé al llegar a la calle. Aunque, días más tarde sucedió lo del pasaporte y aquellas dudas respecto a sus artimañas o sus aparentes desaires se diluyeron en gran parte porque entendí que la historia proseguía. ¿Hasta dónde sería capaz de llegar? Se me hizo evidente que el desinterés por mi partida del *ashram* era fingido, como tantas otras cosas que manipulaban, un ardid más, porque no sabía cómo ni cuándo, pero con toda probabilidad fueron ellos quienes me robaron el documento para propiciar un nuevo encuentro con Durga, a quien sabían que no me podría resistir. Jugaban conmigo como con una pelota, lo veía, lo sabía, me daba cuenta, y sin embargo no podía hacer mucho por evitarlo, tal vez nada, porque ni siquiera marchándome era libre.

Había salido por patas, con un torpe paso de saltimbanqui que además salió apurado y feo, abandonando aquel *ashram* y todo cuanto suponía a hurtadillas. Pero más tarde la volví a ver, se me giró todo, no sabía qué hacer, porque mi corazón y mi cabeza luchaban a muerte. Tras leer la nota de Durga, ya solo en el hotel y cuando el relativo control que mantenía sobre mí mismo cedió, me invadió la desdicha, y de manera más profunda. Lloré, lloré casi toda la noche sumido en mi tristeza. No podía apartarme de aquel sentimiento pueril de compasión hacia mí mismo y lloré entonces como el niño de orfanato que otrora lloró su soledad, un niño que aún era y que aún lloraba amargamente por una ausencia sensible, pero que nunca tuvo rostro alguno.

Así me fui sumiendo en el peor de mis desequilibrios, unido a una sensación de total despropósito, y no ya en la India, sino en el mundo. ¿Y si me estaba volviendo loco? Se me ocurría. Mi obsesión y desquicio rebasaban cualquier otra crisis que pudiese haber experimentado antes. Entretanto, por momentos me venía al pensamiento mi amigo Vicente: ya no me parecía tan exagerada su depresión, en vistas de la que se cernía sobre mí mismo. Lo cierto es que, en mi caso, el desarreglo me pareció tan grave que pensé en dos posibilidades, y ambas trataban de eludir el temido reencuentro con Durga: una, tratar de alejarme unos días, viajar por la India y distraerme un poco; tal vez esa era la opción más engorrosa, dado lo deprimido que estaba. Otra, arreglar mi regreso a Madrid inmediatamente para cortar de raíz con aquella especie de pesadilla. Aun así, recapacité, y tratando de buscar ese paliativo a mi insoportable hundimiento y a la vez salvar in extremis las vacaciones —no cada año se puede ir uno a la India—, decidí finalmente optar por la primera opción, e irme a dar una vuelta por el Rajastán, como un turista cualquiera. Incluso, cosa insólita en mí, para que el viaje resultase menos fatigoso me apunté en uno organizado, en el cual te llevan a ver monumentos y templos a golpe de silbato.

Ese rollo turístico no fue mejor de lo que siempre había supuesto que sería, y no por los sitios visitados, que eran realmente extraordinarios, sino porque probarlo me confirmó, básicamente, que los viajes organizados no son para mí. Pero de entre toda la manada de turistas, tuve la oportunidad de conocer a una rubita australiana, Karen se llamaba. La tía se me enganchó desde el principio del viaje; de inmediato me di cuenta de que flipaba conmigo y no tardó en tirarme los tejos, a su manera. Aunque bajita, era mona la chica, pero un poco plomo con su obsesión por hacer fotografías de todo a todas horas y con sus inagotables ganas de hablar aunque no la escuchase. Y como era previsible, pese a mi desinterés, en la segunda noche de hotel trató de seducirme. Habíamos bebido alcohol durante la cena y la chica estaba exaltada, así que me propuso ir a su habitación para hacerme fotos, vestido claro, según se esforzó en puntualizar sin disimular una buena dosis de picardía, porque según dijo le parecía muy fotogénico. La cosa estaba más clara que el agua, y confieso que por momentos pensé que enrollarme con ella podía perfectamente ser un revulsivo para lo que me estaba pasando. Pero llegado el momento, desde mi estado de ánimo tan opaco, no vi más que a una jovencita inexperta y parlanchina con muchísimas ganas de echarme un polvo y le dije que no, que me iba a dormir, con lo que se quedó muy cortada, la pobre. Sí, puede parecer mentira, pero mi lívido estaba a cero, como casi todo el resto de mí mismo.

De hecho, ese tour por Rajastán no logró subirme el ánimo en absoluto. Volví a Delhi, días más tarde, con la misma sensación de derrota, si cabe más rancia aún, porque con el paso de los días se había retorcido. En consecuencia, la idea de volverme a Madrid tomó más cuerpo. Continuaba con las dilaciones y solo había algo que me impedía tomar aquella decisión de forma inmediata, y no era ya salvar las vacaciones en sí, sino el influjo poderoso de Durga, que me tenía sometido, privado de mi propia voluntad. Pensar en la proximidad de ciertos acontecimientos, aunque fuesen todavía contingentes, me hacía temblar. Estaba terriblemente contrariado, puesto que, después de mucho devanarme los sesos, no sabía aún si acudir a encontrarme con ella bajo la próxima luna llena o largarme, alejándome definitivamente de toda la locura del santón y los suyos, para acaso enfrentar en Madrid mis historias pendientes con un homosexual enamorado de mí u otras tantas cosas que pendían de un hilo en mi disipada vida, la otra locura. Estaba literalmente partido. Esa situación tirante me llevó a pensar de forma fugaz en la carta de Tarot de «Los Amantes», una de las que poco tiempo atrás salió en la tirada que me hice, rodeando al arcano de la muerte, una carta que me hablaba en su momento de los lastres del pasado, pero que parecía combinarse inquietantemente en mi presente. Aquel Tarot había reflejado fielmente lo que me estaba sucediendo.

En ese caos de mis dudas intenté diferentes remedios, como por ejemplo emborracharme, en el clásico «para olvidar» —eso lo logré una noche, porque si buscas, también es posible en la India encontrar alcohol, pero resultó penoso—, o planeé difusamente ir otra vez de putas, sin que pudiese juntar el ánimo suficiente como para realizarlo. También traté de masturbarme una y otra vez, articulando todos los recursos de mi mente para soñar situaciones con otras mujeres que no fuesen ella. Pero era cosa imposible, porque cualquier esforzada fantasía sexual derivaba en la sensualidad de sus nalgas, fijas en mi mente tras aquel impresionante ceremonial erótico, o en la perfección de sus pechos tersos, o en el aroma de su vagina, que jamás olvidé ya desde que me ofreció aquella flor rozándome la nariz y haciéndome enloquecer de lujuria. Acaso su imagen, y no otra sustituyéndola, habría sido la que me condujese al orgasmo en la cúspide de mi placer, cuando dejase volar mi pensamiento hasta ella y, sintiendo la erección exultante del ardor que me despertaba, estallase, imaginando hacerlo en lo íntimo de nuestra unión. Pero en mi locura, cuando intentaba imaginarla completa, su forma se desvanecía etérea sin que la alcanzase, sin que pudiese llegar a embrutecerla con mi lascivia.

24

SOLO NEUMÁTICOS

Era domingo por la tarde; la ciudad de Delhi estaba muy tranquila, maravillosamente apacible para lo que es normalmente. Pensé que era el momento adecuado para pasear y relajarse conociéndola mejor, aunque mi estado no fuese el idóneo para gozar de aquella nueva posibilidad turística. La ciudad era otra completamente distinta, acogedora y serena; el hecho de que hasta los pobres descansasen de pedir en domingo resultaba cómodo, pero incluso desconcertante.

Poco después de llegar del Rajastán, donde estuve tres días, compré unas píldoras ansiolíticas en una farmacia, donde me dijeron que con una al día era suficiente. ¿Suficiente? Siguiendo esas sucintas instrucciones quedé tan colocado que se me hizo imposible salir de la habitación, donde yací casi todo el día sumido en un letargo de fumador de opio. A partir de esa experiencia, empecé a dividir las pastillitas en cuatro pedacitos para ajustar la dosis. De esa forma me fue bien, y lo cierto es que en general me sentía un poco mejor. Aun así, la idea de volver a Madrid continuaba rondándome. Justamente por eso, en la mañana había adelantado alguna indecisa gestión: llamé a la oficina de la compañía aérea, donde me dijeron que me podrían confirmar en menos de cuarenta y ocho horas si podía tener plaza en un avión hacia Ámsterdam, que salía el miércoles. Pero se me antojaba feo volver así; en primer lugar, porque no sabía si realmente quería volver, y en segundo, porque el cambio de fecha de mi billete resultaba un trámite fatigoso y caro, teniendo en cuenta que tenía que añadir pasta extra sin haber aprovechado apenas el viaje, al menos según una previsión razonable, convencional o estúpida del aprovechamiento, porque todo lo que me había pasado hasta el momento era increíble y, si lo valoraba por la intensidad, aquel era el viaje de mi vida.

De pronto, y mientras caminaba por una de aquellas interminables avenidas de New Delhi, se me ocurrió algo que por primera vez después de muchos días me pareció divertido: ¿por qué no comprobar si realmente el santón se pasaba los días en la pila de neumáticos? A mi juicio, la maniobra era imprevisible, porque nadie me seguía; seguramente los del santón esperaban que acudiese a la cita con Durga, el viernes de luna llena, pero no que fuese a encontrarme con el viejo en su «templo». Me dejé llevar por la curiosidad. Simplemente quería saber la verdad o una parte de ella en aquel «culebrón» que me incluía en su desconcertante trama. Pero de otra parte me tentaba ser yo, por una vez, quien les sorprendiese, quien resultase imprevisible, para acaso descubrir alguna pista, qué había detrás de todo aquello. Quizá pudiese también llegar a saber si aquel acecho lo habían montado exclusivamente para atraparme a mí, o bien se trataba de una farsa reiterada, una farándula con la cual el santón locuelo se dedicaba a pescar algunos turistas incautos y susceptibles de ser timados. Aunque la cosa no cuadraba por ahí, porque: ¿qué sacaban con ese rollo? A mí no solo no me habían pedido ni una rupia, sino que además me devolvieron el dinero del atraco.

El lunes por la mañana me encontraba ya más animado. Había descansado bien y me apetecía moverme, de manera que tras desayunar en el hotel tomé un *rickshaw* y me dirigí a la plaza donde conocí al santón. Esta vez, llegar allí no fue en absoluto difícil, puesto que ya había memorizado suficientes referencias y guié al taxista de forma infalible. Al llegar, bajé en uno de los accesos al mercado, porque la plaza volvía a estar llena de gente, y pese a que el conductor insistió en que podía entrar dentro con el motocarro le dije que no, me apeé y continué andando, porque aunque ellos estén tan acostumbrados, a mí se me hacía sumamente desagradable avanzar a golpe de bocina entre la gente de a pie.

Habían transcurrido apenas dos semanas desde aquella primera vez que visité la plaza, pero el recuerdo de lo sucedido en su día me quedaba ya lejano en la mente, como si hubiese ocurrido mucho tiempo atrás. Aun así, ahora me encontraba igual: intentaba avanzar entre el sudoroso contacto de la gente, con mi oído bien despierto, tratando de localizar entre la algarabía y las bocinas el rastro de una risa, la risa que me sedujo, el inicio de todo... ¿O fue Vicente? Puesto que él era el pretexto para llegar hasta allí por vez primera. Buscar un origen determinado era absurdo, porque todos los hechos se encadenaban en mi memoria como nudos en una cuerda, mi propia cuerda anudada. ¿Quién podía juzgar cuál era el punto de partida para todo aquello? Yo no, porque todo parecía remontarse a periferias ontológicas, a límites inaprensibles desde la confusión que reinaba en mi mente. Sin Vicente y mi interés por un locutorio, aquellos astutos personajes tal vez me habrían acechado de otra forma.

En un par de minutos, y tras atravesar con cierta dificultad la plaza, conseguí llegar al pie de la pila de neumáticos, pero el santón no estaba allí. Al constatar eso sentí un cierto desasosiego y también confusión, porque aquella ausencia me golpeó más de lo que podría haber imaginado. De inmediato pensé: «Asunto concluido». Pero de otra parte mis emociones aturdieron cualquier razonamiento, porque eso podía demostrar que la elección de mi persona había sido exclusiva, es decir, que realmente fuese alguien especial para ellos. Y es que a esa extraña avenencia por mi parte se unía un también extraño estado de añoranza; me invadió abruptamente cuando contemplé el montón de neumáticos sin nadie encima y sentí el vacío. Ahora veía solo un montón de caucho que iba creciendo conforme a la actividad del taller de enfrente. De pronto, me di cuenta de la insólita dignidad que la presencia del santón había conferido a un lugar tan feo: cuando él estaba allí, los neumáticos se transfiguraban, no sé por qué una cosa tan fea podía cambiar tanto, pero se convertían en un escenario magnífico para su elocuente presencia. Ahora podía reconocer, que no explicar, por qué me sentí tan atraído la primera vez. Mientras permanecía absorto frente a la pila, veía en mi recuerdo y en los neumáticos gastados cosas que antes me pasaron completamente desapercibidas.

Estaba ensimismado, nadie me molestaba, como si fuese el mismísimo «hombre invisible». De hecho, no deja de ser curioso que cuando uno se despreocupa de una molestia es como si al mundo ya no le resultase divertido continuar jugando con eso y la cosa en sí deja de molestar. Eso es lo que me pasó allí, plantado como una estaca, sin preocuparme por vendedores, taxistas ni pedigüeños, con la mirada abstraída entre las sombras y las curvas del caucho ajado. Todas las enojosas inconveniencias de la calle se esfumaron, nadie me pidió nada... Nadie parecía reparar en mí. Tal vez me había vuelto de repente tan invisible como el propio santón. Quieto y con la mirada flotando más allá de las formas, creo que en aquellos instantes fugaces llegué a ver algo de aquel mundo que él contemplaba desde «su templo», observando a las gentes pasar, estático, como una estatua o riéndose de lo que tanto nos preocupaba a quienes pasábamos por allí ansiosos, buscando cualquier cosa. Quedé así absorbido hasta que, como despertando de un sueño, salí de aquella singular experiencia y volví a ser racional. La mente práctica volvía a gobernar mis actos. Por eso se me ocurrió que, ya que estaba allí, lo mejor sería preguntar por el viejo, por ejemplo en el taller de reparación de ruedas. Y así lo hice, pero, para mi más profunda desolación, el encargado de aquel sucio local —el único que entendía bien inglés— me dijo que no sabía de quién le hablaba, y que por allí andaban muchos, demasiados «*sadhus*» locos. Obviamente, de haber sido el santón un habitual sobre la pila de desechos, allí tendrían que haberme dado razón de él. A partir de ahí, descarté que aquella plaza fuese el lugar de referencia para el santón, pues en realidad solo parecía haber sido un escenario escogido para mí, puntualmente, y no sé a través de qué extraño espionaje del cual fui víctima sin sospecharlo.

Aparte de Asham, el empleado del hotel que me llevó hasta el santón y que más tarde iba a bordo de la furgoneta, camino de la cueva, también el recepcionista, un tal Harish, podía estar compinchado. Con él había entablado una distendida relación en clave de humor: era un tipo puramente simpático. De hecho, fue él quien me envió con Asham hasta aquel recóndito servicio de internet, cuando más tarde descubrí que habían otros mejores y más cercanos. Asimismo, él me convenció de irme al Rajastán y me reservó una habitación para cuando regresase; también a él le comenté, al principio de mi estancia y en tono de broma confidencial, que las mujeres hindúes debían hacer el amor de maravilla, y que me dolería irme sin tratar de comprobarlo personalmente. Podía ser el principal cómplice, tenía todos los números. Y ya que estaba con ánimo de investigador, antes de dirigirme al hotel para tantear al recepcionista, quería ensayar otro recurso que me pareció más imprevisible aún: aparecer de pronto en el *ashram* del santón, echarle morro al asunto y tratar de esclarecer por sorpresa algunas cosas. Aquel día me sentía con suficiente fuerza para intentarlo y así lo hice.

Localizar el sitio, entre tantas calles estrechas, no me resultó nada sencillo. Además, había perdido la dirección que el santón me apuntó tiempo atrás en un papelito, de manera que hice pasar al taxista tres veces por el mismo lugar, sin poder decidir dónde había que doblar a la izquierda para llegar a la callejuela en la que estaba situada la escuela de yoga. Por fortuna, vi algo que me orientó: era un extraño cartel en una esquina, donde aparecía un domador forzudo, rodeado de tigres chiquitos que parecían más bien gatos. No sé si aquel cartel era en plan parodia o iba en serio, porque los hindúes son muy suyos, pero como fuera, reconocerlo me salvó, porque esa era justamente la calle del *ashram*.

Ya en la entrada de la escuela, me extrañó no encontrar allí al viejo del turbante que hacía de portero. Al entrar me atendió una mujer, a quien pedí por el gurú «Majesvar», cuyo nombre pronuncié mal, pero suficientemente claro como para que me hubiese entendido.

—No sé a quién se refiere... —me dijo—. Aquí hay un gurú, pero su nombre es Sri Kumar Kalpa Sing. Si lo desea, puedo ver si puede atenderle.

—Tal vez... Óigame, y Shankar, ¿está Shankar?

—Pues no. Creo que usted se está equivocando de lugar: esto es un *ashram sikh*.

—¡Cómo! ¿Aquí no se estudia yoga?, ¿no es esta una escuela de tántricos?

—¿Tántricos? No, no... ¡Ni mucho menos! Es decir, aquí se practica yoga, sí, pero dentro de la religión *sikh*, nada de tantra.

—Entonces, ¿no hay *devadasis*? Venga ya, ¿dónde están? Yo estuve aquí hace una semana, en una de las celdas que dan al patio, y había mujeres *devadasi*, y tántricos... ¿Dónde se han ido?

—Ya le he dicho que se está equivocando de lugar: este siempre ha sido un lugar *sikh*. Eso es todo lo que puedo decirle, no insista. Y ahora, haga el favor de salir de aquí... —dijo, de forma ya más desagradable, señalándome la dirección de la calle.

Pero yo, viendo que me la estaban jugando, tuve un arranque e hice caso omiso de aquella mujer. Veloz, atravesé el portal que daba al patio interior y una vez allí, bajo las galerías, vi solo hombres, todos barbudos y con turbante. Como era lógico, la mujer de la puerta entró gritando tras de mí, y cuando ya me dirigía hacia las celdas de Ma Ananda y Shankar, un par de aquellos temibles barbudos fortachones, que además llevaban dagas al cinto, de las que hacían clara ostentación, me sujetaron por los brazos y me condujeron hasta la salida, donde de un empujón me echaron fuera como se tira a un borracho insidioso de una cantina, y además sin mediar una sola palabra. Fueron muy maleducados, desde luego que sí. Pero eso era lo de menos, porque lo relevante, lo inaudito, es que se trataba con toda seguridad del *ashram* en el que me alojé con los tántricos. Fue allí, sin duda, donde viví noches increíbles de amor con las visitadoras. No estaba alucinando, y el hecho de que todo resultase tan equívoco le daba al asunto una dimensión mayor, insospechable, más misteriosa e inquietante si cabía, porque desde la calle pude comprobar que incluso el gran cartel que anunciaba el *ashram* había sido sustituido por otro.

25

——

LA CITA

A partir de aquello, empecé a sospechar fugazmente que acaso mi cita con Durga era una trampa, una trampa más, pero esta con mayor peligro. «¿Qué buscan en realidad?, ¿por qué tanta farsa y tanta intriga?», me preguntaba de nuevo.

Y aun así, como tomado por los acontecimientos, había cancelado mi petición de retorno anticipado a Madrid, puesto que, más animado, quería ir a la cueva el día de la cita. Creo que lo decidí tras una breve y abrupta conversación con mi «amigo» Harish —el recepcionista de la Guest House—, porque confesó ser de la cofradía y, nervioso, al verse descubierto ante mí, me aclaró que los *sikhs* que encontré en el *ashram* eran también amigos del gran santón, que se alternaban en el edificio por temporadas y que habían convenido en disimular si aparecía un extranjero por allí pidiendo por los tántricos o por el *sadhu*. Ese hecho en realidad me dejó bastante frío. Pero lo que de verdad me capturó el ánimo fue lo que añadió respecto a Durga: dijo que estaba inquieta, que ansiaba encontrarse conmigo y que nunca antes la habían visto así, tan enamorada. No parecía congruente, pero yo decidí creerle, aunque fuese por debilidad, porque hacerlo me resultaba irresistible y porque una potente fascinación renació en mí al hablarme aquel tipo de esa manera, ya que eso era justo lo que deseaba oír. Más que la respuesta a una pregunta sorpresa, pareció ser la cuña de un mensaje predestinado; todo parecía enigmáticamente calculado y escrito de antemano. Acto seguido, y de forma muy repentina, Harish se excusó, argumentando que era su hora de salir y que debía acudir cuanto antes a su casa, pues su mujer estaba enferma; también me aseguró que, si lo deseaba, al día siguiente continuaríamos charlando del tema. De hecho, en los días que siguieron no volví a verle más por aquel hotel: la enfermedad de su mujer, o acaso ¿había concluido ya su misión? Con todo, su tentativa surtió efecto: me vi embaucado y me sentí el hombre más afortunado del mundo, creyéndome tan deseado por esa supermujer. Como hechizado, supe en aquel instante que acudiría a la cita. Tanto fue así que de inmediato me puse a planear cómo desplazarme hasta la cueva, cuyo trayecto recordaba bastante bien.

El viernes por la mañana, a primerísima hora, tomé un autobús hasta Chandigarh, donde almorcé, y más tarde, desde dicha ciudad, un taxi hasta la localidad más cercana a la caverna, un pequeño núcleo al pie de una carretera de montaña, que quedaba a solo un par de kilómetros de mi destino. El conductor me aseguró que en aquella aldea había varios taxis, de manera que no tendría problema para regresar. Eso fue fácil, pues en cuanto acabé de comer arroz en una humilde casa de comidas quedé ya directamente con uno de los taxistas del pueblo para la mañana siguiente.

Antes de partir a pie hacia la cueva, noté que me estaba poniendo cada vez más nervioso e incluso temblaba un poco; ahí cometí un error, tomándome la mitad de uno de aquellos tremendos ansiolíticos para intentar relajarme un poco. Antes de que el medicamento me hiciese efecto, y como no tenía paciencia para esperar, me fui camino de la cueva a pleno sol y sudé la gota gorda al entrar en la jungla, tozudo, intentando superar los resaltes de roca que por el torrente conducían hasta la espectacular boca de la caverna. Y eso, además, sintiendo claramente ya el pelotazo del sedante que había tomado antes, lo que combinado con el calor y el esfuerzo me hacía desfallecer por momentos. Pero, por si eso fuera poco, un grupo de macacos empezó a envalentonarse conmigo y algunos de ellos se fueron acercando peligrosamente, mostrando sus nada agradables fauces. Yo, pese a estar muy aturdido por el ansiolítico y todo lo demás, saqué fuerzas de donde pude para protegerme y traté por lo pronto de resolver el asunto a pedradas, a lo cual los monos reaccionaron gritando como locos, subiéndose por las ramas y lanzándome desde lo alto trozos de palo con malísima intención. Al fin, conseguí huir de su asedio y mi acopio de fuerzas fue justo para sobreponerme a la suma de dificultades, con lo que al final conseguí llegar a lo más alto de aquella especie de escalinata ciclópea, eso sí, sacando un palmo de lengua y sudando a raudales. En aquel rellano entre la jungla me detuve extenuado; necesité por lo menos un litro de agua para volver a hidratarme.

Mi plan consistía en intentar ser el primero, si era posible, anticipándome así a quien o a quienes iban a esperarme allí, para atestiguar desde el primer momento los acontecimientos. Y eso oculto, lógicamente, para poder aparecer o escaparme según lo creyese conveniente. La tentativa requería de una buena ubicación, por eso lo primero que debía hacer era comprobar que no había nadie en las inmediaciones de la cueva, y luego hallar un lugar adecuado donde permanecer a la espera, viendo, sin ser visto. Cuando hube recuperado el aliento y aclarado mis ideas, avancé con cautela y chorreando nuevamente sudor entre las plantas tropicales; caminaba tratando de minimizar el sonido de mis pisadas como lo haría un trampero en el bosque. Tras unos pocos pasos, y apartando con sigilo las espesas ramas que tenía frente a mí, contemplé, tras la fronda, la boca grandiosa de aquella aterradora caverna; debía tener veinticinco o treinta metros de altura. Allí me detuve, tratando de atender de entre los sonidos de la jungla algún indicio de presencia humana. Y, aunque no detecté nada que me lo indicase, como precaución di un rodeo a la planicie que se abría frente a la cueva, amparándome en la frondosidad tropical, en lugar de dirigirme directamente hasta allí por el marcado camino que llegaba hasta la oscura entrada.

En principio, no me pareció que hubiese nadie. Pero, con cautela, todavía me acerqué más a la gruta y permanecí allí enfrente, sobrecogido, pero tratando de perderle el miedo. Permanecí atento al sonido de las gotas de agua, que se precipitaban desde lo alto creando un lujo de reverberaciones en el interior. Estaba temblando como un flan, porque realmente, así, a solas, la grandiosa cavidad me impresionaba tanto que el miedo anterior se transformó ahora en algo con las connotaciones casi del pánico. Previamente, había ideado esperar tal vez adentro, acurrucado en la frescura de uno de sus tétricos rincones; pero el pavor que sentí tan solo imaginando eso me hizo desistir, e incluso preferir el bochorno de la jungla, los monos, serpientes, insectos y demás generosidades tropicales. Fijo ya en esa idea, remonté una loma y hallé un lugar seguro desde donde se controlaba bien la entrada a la cueva. Allí, tumbado en una esterilla, se estaba relativamente cómodo para soportar las horas de espera. Quería estar bien despierto, pero el ansiolítico que tomé acabó haciendo un efecto somnífero y no pude evitar quedarme incautamente dormido. Ese fue mi segundo error.

En ese sopor tuve una especie de pesadilla: soñé que estaba en el interior de una cueva completamente redonda, desde cuya penumbra interior se contemplaba la luz de fuera, penetrando desde la entrada. La sensación era en principio agradable. Pero de pronto aquel bienestar se truncó, porque algo enorme irrumpió en la cavidad y avanzó hacia mí. Aquella silueta cegó la luz que entraba; yo solo podía saber que se acercaba y que yo retrocedía, hasta que me acorraló en el fondo de aquella galería y me atacó de una especie de zarpazo, y sus afiladas uñas me alcanzaron la cara e incluso el oído. Tuve una sensación de desgarro tan cierta que me desperté sin aliento, porque me di cuenta de que el dolor aún persistía, y que se localizaba justamente en el interior de mi oído, ¡que realmente algo me estaba arañando el tímpano! Desesperado, sacudí la cabeza lateralmente, hasta que en una de esas sacudidas pude ver como saltaba del interior de mi oído una cucaracha de color canela de más de un centímetro, con las patitas brocadas de espuelas en forma de sierrecillas. Sentí un zumbido y un dolor tan intensos que ya daba por reventado el tímpano. Revolcándome de dolor, me reproché la estupidez de haber tomado aquella porquería de pastilla. Sin embargo, pasados unos minutos el dolor fue aflojando y dejó de preocuparme prioritariamente cuando escuché la voz de alguien abajo, en la entrada a la cueva, justo en el espacio que yo no podía ver debido a un resalte que tenía frente a mí. Me quedé tan quieto que mi respiración se cortó y, aunque habría gritado por lo que aún me dolía, me contuve mordiéndome el labio con fuerza. Oí entonces algo en hindi; era la voz de un hombre, pero se percibía además movimiento, los pasos de acaso más personas. Consulté el reloj: había estado dormido durante casi una hora. El corazón me latía al galope; tenía miedo y no sabía si era a Durga o a sus cómplices, o a todos a la vez. El miedo me arrebató hasta el punto de olvidar transitoriamente incluso el dolor de mi oído, que o bien había disminuido bastante o bien quedaba disimulado, a la sombra de la intimidación que sentía por todo lo demás.

Justo cuando iba a intentar cambiar de posición discretamente, escuché otra voz de hombre, distinta a la anterior, que surgía resonando de la caverna, y también a alguien que le respondía, en este caso una mujer. Estaban desplazándose, o moviendo cosas; no podía llegar a verles, solo percibía el sonido de su actividad. Entonces, decidí descender un poco por la jungla para poder espiar mejor de qué iba todo aquello. Mientras me movía con cautela, me di cuenta de que ya me sentía algo mejor. La cucaracha no podía haberme lesionado el tímpano, porque el dolor se había ido calmando, al tiempo que recuperé parte de la audición.

Instantes después, dejé de oír ruidos. Extrañado, me detuve y aparté lentamente unas hojas para ver qué pasaba en la cueva, puesto que desde donde me hallaba ahora ya tenía una mejor perspectiva. Pero no vi a nadie. Fuesen quienes fuesen, debían haber entrado ya en la caverna, porque todo estaba quieto en el llano. Me arriesgué a salir de la jungla y llegué hasta donde ya podía sentir con claridad el frescor surgente de la boca; pero todas las voces se habían silenciado: «¿Habré alucinado?». Desde allí, no vi luces en el interior, ni rastro alguno de gente. La piel se me erizó de la pura sospecha de sentirme acechado y retrocedí, me volví a la jungla con más precipitación que sigilo. Allí me refugié al pie de un árbol, encogido y temblando de alteración pese al calor reinante, medio oculto entre la fragosidad de la selva. Tal vez, cabalmente, no había para tanto, pero a mí se me ocurrió entonces que iba a tener otro de aquellos ataques neuróticos, como días atrás. Mal momento. Mi agobio se multiplicaba; además, debido a que se me había acabado el agua y no paraba de sudar, me estaba quedando seco. «¡Hoy no es mi día!», murmuré mosqueado, porque, por si esas fueran pocas penas, en un pispás se puso a llover... «¿Qué más puede pasarme?», me preguntaba. La respuesta me sobrevino de inmediato, ya que aún había nuevos factores para sorprenderme: eran dos, que se acercaron a mí rápidamente y por la espalda; me sujetaron, me vendaron los ojos y me bloquearon la boca. Después de atarme, me condujeron por mi propio pie a la entrada de la cueva; una vez allí se les unieron otros, me alzaron a peso y descendimos al interior. Me llevaban en silencio, lo cual me permitía oír el sonido del goteo de agua y el crepitar de antorchas encendidas mientras me llevaban así. Yo supuse, como era lógico pensar, que se trataba de la gente del santón, pero podían también ser unos desconocidos, una guerrilla maoísta, o los bandidos del legendario y temible asesino Pitambar Jhula... Fuesen quienes fuesen, pensé acojonado: «¿Qué coño me van a hacer?, ¿por qué me secuestran y amordazan de una forma tan violenta?». Acarreado por aquellos individuos, me sentía tan tenso de puro pavor que me puse a fabricar delirios, como por ejemplo que en efecto fuesen los tántricos, pero enloquecidos de ritual sangriento, movidos por la malévola intención de sacrificarme a sus siniestros dioses, beber mi sangre en cuencos de cráneo o comerse mi corazón crudo. Sin duda, esa funesta reacción de mi mente empeoró aún más las cosas, porque con tal autosugestión no pude ya controlarme, por lo que empecé a gimotear de forma pueril, tanto como me lo permitía aquella mordaza que me atenazaba la boca. Entonces escuché algo cerca de mi oído, solo pronunciado para mí y en perfecto inglés, marca Oxford: «¡No te asustes cachorrito! No va a sucederte nada malo, ya verás...». Era la voz del santón. En principio oírle me calmó; pero mi inquietud no tardó en crecer de nuevo cuando, tras decirme aquello, estalló a reír de una forma que yo juzgué tenebrosa y loca, una carcajada digna del peor psicópata.

26

EL HOMBRE DEVORADO

Forcejeaba inútilmente con mi mordaza puesta mientras me colocaban sobre la húmeda arena. Podía sentir el ajetreo a mi alrededor, y los pasos de varias personas que parecían alejarse, pero lo cierto es que no veía absolutamente nada. Luego, todo se quedó en silencio; ni siquiera podía ya alcanzar a oír el sonido de las antorchas encendidas y solo quedaban las gotas de agua en una siniestra sintonía. Un atroz sentimiento de muerte me atravesó en dichos instantes. Tenía frío; toda mi piel se erizó de un frío que venía de todas partes, tanto de dentro como de fuera. Hundido en la oscuridad de mi pensamiento, empecé de nuevo a temblar y a compadecerme de mí mismo sin poder evitarlo, porque no podía ver, ni gritar, ni pedir ayuda, porque me habían dejado allí completamente bloqueado, solo, abandonado tal vez a la suerte de quien no puede valerse ante un peligro inminente. Mi propia imaginación creó un enorme tigre de bengala hambriento que penetraba en la gruta y encontraba sin esfuerzo alguno su bocado; tanto era mi terror que lo imaginé con absoluta precisión e incluso creí oír sus pasos aproximándose por la arena y también un sordo rugir gutural entre el goteo del agua. Incluso ya delirando, me anticipé al sentir sus colmillos atravesándome la yugular y girándome el cuello de un tirón seco, para luego devorarme pedazo a pedazo hasta hartarse de mí.

En realidad no sé cuánto tiempo pasó, porque en tales condiciones un minuto se me antojaba una eternidad. Para mí fueron horas, horas inacabables de una incertidumbre y un padecimiento inhumano, en las cuales mordí desesperadamente la mordaza que bloqueaba mi boca, queriendo cortarla con la furia de un Orlando, aunque perdiese los dientes en el intento. Sin embargo, y por mucho que me penase, ni me liberé de las ataduras ni tampoco conseguí moverme más allá de un par de metros, serpenteando penosamente por la arena sin la pericia en hacerlo de una serpiente. En mi último e infausto movimiento caí de bruces intentando ponerme de lado; quedé con la cara hundida en la arena y permanecí así, rendido ya, hasta que la necesidad de respirar me urgió a sacar la nariz de esa arena. Estaba tan jodido que empecé a lloriquear de nuevo, helado de frío por la humedad reinante y pensando sin cesar en la estúpida negligencia que me llevaba a cagarla una y otra vez, sin tregua, cada vez peor. Aquel era el llanto de un niño frágil, exacto al que surgía de mí cuando me pegaban en el orfanato y luego en la escuela, cuando me sentía inferior y maltratado por el mundo, cuando lloraba apretando los labios. Aquel llanto ahogado emergía en la cueva como un hilo de rabia impotente a través de la mordaza, cargado de una tristeza perenne que solo a veces podía llegar a olvidar, pero que en ese apurado momento se hizo clara a mi conciencia como si ya lo ocupase todo en mí. No hice más que entregarme a mi demasiado frecuente papel de víctima, aunque, qué decir tiene que ahora sí parecía estar sobradamente justificado por los hechos: era la víctima.

Más tarde, agotado ya por el forcejeo, me quedé quieto y tendido, boca arriba. De manera fortuita, y debido a las fricciones de mis movimientos, el pañuelo que me cegaba se había movido un poco, de manera que mi ojo izquierdo quedó parcialmente al descubierto. Pero eso era absolutamente igual, e incluso más tenebroso, porque afuera estaba aún más negro que dentro de mí: no habían dejado allí ni una miserable vela. «¿Por qué me hacen esto?,

¿qué coño quieren?», me preguntaba una vez más, pero ahora ya abandonado a mi suerte.

—Esta vez no me vas a fallar, ¿verdad, «cachorrito»?

Sonó una voz surgiendo de la oscuridad. En mi situación, debería haber ya desfallecido; pero después de aceptar que podían incluso haberme matado y continuaba aún vivo el miedo se transmutó en el abandono del rendido, una especie de no resistencia gandhiana. Además, esta vez no era el santón quien se dirigió a mí llamándome «cachorrito»; se trataba de una voz femenina y exquisitamente agradable. Solo una vez había escuchado antes ese registro, que era sin duda el de Durga; la pantera estaba allí y me hablaba desde la oscuridad. Al oír su voz olvidé de súbito toda penuria, porque cualquier cosa podía llegar a valer la pena si por fin sucedía lo que tanto ansiaba. El sufrimiento se tornó deseo en una transmutación inconcebible y sucedió además de una forma tan vigorosa que, pese a la inmovilidad, sentí los impulsos y el calor dejando atrás toda sensación de frío, sentí la pulsión en mi sexo esclavo de su influjo, el arrebato en mi pecho, y todo, pese a la terrible confusión de mi mente, que no era capaz de organizar debidamente los detalles de aquella realidad. Instantes después oí que alguien se movía —¿acaso Durga?— y empezaba a caminar a mi alrededor, dándome vueltas y más vueltas en la perfecta oscuridad de la gruta, sin pronunciar una sola palabra. Yo continuaba absolutamente quieto, no relajado, pero sí estático en mi expectación —obviamente, no estaba en disposición de actuar—. Tuve que limitarme a seguir atentamente la posición de aquella acechadora, o acechador, quien de pronto se detuvo y se quedó inmóvil de manera inquietante; parecía que ni tan solo respirase. Pasados unos instantes, percibí que se me acercaba sigilosamente, como si no quisiese que yo lo notase; luego, cuando llegó junto a mí, se agachó, me giró de lado de un tumbo y me dijo al oído:

—Ahora voy a quitarte la venda de los ojos... ¡O no, mejor que no lo haga! Así te centrarás mejor en imaginar, porque me han dicho que eres muy imaginativo... Y que lo haces mejor en la oscuridad. Yo solo quiero que me sientas.

La cosa no iba en broma: mientras decía eso, la mujer que yo había creído Durga tenía mi paquete bien sujeto y yo estaba espantosamente indefenso en sus manos; además, y para más desconcierto, su voz cambiaba de ritmo y de tono, cosa que me confundía enormemente. Por fortuna, la severidad con que me agarraba las pelotas cedió y dejó pasó a suaves caricias sobre la tela que cubría mi henchida polla, porque, pese a todo, estaba excitado. Acto seguido, aquella hembra me estiró bruscamente, y casi en el mismo movimiento me desabrochó los pantalones y los bajó hasta las pantorrillas, donde la cuerda que ataba mis tobillos le impedía ya acabar de sacarlos. Halló entonces, bajo la mayor evidencia de los calzoncillos, mi erección completa, que no había cesado desde que me habló por primera vez, como el aparente efecto de un sortilegio. La mujer soltó una carcajada procaz, impropia de una joven, al tiempo que recorría con los dedos el camino de mi excitada polla hasta alcanzar el glande, hinchado bajo el tejido del slip.

—¡Por fin! —exclamó, riéndose aún y generando escandalosas reverberaciones—, ¡por fin voy a tener algo que llevarme a la boca!, ¡estoy hambrienta, no sabes hasta qué punto!

Era realmente espeluznante oírle decir eso, yo no sabría explicarlo mejor, lo cierto es que me asusté tanto como a la par me excitaba escucharlo. Enseguida, me fue deslizando los calzoncillos piernas abajo, palpando con sus yemas el temblor inevitable de mis piernas y la piel crispada, pero no ya de frío, sino de pura catarsis. Pude notar entonces un cosquilleo de cabellos sobre mi pubis, y enseguida la dulzura húmeda de unos labios que me besaban el dilatado glande, e iban dando paso a todo mi sexo en aquella boca que se me antojó del todo deliciosa. Mi mente imaginaba en aquel placer de la oscuridad absoluta a la deseada Durga, componía con todo detalle sus labios carnosos, deleitándome en su divino beso, o de pronto emergía el recuerdo de su cuerpo danzando, desnuda ante el fuego, con aquel aroma intenso de su vagina invadiéndome. Mientras me la comía sentí un gozo desbordante, tan puro e intenso como a la vez inusitado. Y con tal intensidad lo sentía que temí estar a punto de correrme con la precocidad de un chaval, cosa que ella debió sentir y evitó. Acaso por ese motivo se retiró repentinamente, dejándome la polla húmeda de saliva, tiesa sobre el vientre y sensiblemente fría al salir de la inmejorable calidez de su boca.

—¿Te ha gustado eso, eh? Sois como niños, os creéis fuertes y dominantes, pero luego, con una simple golosina, olvidáis todos los inconvenientes, todos los dolores y las penas, y os convertís en corderitos buenos... ¡Qué asco me dais a veces los hombres! ¡Sois débiles!...

Lo dijo de forma violenta, pero también libidinosa, de una manera tan sexual como todo cuanto hacía y decía aquella mujer desde la oscuridad y las resonancias de la cueva. Lo cierto es que cuando la oía hablar así la imagen de Durga se rompía y temía estar en manos de aquella mujerona que un día me visitó en el *ashram*.

Ahí, un interrogante me asaltaba la mente: ¿qué había sido de los rituales y el misticismo de los que tanta apología hacían los tántricos? ¿Y el yoga? Porque aquello era salvajemente sexual, visceral, brutal e instintivo, casi sádico. Pero, aún no había acabado de alucinar, porque no contenta con tenerme cautivo de aquella forma y largarme el vituperio feminista, además, la muy fiera iba escupiéndome tras cada frase que pronunciaba, con la mayor grosería, con el mayor de los desprecios. ¿Ese era el anhelo que sentía por mí? No podía entenderlo, no podía entender nada, mi mente se entumecía y embotaba por momentos, que no mi polla, la cual curiosamente continuaba tan alegre como al principio, como si ella, con independencia de mis extravíos mentales, lo entendiese todo a la perfección. Pero, como fuera que me tenían preso y dominado hasta un nivel máximo de humillación, no había réplica posible. Y era un prodigio, porque aun así yo continuaba excitadísimo, como asumiendo el servilismo sexual de un semental bien dispuesto, o como un perro baboso en época de apareamiento, al que no le hace falta pensar. Me resultaba sorprendente la evidencia de que mi instinto se exaltase irracionalmente ante aquel trato. Llegué incluso a pensar que tal vez era masoquista y no lo sabía.

Unos minutos más tarde, la pantera, o quien quiera que fuese, deshizo la mordaza que me bloqueaba la boca; tenía las mandíbulas doloridas y la lengua como un cartón. Quise decir algo, no sabía qué, pero tampoco hubo tiempo ni de un simple balbuceo, porque de inmediato se sentó sobre mi rostro y me hizo sentir los labios de su vagina abiertos sobre la boca. Instintivamente reconocí aquel olor, dulcísimo, embriagador, el que otrora me ofreció Durga danzando, y enloquecí de un deseo salvaje que me llevó a besar su sexo con la pasión de un toro en celo, pero con los bocados suaves de quien sorbe un helado que se deshace en contacto con la boca. Después de todo el miedo y los pesares, reconocer su olor fue la liberación del deseo tanto tiempo retenido, llegué a olvidar que todo aquello era una inmensa locura y me entregué al amor como si fuese la última y única cosa que me quedaba por hacer. Tras el beso de su sexo en mi boca, la pantera decidió cambiar el juego amoroso y se fue deslizando desde mi boca hasta el pecho, luego hasta el ombligo, para después acomodarse sobre el abdomen. En esa posición, notaba su vulva tan cercana a mi polla que esta ya ardía a la espera de un contacto que ella retardó, meciéndose sobre mi vientre con suaves contoneos de caderas. Me volvía loco, estaba a punto de gritar, tenía tantas ganas de penetrarla que mi pelvis saltaba buscando aquel contacto que ella aún trataba de evitar jugando con la espera y el deseo. Sucedió de pronto, un leve desplazamiento y el calor mismo me llevó dentro de ella; aspirado por una fuerza irresistible entré en su seno tan ansiado, como un dedo lo haría en un frasco de miel caliente. Mi placer sintiendo que estaba dentro de Durga no tenía límites, ningún sueño anterior era comparable, me estremecí tomando aliento por la boca.

Tal vez me la habían presentado como una depredadora de hombres, pero en aquellos instantes era absolutamente dulce y deliciosa. Pronto, noté que era una mujer tántrica, porque empezó a succionarme como solo ellas saben hacerlo, mientras se movía con enorme fuerza y pasión. Acaso fuera por mi enorme atracción hacia ella, acaso por su tremenda fuerza sexual o por ambas cosas a la vez, pensé que me iba a absorber completamente en sí, y que por nada del mundo me resistiría a desaparecer en ella de esa forma tan absoluta y placentera. Más tarde, me daría cuenta de que esa sumisión era un suicidio frente a una hembra así, pero entonces, mientras ella me follaba de esa manera, me entregué completamente a su fuerza. El dominio de su cuerpo no dejaba de sorprenderme ni un solo instante, porque en algún momento hizo algo sorprendente: giró sobre mí sin dejar de mantener una penetración profunda, de manera que sus piernas quedaron justo en mis brazos. Desde esa nueva posición, se alargó y me liberó de la cuerda que me ataba los pies, sacándome también los pantalones. No sé cómo pudo anatómicamente conseguir dar el siguiente paso, pero lo cierto es que volvió a girar sobre mí sin perder la intensa fusión de nuestro sexo. Cuando estuvimos de nuevo pecho a pecho, Durga aprovechó un gesto del vaivén para retirarme de un tirón la venda de los ojos, luego, sin dejar de moverse, me desabrochó la camisa para abrazarme por primera vez, su piel y la mía, sus labios próximos ya a mi boca. La quise besar con toda mi alma, pero ella rehusó sin que pudiese llegar a entender por qué no quería hacerlo, o si acaso eso no formaba parte del juego que ella gobernaba. De hecho, no me supo mal, porque a partir de aquel instante entramos en una dinámica de compenetración total, enloquecimos los dos en un solo placer y empezamos a jadear al unísono.

Alguien me había advertido con anterioridad que para estar con esa hembra y no ser «devorado» tenía que ser capaz de soportar su fuerza. La verdad, yo no tenía ni idea, y lo más fácil, atrayéndome como me atraía y sintiéndola tan poderosa, era someterme a su poder. Y es que en algún momento algo cambió; de pronto sentí de nuevo su fiereza, presentí que la pantera sabía y podía morder, que realmente era la depredadora. La mujer pantera alteró aquel jadeo rítmico, para empezar a expresar algo salvaje que me hizo temerla una vez más. Parecía, de súbito, estar furiosa, o quizá hambrienta de algo que yo no le daba; una especie de rugido se unió a un seísmo en su vulva, de la que empezó a nacer una vibración potentísima, cada vez más, realmente aterradora, sin que yo me pudiese defender apenas, sumido en el pavor creciente que eso me producía, sintiéndome aún más indefenso, puesto que mis manos permanecían aún atadas a la espalda y el resto de mi cuerpo lo controlaba ella sin contemplaciones. Aquella combinación de miedo, placer e incluso dolor que estaba experimentando me hacía perder el juicio. En realidad, no sabía si quería continuar haciendo el amor hasta llegar al enorme orgasmo que se avecinaba, o empezar a luchar por deshacerme de su tenaz dominio. Entré de facto en una fase de experiencia contradictoria donde no era amo de mí mismo, temía algo impreciso en una experiencia donde la atracción y el rechazo se habían fundido inusitadamente. Fue justo entonces cuando empecé a notar un dolor y quemazón intensos en la zona del culo, como si me arrimasen un hierro ardiente a la base del espinazo. Esa sensación me pareció energía pura, una especie de volcán que Durga había despertado desde su propio telurismo y que en ese punto estaba al borde de la explosión sin encontrar aún salida. De inmediato, aquella energía que no podía canalizar se transformó en una especie de tetania, con lo cual mis extremidades quedaron completamente bloqueadas, me sentí rígido y tieso como una tabla. Ella notó lo que me sucedía, pero ni aun así se detuvo, continuó generando energía, transmitiéndome más y más esa fuerza que yo era incapaz de gobernar, como si su propósito fuese quemarme en ese primer encuentro y no dejar ni rastro de mí.

De hecho, Durga habría logrado deshacerme en cachitos y engullirme entero si no llego a reaccionar desde aquella sumisa posición en la que me había entregado a ella. Creí, por momentos, que iba a reventar físicamente en mil pedazos si aquel enorme flujo de fuerza sexual de la hembra no remitía. Hasta que aquel volcán, aquel torrente de fuerza obstruida en mí se desató de súbito y grité con una fuerza descomunal, como acaso nunca había gritado antes. Eso resonó en la caverna como si quien gritase fuera un titán al desgarrarse. Desde algún lugar de mis entrañas, que hasta entonces me resultaba desconocido a mí mismo, salió una fuerza colosal que llevó mi cuerpo hasta una sacudida, tan tremenda, que envió a la pantera por los aires. Algo increíble.

Es imposible calcular cuánto tiempo pasó después de eso. En algún lugar de la arena, en medio de aquella oscuridad poblada de misteriosas presencias, debía yacer aquella mujer incomparable después de mi formidable empujón. Ese silencio prolongado lo rompió una especie de rugido de la pantera, más propio de tal bestia salvaje que de una mujer tan bella. Después de todo, la bestia negra que Durga llevaba dentro, curiosamente, pareció amansarse tras mi tremenda reacción; se acercó gateando por la arena y acto seguido se derrumbó sobre mi cuerpo aún maniatado. Se quedó tan quieta que ni ahora, acostada sobre mí, podía notar su respiración. Y es que mi percepción era limitada, porque a la sazón me había sumido en una especie de inercia extraña y tan solo balbuceaba sonidos delirantes. Pese a todo, pude recuperar la suficiente atención para percibir que alguien se movía en la gruta y prendía una vela. Al iluminarse tenuemente aquel espacio recuperé una cierta coherencia, levanté la cabeza y pude ver a Shankar, agazapado allí a lo lejos, tras la estalagmita fálica y junto a dos mujeres.

Como había intuido ya, no estábamos solos allí. Mientras tanto, observé que la mujer pantera, la preciosa Durga, descansaba aparentemente tranquila sobre mí, acaso dormía, pero me sujetaba la polla con la mano como si esta fuese su trofeo de guerra. La bella pantera parecía haberse fundido tras el tremendo coito que habíamos sostenido. Entonces, quise pedirle a Shankar que me acabase de desatar, pero me di cuenta de que no podía articular palabras debidamente, que mi lengua estaba trabada, tanto, como entumecido estaba aún el resto de mi musculatura. Sin embargo, experimentaba una curiosa sensación a lo largo de la columna vertebral, una especie de corriente eléctrica que me atravesaba, con un ligero dolorcito y una evidente vibración recorriéndome el cuerpo desde el sexo hasta la garganta; una sensación que desde ahí parecía producirme el efecto de un extraño sabor en el paladar, intenso y amargo, algo absolutamente inédito para mí que no era comparable a ningún otro sabor experimentado antes.

27

LOS HOMBRES LINGAM

Shankar me explicó que hay un cierto tipo de hombres tan especiales como infrecuentes. Según me explicaba, se trataba de los Hombres Lingam. Por lo visto, yo era uno de esos felices hombres «pene» —porque la palabra «*lingam*» significa eso en sánscrito—, y por ello estaba dotado de ciertas cualidades naturales que me hacían el compañero perfecto —y el único adecuado— para ciertas mujeres de naturaleza semejante. Que me dijese que yo era algo así me sonaba, puesto que ya me lo argumentaron con anterioridad en el *ashram* para justificar todo el embrollo en el que me estaban metiendo, aunque entonces no me lo creí. Sin embargo, cualquiera podría pensar a la ligera, dicho así de simple, que básicamente la cualidad a la que se referían con aquel curioso apelativo era la dimensión de mis genitales, que no son nada del otro mundo, dicho sea de paso. En realidad y según me aclaró, eso era lo de menos y, además, como he dicho ya, no se habría cumplido en mi caso si lo que buscaban era a un superdotado. Añadió que lo realmente importante, como ya me había dicho anteriormente Ma Ananda, eran los colores de mi halo energético —¿acaso se referían al aura?—, y en especial una especie de nimba que muy pocos tienen sobre la coronilla y que en mi caso era de una especie de azul verdusco, color muy semejante al del gran *sadhu* y al de su consorte, Ma Ananda, como también al color que afirmó emanaba la pantera

Durga en esa extraña nimba. Aquel día, me explicó también que el objetivo de la pareja de ancianos era obtener la continuidad del conocimiento tántrico, consolidando una nueva pareja sagrada que les relevase en esa saga de conocimiento, llegado el momento de la muerte. Pero no podía ser cualquiera. Por ese motivo me habían acechado a mí, para ser el compañero sexual de la tremenda Durga, a quien antes de aparecer yo no habían sido capaces de encontrarle un «príncipe azul», permítaseme la comparación.

Me encontraba entonces en Srinagar, la capital del Kashmir, cómodamente hospedado en una casa flotante del lago, la residencia privada de Shankar. Había llegado allí fuertemente conmocionado tras los últimos acontecimientos en la cueva, y lo cierto es que, gracias al agradable clima de Srinagar y a la medicinal compañía de Shankar, en un par de semanas de reposo me había repuesto y me encontraba en formidables condiciones físicas y mentales. Además, tuve oportunidad de esclarecer un montón de cosas que mi anfitrión me fue explicando gustoso. Lo cierto es que mi percepción del larguísimo Shankar había cambiado; ahora se comportaba como un gran camarada, cálido y agudo conversador, muy ascético como opción personal, pero también muy tolerante con las debilidades y gustos ajenos. Eso sí, pude comprobar durante mi estancia en su casa algo que ya no me sorprendió, puesto que en Delhi me había dado muestras de ser una especie de gigoló, rollo tántrico. Me refiero al hecho de constatar que en Srinagar eran incontables sus amantes o como mínimo amigas. Las mujeres venían a verle sin cesar, en ocasiones tenía que quitárselas de encima literalmente, porque no le dejaban llevar su vida de frecuente recogimiento. Pero por las noches, y a menudo también durante el día, hacía el amor pausadamente con una u otra, sin ocultarse de mí y sin que casi nunca faltase en su alcoba una compañera deseosa de su trato. Yo, que desde mi relación con Durga no había vuelto a hacer el amor, me ponía un poco envidioso viendo toda esa actividad ante mis narices, porque la casa era pequeña y los tabiques inexistentes, simples cortinas, de manera que si quería evitar las escenas de amor la única solución era irme a pasear. No es que quisiese mantenerme célibe, en absoluto, ni tampoco que me hubiese cohibido; en realidad no podía excitarme sexualmente desde lo que me sucedió junto a la pantera. Al parecer, aquel temblor que me recorrió la espalda fue algo muy grave, de lo cual aún no me había repuesto. Según Shankar, Durga despertó en mí una fuerza sexual escondida que atraviesa la espina dorsal y hace cambiar la energía vital y la mente después de ser liberada: «Ma Kundalini», la denominó Shankar. Yo, en realidad, lo que venía sintiendo ocasionalmente desde entonces eran dolores muy agudos en puntos determinados de la espalda, sensaciones de rampa o energía eléctrica recorriéndome la médula, hasta que ese flujo subía y finalizaba con un intenso dolor de cabeza, taquicardias, vértigos súbitos y mareos, como también algo más frecuente, aquel extraño sabor en mi boca que ascendía desde la garganta hasta el paladar; no podía relacionarlo con nada concreto que hubiese comido, ni siquiera procedía del estómago, era un sabor amargo y muy raro. Cosas extrañas que en conjunto no parecían obedecer exactamente a un desarreglo puramente físico, sino más bien a lo que apuntaba Shankar, es decir, a un cambio energético de mi ser, o algo así, provocado por el choque y la unión con la potencia de Durga. Una removida, sin embargo, que Shankar consideraba importantísima, porque, según me dijo, la fuerza que se había despertado estaba configurando toda mi vitalidad, la cual aún tardaría algún tiempo en aposentarse convenientemente.

Uno de esos días, le pedí a mi anfitrión que me revelase la identidad de aquella enorme mujer que me visitó en el *ashram* tiempo atrás. Shankar sonrió y tras un intervalo dijo que era prudente temerla, porque se trataba de una verdadera bruja. Según me dijo, su nombre era Darukha. Continuó argumentando que me la habían enviado porque sabían que su trato resultaría efectivo para sacudirme el polvo de las orejas, puesto que era una veterana experta en artes tántricas «de la mano izquierda», me dijo, sin más aclaraciones al respecto. Cuando le comenté que la había confundido con la silueta de Durga en la cueva, él se limitó a afirmar que ambas tenían una energía semejante en algunos aspectos, y que Durga también tenía instinto de bruja, aunque no se hubiese dedicado a eso. Añadió que ambas tenían algo muy importante en común y era que encarnaban a la tremenda diosa Kali.

A aquellas alturas, y a excepción de algunas pequeñas crisis que todavía me sacudían de vez en cuando, me sentía algo extraño aún, pero bastante animado. Tal vez por eso, mientras veía alejarse a una de las amantes de Shankar, acabándose de componer el sari por la pasarela de la barcaza, le pregunté:

—¿Cómo consigues que te adoren de esa forma?

—No hago nada... Me conocen y vienen —me respondió, el muy bribón.

—Pues cualquiera diría que sí les haces algo, ¡y que les gusta mucho!

—Las mujeres anhelan que alguien las trate como es debido. Ese gozo que les doy las hace felices y yo también lo soy; pero si no viniesen, continuaría sentado, meditando.

—¡Yo no lo entiendo! Si eres un místico tan cabal y un hombre capaz de tratar así a las mujeres, ¿qué impide que tú también seas un Hombre Lingam? Tienes mucha más virtud y sabiduría que yo...

—La naturaleza —dijo—, mi ser no es como el tuyo. Puedo aventajarte en muchas cosas que a ti te parecerán maravillosas y tal vez me envidies, pero no tengo la peculiaridad del maestro Maheshwaraji, soy distinto, ni mejor ni peor, solo que no he nacido con esa fuerza que tú sí tienes y que ahora empiezas a notar. No es fácil de explicar, pero lo intentaré: para que un ser de vuestra naturaleza entre en el infinito sin mente y arrastre consigo a otros seres, precisa de haber hallado a uno como él y transmitirle el conocimiento. Si no, si muere sin haberlo logrado, queda unido por un vínculo mental al mundo y renace de nuevo. Ese paso es trascendental para alguien consciente de su realidad energética, que además anhela liberarse después de tanta existencia. En nuestro caso, soy yo quien me ocupo de darte parte del conocimiento que he adquirido del maestro. Él ya te ha dado y te dará lo que te haya de dar. Ambos tenéis un aura muy semejante, es un aura especial, de un color que muy pocos seres humanos tienen. ¿Sabes qué? Fue Ma Ananda quien corroboró tu peculiaridad.

—¿Ah sí? No me extraña, la abuela parece que tenga rayos X, ¡me da un no sé qué cuando me mira! Pero dime, Shankar, ¿y tú?, sin tener esas características, ¿no puedes llegar a alcanzar eso que llamas «infinito sin mente»?

—¡Claro! Todo es coincidente. Cuando un ser de naturaleza azul entra en el infinito, arrastra con él a cuantos están preparados para fundirse. El ser azul es la punta de flecha, él abre una brecha por donde nos colamos los que hemos evolucionado y estamos a punto cuando llega el momento. Por eso para mí es también tan importante la sucesión, se trata de mi propia liberación y la de tantos otros a través de un ser que nos abre las puertas del cielo.

»Ahora te confesaré algo: el gran *sadhu* Maheshwaraji nos dejará pronto. Va a marcharse de la mano del amor de su vida, la divina Ma Ananda, y entre los dos abrirán el infinito a un grupo de seres que han estado próximos a ellos, coetáneos que se encuentran también aguardando esa gran posibilidad de eternidad. Tal vez acompañe a los ancianos alguien que haya evolucionado muy rápido, acaso alguno de los jóvenes discípulos, yo mismo, ¿quién sabe? O quizá yo me marcharé contigo —dijo, dibujando una encantadora sonrisa—, es algo que no puedo precisar aún. Cuando la brecha ha sido abierta, y durante un tiempo imposible de prever, alguien que está preparado puede llegar a «colarse» también, aunque eso no estuviese previsto. La naturaleza es así. Y has de saber otra cosa, los verdaderos tántricos no se mueren, simplemente desaparecen, desaparecen del mundo.

—¿Desaparecen? —le pedí extrañado por su comentario; Shankar se limitó a asentir con un suave gesto lateral de cabeza, al tiempo que entornaba los ojos.

Sucedieron unos momentos de silencio.

—Dime otra cosa —le pedí cambiando de tercio—, ¿cómo disteis conmigo?

—Fue lo que tú llamarías «casualidad», pero que yo llamo «exactitud de los hechos». Verás: Harish y el director del hotel donde te hospedaste vienen a veces al Kala Chakra, ya sabes, nuestras reuniones de amor. No son discípulos directos del gran *sadhu*, sino simpatizantes tántricos, que solo pueden tener contacto con las *devadasi* una vez por año. Pero además el amigo Harish es vidente; no ha trabajado aún sus aptitudes como Ma Ananda, pero aun así puede «entrever» cosas más allá de lo que yo mismo puedo llegar a ver. Él simplemente vio que tenías algo semejante al gran *sadhu*, algo absolutamente singular. Fue él quien se lo comentó al maestro. A partir de ahí, y con la inestimable complicidad del director del hotel, tentamos tus debilidades y te tiramos el anzuelo, fue como ir de pesca y esperar que picases.

—Pero ¿y si no hubiese escuchado la risa del santón en aquella plaza, si no me hubiese acercado hasta allí o no hubiese planeado ir de putas?

—¡Exactitud de los hechos! No obstante, si tú no hubieses llegado hasta el *sadhu*, él lo habría hecho hasta ti. Asham y dos personas más seguían tus movimientos en aquella plaza...

—Pues mira, se podría haber presentado en el hotel y haberme engañado de otra forma más sencilla... O haberme propuesto la historia tal cual...

—¡Bah! Te habrías negado a colaborar, tu mente estaba muy ofuscada. Además, el *sadhu* Maheshwaraji tiene su propia manera de hacer las cosas, siempre aprenderás algo de cómo actúa, es un artista de la vida; él no piensa en lo que hará, siempre actúa según su sentir. Si sigues sus pasos, algún día tal vez sabrás ser tan buen *sadhu* como él, aunque el gurú Maheshwaraji es mucho gurú. Pero ¡venga, déjalo, no le des más vueltas! La cosa sucedió así, y es perfecta. ¿Acaso ahora, después de haber vivido lo que has vivido, te escaparías sin saber qué hay más allá?

—¿Más allá de qué?

—Más allá del amor y la muerte —dijo Shankar en tono muy serio.

—Pues, no sé... Dicho así, de sopetón, la verdad es que no se me hace muy atractivo llegar a saberlo.

—Pues tendrás que descubrirlo, porque de otra forma tu espíritu se quedará estancado y jamás te sentirás libre... Y ahora, con tu permiso, me voy a meditar.

—¡Un momento, Shankar! Aclárame una última cosa: ¿por qué Durga es tan violenta conmigo?, ¿qué le pasa? Si fuese más dulce y tranquila todo iría mejor...

El bueno de Shankar se rio con ganas de mi inocente comentario. Finalmente, me respondió:

—¿Qué quieres, que le pida a la mismísima Kali que sea amable y delicada contigo? ¿Quieres que le vayamos a pedir a la panterita negra que trate con más cariño a sus presas? Escúchame —dijo, acercándome sus grandes ojos oscuros bien abiertos—, ¡es una devoradora de hombres! Hasta que no estés a la altura de su potencia, recibirás un fuerte embate cada vez que la veas, y tendrás que hacerlo muchas más veces, así que, ¡ya puedes ir espabilando!

Se puso a reír de nuevo y así se levantó para retirarse a su alcoba. Pero yo me quedé congelado tras sus aseveraciones.

28

DEL PLACER, AL GOZO

Días más tarde, volví a Delhi junto a Shankar. Por el camino me dijo que nos íbamos a instalar durante unos días en casa de unos conocidos suyos.

—Yo conozco este barrio —comenté mientras él conducía—, por aquí está la casa de Durga...

—En efecto, vive por aquí... De hecho, vamos a casa de su padre, el Dr. Raschid.

—¿Cómo?, ¿pero qué dices?, ¿justamente allí? Ni hablar, Shankar, no estoy preparado para volver a encontrarme con ella ahora... ¡Para!, ¡yo me apeo aquí y ya nos veremos!

—¡Tranquilo! —me dijo Shankar divertido por mi actitud—. Durga no está en la casa. Tengo mucha confianza con la familia, y en ningún sitio estarás más cómodo que ahí. De aquí a unos cuantos días, cuando finalice unas gestiones en Delhi, tenemos que irnos juntos a la montaña. Hemos de trabajar.

—¿Trabajar en qué?

—Trabajar sobre todo interiormente. Estás muy verde para soportar la infalibilidad de Durga.

Justo cuando dijo eso, estacionaba ya la furgoneta frente a la casa del psicoanalista ricachón. Aún dentro del vehículo, le pregunté:

—¿Dónde está ella?

—¿Durga? Ella también es psicóloga, como su padre, y tiene un centro propio en Calcuta. Frecuentemente está allí, trabajando. Sé qué pensarás: que parece demasiado joven para tener una carrera y llevar un negocio, y más siendo una mujer hindú, pero es que Durga, aunque aparente ser más joven, tiene treinta y siete años...

—¿Psicóloga? ¿Durga es psicóloga? Pero ¿cómo puede maltratarme así una psicóloga? ¿Cómo puede ser tan bestia conmigo, si se dedica a calmar la gente?

—¡Ay, sí, pobrecito! —se burló Shankar—. Ya le comentaré que lo que en realidad necesitas no es sexo, sino un buen psicoanálisis...

Conocer esos detalles de su vida fue algo que me impactó en extremo, porque me hacía aún más incomprensibles las fuerzas de su naturaleza y su persona. No obstante, confié una vez más en Shankar y acepté el hospedaje que me proponía.

—Y el Dr. Raschid, ¿está en la casa? —pregunté por último, al poner el primer pie fuera del vehículo.

—Pues... No estoy seguro, pero creo que también está en Calcuta, con su hija. Es que aquí también visita otro psicólogo, que trabaja para el Dr. Raschid. No te preocupes por nada, serás muy bien acogido, te lo garantizo —respondió él.

El mismo tipo, uniformado en plan paramilitar, guardaba la puerta de la mansión del doctor. El guardián parecía no solo reconocer a Shankar, sino incluso respetarle de manera reverencial. Mientras empezábamos a subir la escalinata cargados con las maletas, aquel tipo intercambió unas palabras en hindi con el altísimo. Lo único que entendí fue un «*Namaskar babají*», que es un saludo especialmente respetuoso en la India. De inmediato, el guardián descendió un tramo de peldaños y le tomó los bultos al gigante Shankar, que a su lado parecía una torre; pero a mí, ni me saludó ni me ayudó a subir la carga. De hecho, ambos ascendieron por delante de mí, charlando e ignorándome como si yo fuese un porteador a régimen de propinas.

Dentro, nos recibió una sirvienta que nos invitó a subir las ostentosas escalinatas y a circular a lo largo de uno de aquellos corredores amplísimos. Nos asignó habitaciones independientes; la mía era increíble, nada de horteradas, una amplia suite de lujo dotada de una cama grande y engalanada, teléfono, televisión y escritorio; armarios, filigranas de colores; una impresionante estatua de bronce en una esquina, representando una divinidad danzante. Todo decorado con un gusto que me pareció selecto. Además, disponía de un baño escandalosamente suntuoso, con una bañera enorme y toallas de colores, primorosamente plegadas en estanterías doradas. El mármol lo cubría todo, en diferentes matices desde el rojo hasta el blanco. Jabones, sales de baño, sándalo para perfumarse y una sensación de intimidad completa: ¿qué más quería? ¡Un baño! Hacer una maravillosa infusión de mí mismo.

Seguramente, un espíritu menos inquieto que el mío se habría relajado cómodamente en la habitación durante horas, hasta el aviso de la comida. Pero yo, tras el baño de sales y el automasaje con aceites tropicales, me vestí y decidí salir a dar una vuelta por la casa. Deambulé por los pasillos durante acaso dos o tres minutos sin hallar a nadie, y como fuera que estaba disperso y sin una idea concreta en mi mente, vi una puerta entreabierta y eché una ojeada adentro. La estancia estaba en claroscuro, pero pude entrever que era muy grande, por lo que me tentó la curiosidad; miré en el pasillo a derecha e izquierda y como no venía nadie, me colé y ajusté la puerta, que chirrió demasiado, «¡mecachis!». Entonces pude entender que aquello era un templo: en el centro de la sala, se alzaba un *lingam* de un metro o más con una especie de cuenco en su base, canalizado hasta un surtidor. Parecía diseñado como para recoger algún líquido que fuese vertido sobre el *lingam*, pero todo el conjunto estaba pulcro y reluciente; a su alrededor, trazado sobre la madera del suelo, había un gran círculo mágico de color rojo; al fondo, descubrí una tarima con una piel de tigre, sobre la cual había un cojín bordado, un tamborilete y una horquilla. Deduje fácilmente que aquello era un Kala Chakra, probablemente el punto de encuentro en Delhi del cónclave tántrico del santón. De otra parte, mi descubrimiento también probaba, con escaso margen de duda, que el mismo Dr. Raschid debía ser uno de los acólitos del santón, y de paso que Shankar me ocultaba cosas.

Me había quedado medio ensimismado ante la vítrea mirada del tigre de bengala disecado, que un día fue feroz, cuando me asusté al oír tras de mí el chirrido de la puerta:

—¿No sabe que es preciso pedir permiso para entrar en las dependencias?

—Lo siento —dije recuperando el aliento—, vi la puerta abierta y me llamó la atención la decoración. Solo estaba mirando.

Aquel personaje encendió la luz. Era el secretario del Dr. Raschid, el de las prisas cuando fui a recoger el pasaporte.

—Creo, que usted está aquí bajo la hospitalidad del doctor, ¿no es así? —sin espacio para una posible respuesta—, pues procure respetar las reglas de la casa y retirarse a su habitación, si es que quiere descansar, o salir a dar un paseo por la calle, si así lo desea, pero absténgase de entrar en las demás estancias sin permiso, ¿le queda claro?

—¡Sí, sí, sí!, ¡por supuesto! Si de hecho, ¡ya me iba! Solo fue que...

—¡No me interesa! Aténgase a las normas de la casa y le irá bien, eso es todo cuanto he de decirle...

El desagradable secretario del doctor, después de echarme la bronca, me dio la espalda y se fue dando pasitos cortos y veloces, moviendo el culo. Entonces le requerí:

—¡Perdón!

—¡Qué pasa ahora! —respondió de mala gana.

—¿A qué hora la cena?

Altivo, me dio una vez más la espalda sin atender a esa pregunta. Pensé que quizá no cenaban.

Acaso la actitud fisgona de un invitado fuese reprobable, pero lo cierto es que la frialdad y aspereza de quienes me recibieron era también notablemente desagradable. Me habían llevado a una casa donde nadie me rendía la debida hospitalidad, sino al contrario, el primer encuentro con uno de sus habitantes un mal rollo: ¿esta era la hospitalidad a la que se refería Shankar? Confuso, algo molesto pero obediente, regresé a mi habitación pensando en la posibilidad de irme a un hotel, donde podría estar a mi aire. Pero antes de tomar esa decisión opté por comunicarle a Shankar mi malestar en aquella casa, por mucho lujo que hubiese. Con esa intención, llamé a su habitación, contigua a la mía. Después de insistir y esperar un rato, comprobé que nadie respondía y supuse que no estaba; sin embargo, cuando ya me marchaba de allí abrieron la puerta:

—¿Quién es? —sonó una voz femenina tras de mí; me giré de golpe y reconocí a una de las mujeres *devadasi*. Quedé petrificado por momentos.

—Quería ver a Shankar... ¿No es esta su habitación?

—¡Sí, sí! Swamijí está aquí dentro... Estábamos meditando juntos, pase por favor.

«¿Meditando? ¡Vaya eufemismo!», pensé. La chica iba apenas tapada con un manto y en cuando entré en la habitación Shankar estaba estirado en la alfombra y rodeado de cojines, completamente desnudo y mostrando aún la notable consistencia de su enorme polla, cosa que él no disimulaba en absoluto. Se le veía relajado y sonriente. Algo parecido me sucedió con él tiempo atrás, en el *ashram*, y entonces me logró intimidar con su promiscuo proceder. Pero esta vez, lejos de cortarme, procuré ser irónico:

—Lamento interrumpir vuestra... «meditación», pero es que tenía que hablar contigo.

—¿Y bien?

—Mira, ¿para qué voy a andarme con rodeos? He visto la sala del Kala Chakra, con lo cual he deducido cosas obvias; luego, el secretario del doctor me ha tratado con muy poca amabilidad, y ahora descubro en tu habitación a una de las mujeres que, según tú, solo pueden verse con un hombre en ciertas ocasiones «especiales»... ¡Estoy harto de que me toméis el pelo! Yo he confiado en ti, después de todo lo he hecho, pero me continúas ocultando cosas, me explicas tan solo lo que te da la gana, o lo que os conviene, y tengo la perfecta impresión de estar siendo víctima de una especie de conspiración, porque estáis haciendo constantemente cosas para engañarme... Lo cierto es que he pensado en irme a un hotel, pese al lujo, no me siento a gusto aquí.

Shankar me escudriñó detenidamente antes de responder. Continuaba tibiamente erecto y sonriente.

—En realidad, únicamente tú te estás engañando, nadie más —dijo—. No hay conspiraciones ni complots; el secretario del doctor te respondió así porque es un cascarrabias, y esta mujer está aquí porque este es un momento «especial». Tal vez no entiendas aún en qué consisten nuestras meditaciones, porque hay demasiada lujuria y violencia dentro de ti. Pero para mí, para nosotros, el sexo es otra cosa, y cuando tú seas capaz de estar junto a una mujer de forma más sutil lo entenderás, dejarás de ser un «cachorrito», todas esas suspicacias cesarán y podrás meditar como lo hacemos nosotros, los tántricos. ¡Las cosas suceden, Rubén, simplemente suceden!, ¡esa es la «exactitud de los hechos»! Pero solo puede ser percibida desde la inocencia, y tú eres culpable, muy culpable. Nadie te hace así, nadie te obliga a serlo, lo eres porque tu mente está cautiva de la culpa, ¿lo entiendes? Es como la historia del campesino que escogió invertir su dinero y energía en semillas vistosas y sensuales, antes que tomar las diminutas simientes del conocimiento, que le eran regaladas, pero le parecieron poco, ¿recuerdas? Sin embargo, las cosas son como son, amigo mío, y la mismísima culpa hizo volver al lugareño, arrepentido, para mendigarle al viejo la simiente milagrosa... Te dije que un día aquella historia encajaría en tu propia vida: ese día está muy próximo, ya lo verás. Ahora, si así lo crees conveniente, vete, retrocede, escóndete, golpea la mano llena de amor que te brindamos, pero verás así pudrirse las semillas de tu elección, y cuando regreses, ¿quién sabe? Tal vez quede una para ti. Pero hasta que no vuelvas, jamás escaparás a tu culpa, te sumergirás de lleno en ella, porque habrás huido del suceso más importante de toda tu vida...

Tras el rapapolvo filosófico que me metió, aduje suspicaz:

—Tal vez esa historia la inventaste para coaccionarme en algún momento como este...

—Quizá la inventase, pero no para coaccionarte, sino para ayudarte a entender. Aunque, ¿para qué vamos a continuar discutiendo? ¡Márchate, eres libre! ¿No?

—Pues mira, no era mi intención desentenderme de todo. No creo que sea tan necio como el campesino de tu cuento chino. Solo pensé en ir a un hotel porque quiero estar a mi antojo y no sentirme controlado... Además, tengo hambre, ¿es que aquí no se come? ¿Me he de ir a buscar la vida por mi cuenta o qué? ¡Nadie me explica nada!

Shankar y la *devadasi* se pusieron a reír ante mi cómica y pueril reacción.

—Dentro de un rato iremos al comedor a tomar una cena estupenda —me prometió Shankar, riéndose aún—, no te preocupes por nada, yo te aviso, y verás que en esta casa también hay gente muy simpática. Y ahora, déjanos a solas, ¿quieres?

Les dejé acabar su «meditación» y me fui a mi dormitorio, pensando con envidia que Shankar no paraba de follar. Eso sí, con «sutileza y sin lujuria»: ¡vaya máquina!

Pero no tardé en tener una nueva sorpresa. Entré en mi habitación y escuché un rumor: era de agua borbotando en la bañera. Lo primero que se me ocurrió pensar fue que estaban haciendo la limpieza, por eso ni siquiera entré allí para no interrumpir a la empleada. Me tumbé sobre la cama con los zapatos puestos y comencé a pensar en Durga deliberadamente. Lo cierto es que después de tantos días sin hacer el amor, y muchos más sin correrme, iba vulgarmente caliente. Solo me faltaba tener constantemente cerca a Shankar con su actividad incansable, quien además, en mi opinión, se delectaba en que yo me diese cuenta de todas sus correrías y rabiase de ganas. Pero, paradójicamente, desde mi extraño contacto con Durga no había vuelto a tener una erección completa, y en lo relativo a la excitación, que no fuese puramente psicológica, era la primera vez desde entonces que sentía una tibia sensación de crecimiento entre las piernas. Continué oyendo sonidos en el baño, como si alguien se estuviese duchando, pero volví a convencerme de que en realidad se trataba de una asistenta, quien, a juzgar por la cantidad de agua empleada, lo estaba dejando todo como los chorros del oro. Lo cierto es que, momentos después, comencé a sentir una modorrilla agradable hundido en aquel espléndido colchón, y me quedé dormido; tal vez fueron apenas cinco minutos, no lo sé.

No sabía si estaba soñando. Alguien me acariciaba el rostro suavemente, recorriendo mis facciones con un tacto dulce. Continué pensando que acaso soñaba, pero aún tenía los ojos cerrados y la sensación era tan agradable que no deseaba abrirlos. Sentí que ese alguien me palpaba el torso y alcanzaba el vientre, luego las ingles, y más tarde el interior del muslo. Naturalmente, surgió de inmediato un deseo por conocer la identidad de quien me tocaba de esa forma, abrir los ojos y contemplar un rostro. Con todo, sin saber exactamente para qué, jugué un poco más a ser ciego, aun sabiendo ya que en realidad estaba despierto y que el sonido de agua en la ducha había cesado, es decir, que quien antes estaba allí, era probablemente quien ahora estaba junto a mí: ¿la asistenta? La verdad es que aquella incógnita me divertía enormemente. Con mis nuevas «amistades» me pasaban cosas de lo más entretenido. Mientras percibía un olor de pachuli[3] intensísimo que me embriagaba, aquellas manos fueron deslizándose sobre mi ropa hasta hallar la bragueta, donde se detuvieron para liberar los botones de mis tejanos. Ahí, no pude ya sostener mi voto de ceguera y abrí los ojos repen-

---

3 El pachuli es un perfume muy usado y característico de la India.

tinamente. Lo que vi, curiosamente, ni me sorprendió en exceso, ni me disgustó en absoluto: era Dakini, la chica de los ojos verdes, que me sonreía espléndida, guapísima, recién salida de la ducha, cubierta con una tela fina que transparentaba la piel aún húmeda de su cuerpo, sus formas estilizadas y suaves y el color de sus pezones. Sintiéndola así, tumbada y relajada a mi lado, me pareció absolutamente natural aproximarme, estrecharla y enredarme a hacer el amor con ella sin mediar ni una sola palabra. Poco después llamaron a la puerta para ir a cenar, pero a mí se me había pasado el apetito y por lo visto ella tampoco deseaba otra cosa que estar allí conmigo. Así que hicimos caso omiso y continuamos amándonos lentamente, con una ternura exquisita. Durante horas, creo que recorrimos todas las posturas posibles —Dakini me enseñaba el arte—, nos besamos hasta la saciedad, sudamos el uno sobre el otro y el otro sobre el uno, gritamos y jadeamos de placer sin medida; no nos importaba nada más allá de aquel gozo y aquel sentirnos. Aquel día me dejé ir tanto que finalmente llegué al mismo tiempo que ella a un orgasmo colosal, tan solo ensombrecido por la rápida maniobra de extracción que ejecuté al correrme.

—¡Creo que no entiendes el inglés, pero ha sido...!

—Sí... Sí que lo entiendo —me interrumpió—, y no ha sido: es.

—¡Vaya! Por qué no decirlo, me alegro de poderme comunicar contigo... Verbalmente, quiero decir... —dejé pasar unos instantes de silencio, mientras contemplaba la belleza enigmática de sus ojazos verdes—. ¿Por qué has venido?, ¿tú no eres una *devadasi*?

—Sí.

—¿Sí?, ¿y qué haces aquí?, ¿qué finalidad tiene que hayas venido a enrollarte conmigo?, ¿es parte de mi entrenamiento?

—Si haces las preguntas de una en una serán más fáciles de responder. En primer lugar, vivo aquí, por eso sería más bien yo quien tendría que pedirte explicaciones al respecto. Después, que haya venido a estar contigo no tiene ninguna «finalidad»... Simplemente tenía ganas de hacerlo, porque me gustas mucho.

Tragué saliva; aún me ponía un poco nervioso agradarle a alguien. Pura timidez, que siempre traté de disimular, porque en el fondo eso era un gustazo para mi ego. Aunque lo cierto, y a pesar de mi historia con Durga, era que a mí también me gustaba mucho ella, sentía una gran atracción y ternura por aquella mujer, casi desde la primera vez que la vi. Aun así, no quise o no supe confesárselo.

—A ver, no lo entiendo muy bien —dije juntando fuerzas—, ¿las *devadasi* no han de vivir recogidas y enclaustradas en un *ashram*? Tú, en cambio, primero te hiciste pasar por una prostituta para engañarme, y ahora me dices que vives en casa de Durga, ¿no serás su hermana?

—¡No! Soy su prima, la sobrina del Dr. Raschid. Por eso desde que murió mi padre vivo aquí, con mi madre, que es la hermana del doctor. Y es cierto, sí, soy *devadasi*, pero a fin de cuentas una joven mujer *devadasi* que te acaba de confesar su amor con todo el cuerpo y el alma: eso es lo que importa... ¿Es que no lo has notado?

—¡Uf!, ¡ya lo creo! No deseaba nada tanto como la dulzura con la que tú me tratas. Después de hacer el amor con Durga me quedé muy extraño... Lo he pasado mal.

—No te preocupes más por ella, mi prima es una bruja que no sabe amar, solo quiere dominar. Yo, en cambio, soy capaz de darte el corazón, como ninguna otra mujer podría hacerlo...

—¿Pero qué me estás diciendo?

Su apasionada y sorprendente propuesta me inquietó.

—Estoy diciéndote que me he enamorado de ti —añadió con extraña entereza y un curioso toque de desquicio.

—Pero, a ver, no puedes enamorarte de mí... Ya tengo bastantes líos, y quien me lleva como loco, pese a todo, es Durga. Tú me resultas muy atractiva, ha sido genial hacer el amor contigo y reconozco que me inspiras mucha ternura. Aun así, yo lo que quiero ahora es saber qué hay en el fondo de mi relación con Durga, ya no me es posible renunciar a eso y, además, no dejo de pensar en ella...

Lo siento, Dakini, pero no puedo ni quiero evitar que sea así, por eso no puedo corresponderte en lo que me ofreces.

Mientras yo le explicaba mis excusas, su rictus fue cambiando progresivamente desde la dulce suavidad del principio hasta el árido fruncimiento. Al pronunciar mi última sílaba, me retiró la atención de sus ojos verdes con brusquedad, luego, se levantó repentinamente de la cama, se cubrió con una tela y se marchó de mi habitación medio desnuda, dando un portazo al salir y sin que pareciese preocuparle en lo más mínimo la discreción. Por mi parte, me quedé cortado, muy cortado; no sabía cómo tomarme aquello. Pero aún alucinaría más cuando, transcurridos unos segundos, la puerta se abrió otra vez y apareció de nuevo Dakini, ahora enfurecida, gritándome como una loca desde la entrada:

—¡No renuncio a ti! ¿Lo entiendes? ¡Acabarás amándome como yo te amo, no hay elección!, ¡vendrás a mí!

Increíble. Qué cosas tan extrañas pasaban en casa del Dr. Raschid. Yo estaba ciertamente acobardado «¡Vaya mujeres hay en la India!», pensé. Creí que al oír sus gritos iban a llegar de pronto todos los criados, el secretario y el mismo doctor, por eso, pudoroso, me cubrí con la sábana, para que al menos no me vieran como un zángano, en pelotas sobre la cama. Sin embargo, la escena concluyó con otro contundente portazo y sin más.

Era la una de la madrugada y, además de estar demasiado nervioso, tenía un hambre que alucinaba paella marinera. Sin poder soportar por más tiempo el vacío de mi estómago, decidí salir a la calle en busca de algún sitio abierto donde pudiese comer algo. Pero claro, primero tenía que asegurarme de que luego podría volver a entrar en la casa. Si el portero estaba donde le correspondía y me daba permiso, no habría problema. Con tal propósito, salí al pasillo sigilosamente y me dirigí hacia las escaleras, que descendí muy despacio. Todo estaba tenuemente iluminado y en completo silencio. Sin embargo, al alcanzar el piso inferior vi una puerta entreabierta que traslucía la luz del interior. Sobre dicha puerta, lucía otra abrillantada placa con el nombre del Dr. Raschid. Incapaz de contener mi curiosidad, me aproximé hasta la abertura. Pensé que si me volvía a pescar el «secre» husmeando por la casa, esta vez me echaba, seguro. Pero aun así, la tentación pudo más que la prudencia y me arriesgué a echar una ojeada: a cierta distancia vi a un hombre de largas melenas blancas sentado tras una gran mesa de despacho; parecía estar leyendo atentamente algo, tal vez un libro, aunque no alcanzaba a ver qué era; en cualquier caso, reclinado como estaba, los cabellos le cubrían completamente el rostro. Supuse que se trataba del doctor, quien parecía ser un anciano, cuya figura estaba resultándome cada vez más enigmática. De pronto, aquel hombre se movió; pareció pasar una página, pero a la vez, como si intuyese que alguien le observaba, desplazó la silla y acaso alzó la vista en dirección a la puerta, cosa que yo ya no pude constatar, puesto que me hice a un lado conteniendo la respiración. Oí sus pasos en el despacho acercándose hasta la puerta y me di prácticamente por descubierto, por lo que se me ocurrió hacer ver que solo paseaba por el vestíbulo. Aunque ninguna excusa fue precisa, puesto que el supuesto doctor lo único que hizo fue cerrar la puerta desde dentro.

Tras zafarme de aquello, conseguí convencer al portero para que me dejase salir un rato. Este no solo me aconsejó dónde ir a comer a aquellas horas, sino que además me llamó a un taxi, que paró en la misma puerta de la mansión.

Habiendo satisfecho lo más perentorio, regresé a eso de las tres y me fui directamente a la cama, pensando solo en dormir como un lirón. Y, de hecho, me quedé completamente roque en menos de cinco minutos; pero mi descanso no duró mucho, puesto que las sorpresas no cesaban en la casa del doctor. No debía haber pasado mucho tiempo, cuando noté que alguien me sacudía la espalda en la cama:

—¡Cachorro... cachorrito! —oí tras de mí al despertar bruscamente.

Me giré a toda velocidad y me froté los ojos, queriendo con ello cerciorarme de que verdaderamente el santón estaba allí, junto a mí, sentado en la cama y soltándome la habitual carcajada.

—¿Qué pasa?, ¿qué hace aquí? —le pregunté con voz gangosa y la mente entumecida por el sueño.

—¡Viéndote roncar, ja, ja!, ¡lo haces muy bien!

—¿Y para eso me despierta? ¡Quiero dormir!

—¡Hombre!, ¡claro!, ¡te has cansado tanto con mi sobrina!

—Con... ¿quién?, ¿quééé? —pregunté, tropezándome con las palabras y casi a gritos.

—¡Pues claro, hombre, mi sobrina Dakini! Tranquilo, te desvelaré el misterio: yo soy el Dr. Raschid... ¡Y también el rajá Maheshwaraji, ja, ja!, ¿te suena?

—Pero ¡qué narices! No puedo creerlo... ¡Ya no puedo creer en nada de lo que me dice!

—¡Pues no creas! ¡Da lo mismo! ¿Qué digo lo mismo? Mejor, es mejor. Los occidentales tenéis una enfermiza necesidad de creer en cosas, aquí, en cambio, nos interesa más el saber.

—No tengo ahora las neuronas muy bien puestas, pero eso que dice me parece, como mucho, un aforismo, muy bonito, pero que a mí no me dice nada...

—¡Ja, ja, ja! —se mofó de mí—. Te han enseñado a ser un necio muy eficiente, hasta el punto de que entre mi hija y mi sobrina te tienen bien pillado y tú no entiendes aún lo que está sucediendo, porque solo ves lo que te da la gana. Te están dando una lección magistral que no asimilas para nada, ¿en qué idioma se os ha de hablar a los occidentales? Uno de aquí ya habría dejado hace tiempo de hacer el bobo, como tú lo haces permanentemente...

—¡Pues entonces buscaros a un hindú que lo entienda y dejadme en paz a mí!

—¿Y no volver a ver a Durga?

No pude responder. Pasaron unos instantes de miradas silenciosas, dominadas por la ardiente observación de aquellos ojos tan penetrantes, hasta que finalmente pregunté tímidamente:

—¿De verdad es su hija?

—Lo es, y la de mi amada consorte, Ma Ananda...

—¡Vaya! Entonces, si todo este montaje es en plan familiar, ¿Shankar también...?

—No —me interrumpió—. Shankar es mi discípulo predilecto, el más avezado de todos los tántricos que han aprendido este conocimiento junto a nosotros. ¡Lástima que no tenga la cualidad de un Hombre Lingam! Él no es un ser azul, ¡qué lástima! Sería mucho más fácil si fuese él...

—¡Bueno, muy bien, descartado! Y ahora, ¿qué se espera de mí?

—¿Será posible que estés a las puertas de una gran explosión interior, titánica, y que ni siquiera puedas intuirlo? Te daré una pista: la cosa va del placer al gozo y del amor a la muerte, ¿lo comprendes así?

—¡No! No sé qué narices habría de entender —rectifiqué; me había asustado su mención de la muerte.

—Te queda una única oportunidad: mi hija, como sabes, es una fiera... ¡O das la talla o se te come! —Tras decirme eso lanzó una escueta y compacta carcajada, acotándola en un corte frío—. ¡Y basta ya de tonterías! —añadió más serio—, ¡ya no eres tan cachorro! El color de tu coronilla ha mejorado un poco, ¡estás casi listo, Hombre Lingam! Solo tu mente, tu viciosa mente se interpone... ¿Sabes qué? ¡Voy a darte un par de bofetadas! —me comentó entonces, tan tranquilo, como quien te ofrece caramelos.

—Pero ¿qué dice?, ¿se ha vuelto loco?, ¿quiero decir, aún más?

Pero el viejo no respondió, es decir, no oralmente. Más bien, y de forma incomprensible y desconcertante, cumplió su amenaza: me arreó un par de tortas de aquí te espero sin que yo pudiese llegar a reaccionar. Quedé tan aturdido que con cierta facilidad me tumbó boca abajo y me presionó en las cervicales, produciéndome un intensísimo dolor que me hacía sacudir la pelvis como un enajenado y me impedía incluso gritar o defenderme. Parecía estarme atenazando un centro nervioso, con lo que me tenía paralizado. Pero, para controlarme aún mejor, me obligó a respirar algo de un pañuelo húmedo, algo con un olor extraño y muy característico, que no era de cloroformo ni nada por el estilo; acaso fuese alguna planta, un narcótico natural, pero lo cierto es que no me afectó como una droga convencional. De hecho, empecé a comprender que, para los de su secta, inmovilizarme de diferentes formas parecía tener un deleite irresistible. Como fuera, en cuanto me tuvo a su merced empezó a tantearme en diferentes lugares de la espalda; me daba unos golpecitos secos con los nudillos, pero sentía que su vibración me llegaba hasta las entrañas, como si con ello despertase pequeños y puntuales remolinos en el interior de mi cuerpo. Eso no resultaba desagradable, pero sí lo fue el dolor que sentí a continuación. La intensidad de ese dolor alcanzó un nivel atroz, tanto que llegué a desmayarme, y no sé si eso entraba en los planes del santón. Lo cierto es que cuando regresé del limbo me sentí trasladado por dos personas que me sostenían por los brazos; todo mi cuerpo estaba inerte como el de un muerto, de manera que mientras me conducían sentía mis pies arrastrarse por el suelo, incapaces de caminar por sí mismos. No podía mover ni un músculo, ni tampoco ver, puesto que una venda me cubría los ojos, aunque, eso sí, pensaba con diáfana claridad. Así, me tumbaron cerca de un fuego, del cual podía sentir el calor y un suave crepitar en el silencio de aquel espacio; también percibía pasos a mi alrededor, olor de incienso y algún cuchicheo a cierta distancia.

Me sentía aún paralizado muscularmente, ni siquiera era capaz de abrir los ojos bajo la venda que los cubría. Aunque, pese a no poder moverme, no estaba preocupado por eso, puesto que intuía que mi cuerpo estaba bien y me recuperaría de aquel trance como del efecto de una droga. En aquellos instantes, en los cuales alguien empezó a desnudarme, la sensación de mi piel era viva, extraor dinariamente viva, diría. Al poco, y con gran destreza, consiguieron tenerme a pelo sobre aquella especie de colchoneta en la que me hallaba tendido; pude entonces sentir el estremecedor paseo de algo tan suave y electrizante como un ramillete de plumas sobre mi pecho, mi vientre y mi sexo. Luego continuaron recorriéndome así los brazos y la piernas; aquello me resultó placentero pero a la vez insoportable, como cuando tras un orgasmo continúan estimulándote, cuando sientes que ya no puedes más de placer y te colapsarás en un no sé qué si prosiguen. Pero la caricia de las plumas cesó, y enseguida pude notar como me echaban encima una tela ligerísima con la que me cubrieron todo el cuerpo, para luego irla arrastrando lentamente, desde el rostro hasta los pies. Eso lo repitieron tres veces, y yo llegué a sentirme tan vibrante que me parecía levitar, flotar en el aire con la levedad de una hoja seca, o más aún, la de un plumón. Todo mi cuerpo parecía de pronto estar recorrido por corrientes eléctricas, que me hacían temblar hasta el ápice de las uñas. En ese estado, dispusieron benévolamente de mí: manos gentiles y lentas fueron esparciendo el resbaladizo contacto de un aceite aromático sobre la piel, buscando entrar en los recovecos más sorprendentes, pero siempre con un toque preciso y absolutamente experto.

Mientras se me aplicaban tales unciones, pude escuchar la voz del santón entonando himnos sánscritos. De entre sus recitaciones, solo fui capaz de rescatar para mi entendimiento el nombre de «Kali», acaso referido a Durga, y el de «Maithuna», que significa unirse sexualmente de la forma que lo hacen los tántricos. Tras todo eso la ceremonia siguió, ahora rindiéndole culto a mi polla, la cual, para mi sorpresa, se dio perfectamente por aludida y como desconectada del resto de mi cuerpo inmóvil se fue erigiendo con una arrogancia independiente que me dejó perplejo. En ese punto, llegué a pensar que el resto de mí estaba de más, y mi propia verga parecía también ratificar el hecho. Sentía dedos suaves que acariciaban su largo y su curva, exaltando su tensión, y también labios dulces y húmedos besándola sin cesar, con frenesí, pero sin apenas transmitirme sensación de lujuria. Algo de todo aquello hacía que la excitación fuese sutil, etérea e inusitada.

Ese elogio de mi virilidad se dilató por un tiempo que soy incapaz de precisar, pero que fue muy largo, sin que en ningún momento dejase de interesarme, o mejor dicho, sin que a mi polla dejase de gustarle, porque el resto de mí estaba cuasi inerte. Fue entonces, cuando noté que alguien se situaba sobre mí; sentí la piel de unas piernas frotando mis muslos, la sensibilidad cutánea era absoluta, brillantísima y sin duda superior a la habitual, pero me veía incapaz de reaccionar. Tal vez por eso centraba toda mi atención en cada detalle del roce, en cada cambio de temperatura o en cada nueva sensación que aparecía. Así supe, obviamente, que quien estaba sobre mí era una mujer desnuda, de la cual quise también reconocer aquel aliento que se aproximó a mi rostro por un instante. De rodillas sobre mi abandonado cuerpo, aquella hembra alzó mi polla directamente a la entrada de su vulva abierta; poco a poco, como de a mordisquitos, la fue tomando así en su interior con una suavidad paciente, la misma con la que culminó aquella penetración tan sublime. Mi sensibilidad era tanta que me olvidaba fácilmente de mí mismo para transformarme en las prodigiosas sensaciones que vivía; una a una, esas sensaciones me absorbían por completo. La experiencia consciente y sensorial iba más allá de cualquier otra que pudiese haber tenido antes, ni aun habiendo tomado drogas, porque la forma en que sentía aquello era del todo inusual.

No sabía exactamente qué me había hecho el santón, ni con quién estaba enrollándome —aunque no era Durga, ni tampoco Dakini, de eso no me cabía duda y no sabía el porqué de tal certeza—, pero lo cierto es que mi conciencia del hecho, la sensibilidad y su energía se me antojaban de un nivel sexual y vivencial absolutamente inédito. Mientras me penetraban la sensación era plenamente femenina: ser penetrado. Mi mente estaba cada vez más clara, más lúcida; podía discriminar sensaciones burdas y opacas, para descubrir el brillo intensísimo de otras pequeñísimas, que en infinito número y sutileza se me ofrecían a la conciencia. Cuando la pelvis de aquella mujer se ancló sobre la mía, supe que estábamos en la profundidad de aquel acto tan sutil, aunque no pudiese ya sentir mi propio sexo, ni el suyo. Solo existía un calor vibrante, encendido, increíblemente intenso y gozoso que nos unía. Justo entonces, mi cadera empezó a soltarse y vibrar, respondiendo a un pulso que escapaba por completo a mi propio gobierno o intencionalidad. De tal forma, empecé a sentir una quemazón efervescente en el rabillo de la columna. En mi sentir de aquellos instantes, fue algo semejante a la cola de chispas que suelta un cohete antes de salir disparado. Cuando eso sucedió, y como sincronizados todos en mi propia experiencia, o en una experiencia unísona, los que allí estaban reunidos empezaron a emitir un rumor gutural y penetrante, y sobre él una reverberación, una especie de armónico que flotaba sobre el sonido anterior y que, sin resultar en absoluto tétrico, parecía proceder de lo que llamamos el más allá. En suma, lo que me llegó fue un sonido intenso y extraño, envolvente e hipnótico que, con todo, me suspendió instantáneamente en algo parecido solo remotamente a un simple orgasmo, pero total, sin caída ni eyaculación, sin perder energía, sino más bien constatando cómo aquel extraño y enormemente magnético efluvio me abría las puertas de algo muy superior al placer hasta entonces conocido. Me sentí subir volando, absorbido en la vorágine de una espiral que me alzaba hasta no sé dónde; la oscuridad de mis ojos, bajo la venda, devino una luz cegadora; el peso de mi cuerpo desapareció por completo. Ni siquiera el jadeo era preciso, ninguna cosa lo era, porque no sentía necesidad alguna, como tampoco exceso de nada. No sabía dónde estaba, pero os juro que me habría quedado allí para siempre.

29

MADRID

De madrugada, sonó el teléfono en mi apartamento:

—¿Sí?...

—Me han dicho que has vuelto...

—¿Vicente?

—¿Al final has vuelto a mí, eh? —dijo con carga; tenía la voz gangosa, al parecer había bebido.

—Sin lo de «a mí», simplemente he regresado... ¿Sabes qué hora es? Estaba durmiendo...

Vicente permanecía mudo, tuve que retomar la palabra yo mismo:

—Mira, si quieres quedamos en algún momento y hablamos, pero con calma, ¿de acuerdo?

—Vale, sí que quiero verte, pero no te presentes con la zorra esa que te has traído de la India. Me lo han dicho... ¿Qué quieres que haga?, haré lo que sea, lo que sea.

—¡Te estás pasando! Si quieres que hablemos, será mañana: nos vemos en el bar de Benito, a eso de las cinco, ¿te va bien?

—No la traigas, Rubén, ¡por favor! No podría soportar verte con una mujer...

Le colgué el teléfono. Vicente deliraba. Acaso fuese porque estaba borracho, pero parecía verdaderamente enajenado, como si aún se hubiese obsesionado más por mí. Lo cierto es que no me apetecía para nada verle. Aunque si él de verdad quería verme, ya habíamos quedado y, pese a todo, yo pensaba acudir a la cita.

Tras colgar, me deslicé nuevamente entre las sábanas calientes hasta hallar el tacto de las piernas de mi compañera, luego me ceñí a ella como su propia piel y la besé en el cuello, a lo que ella respondió con un suave vaivén de caderas.

A las cinco menos cuarto estaba en el bar de Benito, una taberna de barrio con sabor antiguo, con todas las paredes cubiertas de estanterías donde innumerables botellines de cerveza reflejan las luces alargadas de unos roñosos y cansados fluorescentes, amarilleados, como todo allí, por tantos años de tabaco. El padre de Benito había coleccionado botellas de todas las marcas, épocas y países, cuyas etiquetas se veían también mugrientas y ensombrecidas por el mismo humo perenne en aquel local, que aun así, o tal vez por eso justamente, resultaba del todo entrañable, uno de los mejores sitios para quedar con los amigos, charlar, tomar unas tapas y unas cañas en cualquier momento del día. Fui allí solo, para evitar tensiones, y mientras departía sobre mi viaje a la India con la mujer de Benito, que además de ser muy simpática estaba buenísima, entró Vicente con cara de pocos amigos. Contrariamente a lo que le era característico, en cuanto a pulcritud y elegancia, iba completamente desaliñado: el pelo sucio, barbudo, una camisa llena de arrugas y medio desabrochada, unos tejanos manchados y sandalias con calcetines en pleno invierno. Daba un poco de pena verle, parecía un indigente. Nos dimos un beso en la mejilla —no olía nada bien— y le invité a que nos sentásemos en una mesa, tranquilamente.

—Estás cambiado —me dijo.

—¡Lo mismo digo! ¿Cómo es que te cuidas tan poco?

—¡Porque me da igual! ¡Estoy jodido, tío, muy jodido!

Yo escuchaba sus quejas como un eco. Me daba cuenta de lo muy importante que yo podía ser para él, pero todo su lío a mí me parecía ya baladí.

—¿Tú sabes lo que es el amor? —prosiguió Vicente—. ¿Sabes qué es querer a una persona de verdad y solo desear entregarse, por encima de todo, incluso por encima del arte, que para mí lo era todo antes?, ¿lo sabes?

—Sí, lo sé…. Pero yo no he sentido eso nunca por ti y has de aceptarlo.

—¿A que te monto una escenita?

Encogí los hombros, contemplando su crispación. El bar a esa hora estaba lleno; Vicente entonces se levantó y vino hacia mí, me sujetó la cara en un ademán violento e intentó besarme: todos nos miraban. Pero como fuera que yo le impedí forzarme, se echó atrás trastabillando, fuera de sí, dudó un instante y luego empezó a gritar dirigiéndose a la gente:

—¡Este me da por el culo, me hace chupársela cuando le apetece, me arruina la vida y ahora no quiere saber nada de mí!, ¡el muy cabrón! ¡Ahora dice que prefiere a una putita que se ha traído de su último viaje!

La gente, intimidada por la violencia que emanaba Vicente, intentaba disimular removiendo la cucharilla del cortado o sacudiendo el saquito de azúcar, pero lo cierto es que tras las terribles declaraciones que acababa de largarles se hizo un silencio de aquellos tan tensos. Benito, el tabernero, salió de la cocina y se acercó a Vicente:

—¿Qué pasa, Vicente?, ¿te encuentras mal? Tal vez será mejor que salgas a tomar el aire fresco, ¿no te parece? —le dijo respetuosamente.

—¡Os vais a la mierda tú, la taberna y el puto aire fresco!, ¿me oyes? —vociferó Vicente, justo antes de girarse hacia mí y señalarme como si me clavase el dedo en la frente—. ¡Y a ti!… ¡A ti nadie te querrá como yo! ¿Vale? ¡No te lo mereces! ¡Ah! Y una última cosa: como pintor eras mediocre tirando a malo, ¿lo sabes, verdad? ¡Pues como amante eres aún peor! ¡Te jodes en tu miseria! Porque eso es lo único que tendrás: ¡miseria!

Dicho eso, Vicente, que había venido con ganas de liarla y lo consiguió, dio media vuelta brusca como un títere y, casi tambaleándose, salió de allí para tranquilidad de todos, entre los «¡ejem, ejem!» de la gente, quienes a esas alturas parecían ya alargar el trago para que les alcanzase la caña o el cortado hasta asistir al desenlace de la cruda escena y la repercusión consecuente en el personaje pasivo, o sea, yo. Era presumible, pues, que al salir de allí mi examigo todas las miradas del bar se centrasen en mí, y con acusada indiscreción, como si hubiesen pagado para que les divirtiese cerrando el acto. De hecho, allí había personas conocidas ante las cuales, en otro tiempo, habría sentido un rubor vergonzoso por el pollo que me había montado el colgado de Vicente, pero lo cierto es que quedé asombrado por lo poco que me afectaba el hecho. Aun así, consciente del tenso ambiente que se respiraba, eché una ojeada, breve pero altanera, a quienes estaban pendientes de mí y opté por levantarme y pagar, pausándome unos instantes generosos, eso sí, en los preciosos ojos de la tantas veces deseada mujer de Benito, quien pese a todo me sonrió. Luego salí de allí impenitente, en silencio pero con la cabeza bien alta y pensando que todo valía la pena aprovecharlo para aprender, con dignidad, ¿por qué no?

Aquel fue un breve encuentro en el cual apenas tuve que intervenir. Todo se desenlazó por sí mismo, tanto el dramático y crispado monólogo de Vicente como el abrupto final, lleno de una violencia que no alcanzó a herirme. Así es que yo me limité a dejar que las cosas sucediesen.

30

SER MUJER

Aquella misma tarde, la recogí en casa y fuimos al teatro. Estaba hermosísima: habíamos ido de compras y estrenaba un conjunto de color rojo. El pelo suelto y larguísimo le alcanzaba prácticamente la curva de las nalgas y sus ojos brillaban con una intensidad enigmática, como aquella primera vez. Me sentía realmente fascinado y a la vez libre, capaz de iniciar una nueva vida junto a ella, porque cada vez estaba más feliz, más amoroso, más confortado en su manera de tratarme. Nunca antes había sostenido una relación demasiado seria; el compromiso me parecía un esfuerzo que destruía todo aquello que yo buscaba. Pero ahora estaba descubriendo algo nuevo, sin esfuerzo, fluyendo junto a ella. ¿Sería el amor?

Después del teatro, cenamos, volvimos a casa y nos enrollamos, como lo veníamos haciendo más de dos, e incluso más de tres veces cada día. Como yo no eyaculaba casi nunca, ella se contentaba y dejaba ir cuanto quería; por mi parte no hacía más que seguirla y gozaba también muchísimo. De esa forma alcanzábamos unos estados orgásmicos de puro éxtasis, momentos que se prolongaban cada vez más y adquirían incluso mayor intensidad en cada nuevo contacto. Para entonces, ella me había enseñado ya la técnica de la absorción, a través de la cual sus fluidos pasaban a mi interior y no al revés, como es habitual; justo entonces empezaba a saber cómo hacerlo. Esa técnica es conocida por los yoguis tántricos como «*vajroli*».

—Entonces, cuando yo hago eso, ¿qué pasa, para qué sirve? —le pregunté después de hacer el amor.

Estaba tumbada boca abajo, cubierta con una fina sábana blanca. Me miraba sonriendo y haciéndome esperar, porque me veía inquieto y disfrutaba jugando conmigo y haciendo del diálogo algo mucho más vital.

—¡Te estás convirtiendo en una mujer, Rubén!, ¡ja, ja, ja! —estalló de pronto a reír.

—¿En una mujer? ¿Me estás tomando el pelo?

—¡No! Te estás haciendo femenino. De hecho ya lo eras, ¡y bastante!, ¡ja, ja!

No le veía mucha gracia, pero su espléndida alegría y manera de reír se me contagió y nos reímos juntos por mi presunto amaneramiento feminoide.

—¡No, no! Ahora en serio: ¿qué pasa con eso?, ¿me van a salir tetas?, ¿se me caerán los huevos?, ¿tendré la cinturita estrecha?, ¿la regla?, ¿qué me pasará? Venga, dime la verdad.

Pensé que no iba a responderme nunca, porque no paraba de reír. Pero finalmente se recuperó del trance y pudo tomar aliento para hablar:

—Muy bien —se puso seria, no sin cierto esfuerzo—, ¿quieres la verdad?

—¡Sí!

—Pues no es broma: te he enseñado a hacer algo que muy pocos hombres saben hacer. En realidad, no es que te vayan a salir tetas, ¡ja, ja! Te estás transformando en un andrógino, porque estás liberando a la mujer que hay en ti, la que estaba deseando mostrarse; eso ya se te notaba. Ahora no la frenas, porque ya no te importa que exista, y porque estás equilibrando una parte masculina con otra femenina, ¡un andrógino puro! Pero no te preocupes: no te cambiará la voz, ¡ja, ja, ja! —estaba que se salía de burlona.

186

—¡Ah, claro, ya lo entiendo! Ese es el motivo de que sea tan delicado, sensible y obsequioso contigo, ¿no? Soy como tu mejor amiga y además tu amante lésbica.

—Bueno... Creo que eres algo así, pero suena feo. Tendría que pensarlo detenidamente, porque me gustas tanto que esa definición no va bien... Y me gusta el hombre, ¡me encanta este pedazo de hombretón!

Me miró de aquella manera que ella miraba, devorando lo que tocaban sus pupilas, se acercó a buscar mis labios y de pronto, una vez más estábamos enrollados sin planearlo. No sé cómo fue, porque ni siquiera lo intenté, pero lo cierto es que estaba penetrándola otra vez y ella jadeando de placer mientras le acariciaba los pezones con las yemas de mis dedos. Había una química sexual tremenda; hacer el amor, más que posible, era casi inevitable.

Habiendo dejado atrás el embrollo tremendo que viví en la India, en aquellos días vivíamos los dos de su dinero, es decir, del dinero que le ingresaban mensualmente en un banco procedente de su país. Todo parecía perfecto para despedirme de una vez por todas de mis anteriores ocupaciones eventuales, con las que había ido tirando en plan bohemio y, por supuesto, de los líos en que me metía con tanta facilidad. Incluso me pareció que era un momento excelente para ponerme a pintar cuadros otra vez, ahora en plan más serio. A pesar de las descalificaciones de Vicente hacia mi arte, que aunque procediesen de un muy buen pintor me daban igual, porque estaban dichas en un momento de desquicio, se me ocurrió que por primera vez en mi vida quería dedicarme y entregarme a algo y a alguien en concreto. Y para retomar el arte y el amor con criterio maduro nada de «pinitos» ni experimentaciones de adolescente, como anteriormente; ahora se trataba de trabajar en serio, apostando por mi actividad artística y por una pareja con perspectivas de futuro. De hecho, la idea me rondaba tanto que se lo había comunicado a ella, quien la acogió con entusiasmo, insistiendo en que el dinero no tenía que ser nuestro problema, porque para eso había nacido en una familia rica. Yo me ilusioné muchísimo por mi suerte, tanto y de manera tan imprudente como si me hubiese tocado la lotería.

Durante esos días empecé a descubrir cosas de mí mismo que me extrañaban enormemente. Yo, que siempre había tenido más bien alergia de los niños, experimenté una debilidad y una ternura inesperadas hacia su trato. En cuanto veía a una criatura me emocionaba, sentía ganas de acariciarla, mimarla o protegerla. Era absurdo que me pasase una cosa así, pero era cierto. Y cuando me cruzaba con una mujer embarazada, o que llevaba un niño en brazos o en un carrito, llegaba a sentir indicios de una extraña envidia. En otras ocasiones, me encontraba hablando con antiguas amigas, y las trataba como jamás antes lo había hecho, con una proximidad especial, con una especie de complicidad que me permitía entender cuanto me decían, cómo me lo decían y por qué lo decían; tal vez era más bien un entender cómo lo sentían y noté que ellas se daban cuenta del hecho. Para mí mismo, eso resultaba absolutamente sorprendente, y no digamos para mis amigos, que acostumbrados a mi antigua manera de ser me comentaban, como si estuviesen sincronizados en la razón para hacerlo, que la India me había sentado muy bien, que se me veía relajado y más seguro de mí mismo. Tal vez tuviesen razón. Pero no era solo la India, ni era exactamente lo que ellos coincidían en suponer. Era, en concreto, lo que me habían hecho el santón y los suyos, algo inexplicable; y era también, y sobre todo, lo que me estaba haciendo ella día a día, lo que yo aceptaba que me hiciese, extrañamente entregado al amor. Sin embargo, una parte de mí continuaba latiendo en el pulso de antiguos vicios de conducta, tal vez buscando el deleite en la oscuridad de los rincones de mí mismo.

Uno de esos días, paseaba solo por El Retiro y me encontré con Elena, una vieja amiga con la que me había enrollado un montón de veces sin ir más allá del mero polvo. La chica iba haciendo *footing* y de paso llevaba al perro de paseo. De hecho, fue ella quien me reconoció de lejos y vino a mi encuentro. Pero justo cuando nos saludábamos, el chucho hizo algo feo: era de esos que en época de celo tienen la odiosa manía de agarrarse a la pierna de la gente y empezar así a ejercer su pulsión copulativa, cosa desagradable donde las hay. Como fuera que el animal no aflojaba y Elena no hacía nada, sin pensármelo dos veces le di un taconazo con el pie libre, de lo cual no me sentí nada culpable. Sin embargo, mi reacción defensiva no le gustó nada a ella, quien en ese momento iba a besarme y frenó la intención, mostrándome así su molestia.

—¡Hombre, no te pases!, ¡pobre perro! ¿Qué te ha hecho?

—Me quería ensuciar los pantalones —dije con naturalidad.

—¡Tío! Que le has arreado en todo el morro.

—¡Ya! No me gusta que me violen los perros en el parque del Retiro. Si quiere una relación conmigo, se la tendrá que trabajar con más delicadeza... ¡Ah! Y jamás sin una goma... Pero no le he hecho daño en el resto del cuerpo, ¿verdad?

—Bueno, creo que sobrevivirá —comentó agachada junto al animal; ahora ya sonreía (ella). Así se levantó y me besó en los labios—. ¡Chico! Estás de un bueno insoportable, ¿qué te han dado?

Elena no se cortaba, y menos conmigo. Yo le seguí la broma.

—Jarabe de glucosa vitaminado y aceite de cúrcuma en las ensaladas...

—¡Guau! —exclamó, acaso mimetizada por su perro—. ¿Dónde lo compras?

Ahí quedó la broma.

Nuestra relación esporádica, aunque no profunda, siempre había sido muy fluida. Así es que, entre broma y broma y tratando de eludir al coñazo del chucho, que insistía en acoplarse a mí al precio que fuese, la invité a tomar té de Darjeeling en mi casa, sin el perro, claro. Quedamos al cabo de un rato en mi apartamento. Lo cierto es que mientras veía a Elena alejarse al trote no pude dejar de fijarme en la firmeza y longitud de sus piernas, en sus estupendas nalgas y en su fina cintura; me encandiló su preciosa figura, bien marcada bajo la ceñida malla deportiva. Estaba espléndida, y yo me sentí entonces más normal que nunca, muy vulgar, muy como siempre en aquel mirarle el culo como un albañil.

En ningún momento pensé que a mi compañera pudiera importarle que viniese una amiga a casa a tomar algo. Supuse que, como Elena hablaba perfectamente el inglés, ambas estarían encantadas de conocerse y pasaríamos un buen rato charlando tranquilamente los tres, sin más. Pero cuando llegué al piso no había nadie: encontré una nota sobre la mesa, diciéndome que había ido de compras, y que quería apuntarse a una academia para aprender rápidamente español. Tras leer la nota intuí algo repentinamente, algo indefinido pero promiscuo, la sospecha de que podía y quería dejarme llevar por la situación, como antaño. Sin embargo, evité pensar más en ello y me fui a la cocina para preparar el té prometido.

Al cabo de media hora escasa llegó Elena. En cuanto le abrí la puerta, aquella intuición de antes se hizo certeza: se había puesto las pinturas de guerra y venía a por mí. Volvió entonces a besarme en los labios, y esta vez prometiendo más.

—¡Pasa! Tendré que volver a calentar el té.

—Perdona el retraso, tenía que cambiarme y darme una ducha rápida, por el sudor más que nada, ¿sabes? Suerte que vivo tan cerca. —Nos miramos en silencio—. ¿Estás solo?

—Sí, ¿por qué?

—¡Ah!, ¡nada! Por saberlo; me han dicho que tienes novia.

—¿Quién?

—Vicente. Le vi ayer hecho polvo... Iba, que no te quieras ni imaginar, sucio y borracho perdido, manoseándose con un guarrón viejo en un pub que hay aquí cerca, el Belfast, ¿sabes? Iban llamando la atención cuanto podían. A mí, francamente, me dio hasta vergüenza tener que saludarlo, pero es que me entró al abordaje... ¡En fin! Cambiemos de tema: ¡qué casualidad que nos hayamos encontrado! ¿No te parece?

—Pues... Tal vez no sea casual, quién sabe.

—¡Uy! ¿Te me estás insinuando así de sutilmente, bomboncete?

—¡Ja, ja! —me reí—. Para eso has venido tan... guapísima, ¿no? Verás, en realidad yo solo quería decir que la casualidad no existe —añadí, tomando prestado el argumento de mis amigos hindúes.

—¡Bueno!, ¡pues la fabricamos! —dijo Elena, aproximándose a mí como una leona.

Una débil razón de mí intentó resistirse, pero fue como intentar parar un tren con las manos. No llegamos a tomar el té, que se acabó enfriando irremediablemente, mientras nosotros nos acalorábamos con un progreso estremecedor. Al principio me sentí extraño, culpable, en mi mente resonaba la idea de echarlo todo a rodar ahora que estaba por fin bien. Debido al empuje de mi amiga, me sentí incluso como una mujer asediada por la presión masculina, aunque no es que ella tuviese nada de macho, todo lo contrario, solo que era quien llevaba la batuta, tomaba el papel activo y me seducía, como un hombre seduce a una mujer. Mi empeño por negarme duró apenas unos instantes, porque en cuanto me hubo desabrochado la camisa y empezó a besarme los pezones, cedí, me entregué a ella sin pensar en nada más que en la excitación que me hacía sentir. Así, la desvestí apresuradamente, como si tuviese que aprovechar el tiempo, para luego penetrarla en el sofá, buscando aquel placer con etiqueta de furtivo que muchas veces ya antes habíamos hallado juntos. La verdad es que no pensé en absorciones tántricas, ni en nada espiritual: follé, como folla alguien cuando va caliente, y mientras la hacía subir hasta aquel punto en el que una mujer se deshace, escuché cómo me susurraba, jadeando y arañándome en los glúteos: «¡Pero por dios, Rubén!, ¿qué me haces?, ¿quién te ha enseñado a follar así?, ¿quién te entrena? ¡Dios mío... Qué gusto... Qué placer me das cariño!». Así, la llevé hasta un orgasmo tan enorme que empezó a gritar con la fiereza de una mujer primitiva, y yo, loco de lujuria, mientras la veía estallar en su delicia pensé en hacer lo mismo, en derramarme por completo dentro del condón que ella misma me había puesto, aflojando el semen después de no sé cuánto tiempo sin hacerlo; debía tener una burrada en el almacén. Pero entre tan candentes lances la puerta del piso se abrió, y eso sucedió justo en aquel instante de máxima exaltación. A mí se me contrajo todo de golpe. De tal forma, fue inevitable que nos pillase en el sofá, sentados y cubriéndonos torpemente con algo de la ropa que antes habíamos esparcido por todas partes. Me sentí entonces, ante sus ojos afilados de odio, como si encarnase a la mujer infiel, sorprendida por su marido con otro hombre. Entonces vi las ilusiones rotas, sentí el frío, el desgarro, la culpa y el miedo.

31

EL VUELO INESPERADO

Tal vez nadie, en el aeropuerto, debía darse cuenta de mi presencia. De hecho, estaba encogido, aislado en mi desolación, ensimismado en los adentros como un autista. Ella ya se había ido. Se había marchado enfurecida conmigo, sin querer escuchar mis excusas, pese a que traté de convencerla de la poca importancia que había tenido lo de Elena cuando la llevé yo mismo a tomar el avión. En principio pensé estarme sobreponiendo bien a la situación, de manera que me propuse luchar in extremis por nuestra relación mientras la acompañaba en coche, para ver si así surgía aquella chispa, aquel perdón. Pero no fue así; ni siquiera me dijo adiós. Y tras desaparecer por la última puerta de embarque todo se me vino encima de golpe: viejos fantasmas de mi mente reaparecieron con fuerza renovada; sentí un frío y una soledad espeluznantes. ¿Por qué lo había hecho? Por primera vez en mi vida estaba sintiendo a su lado el orden, el amor... Se me había ocurrido, días antes, que podíamos incluso tener un hijo, o dos. Por primera vez se me habían ocurrido cosas así, y es que a mi manera la quería. Pero entonces me di cuenta de que ni siquiera había sabido decírselo, y ahora ya no estaba ahí para hacerlo. Algo irreparable me partía el corazón.

Después de haber renunciado con ella al escandaloso montaje del santón, habíamos huido juntos y no había hecho otra cosa sino tratar de olvidar lo inolvidable, es decir, los acontecimientos de la

India, las inenarrables experiencias energéticas que había vivido con los tántricos. Aun así, junto a mi compañera —cuyo propósito me pareció en su momento idéntico al mío—, todo era benigno, entre otras cosas porque su familia no le había dado la espalda y le enviaban un pastón cada mes, y eso incluso habiéndose marchado en contra de la voluntad familiar. Yo me sentía enormemente afortunado, porque además de tener una mujer que me parecía fascinante y estaba enamorada, esta me solucionaba la vida sin trabajar y me trataba con excelencias: ¿qué más podía desear? Pero no solo eso, había empezado a sentir algo, amor o apego, o todo ello, y ahora percibía ese desenlace como un desgarro doloroso. Lo había echado todo por la borda, todo.

Pero había algo más, y muy importante, dado que ella encarnaba el vínculo que aún me unía a una historia que me tenía más hechizado de lo que en realidad creía estar; era la posibilidad de un retorno a la India y a todo aquello que allí había dejado. Mis vivencias en la India eran algo que rechazaba y deseaba recuperar con una igualada intensidad; esa posibilidad del volver allí era algo que hasta entonces me había reservado, como se reserva quien piensa que no es el momento adecuado en la vida y que más adelante ya se verá, o aquel que cuando se va no se va del todo, el que teme, y guarda un hilo para el posible retroceso en sus trémulas decisiones, un hilo con el que regresar desde una insensatez que aplaza la verdad. Por momentos me vino la imagen del campesino, la de la historia que me explicó Shankar. Imaginaba al pobre hombre arrepentido de su mala elección, como yo mismo, tras haber renunciado a lo verdadero por quedarse con lo más voluptuoso, y como consecuencia final, sin nada.

La contundencia de mis experiencias sexuales con los tántricos abrió en mí una brecha insondable. Aquellas inexplicables descargas eléctricas que sufrí a lo largo de la columna vertebral, o mis erecciones prodigiosas e inagotables, eran hechos que me habían marcado de manera indeleble. A todo eso se unía mi curioso cambio de carácter, el cual incluía aquella curiosa sensibilidad femenina que surgía espontáneamente sin que yo pudiese preverlo. Y estaba también el dolor, un dolor que algunas veces todavía me atenazaba la columna, de abajo arriba, vértebra a vértebra, lentamente. Descreyendo del misticismo, la primera vez que me sucedió eso en Madrid fui inmediatamente al médico, porque temí padecer hernia discal, aunque mi compañera insistía en que no era eso. Pero, después de revisarme someramente y consultar una placa, el doctor me dijo que yo no tenía nada en la espalda, salvo vértebras, que la tenía bien y que lo mío debía ser de los nervios; me recetó un ansiolítico que no me tomé, porque yo no creí que fuesen los nervios, como apuntaba el muy cretino del doctor para diagnosticar algo congruente. Aquel dolor que escalaba mis vértebras con tanta precisión era algo distinto. Siempre se detenía en la garganta; ahí, sentía unas náuseas insoportables que me urgían a vomitar y más tarde desaparecía el malestar. Lo que pude advertir fue que la fuerza se frenaba a esa altura, sin alcanzar nunca la parte superior del cráneo, lugar al que solo llegó durante mis experiencias con los tántricos. Razonándolo, y aceptando la opinión de mi compañera, llegué a la conclusión de que cuanto me estaba sucediendo era producto del trato con las mujeres *devadasi* y de las manipulaciones del santón, algo mágico, o acaso de una física más sutil que aquella manejada por un médico de la seguridad social, quien habría considerado comprensiblemente absurdas tales razones, por lo que no valía la pena darle más vueltas. De hecho, ya me habían dicho antes en India que ese dolor era producido por «Ma»... «¿"Ma" qué?», preguntaba yo; ella, antes de marcharse, me lo había repetido muchas veces: «Ma Kundalini, se llama así».

Pese a todo, esas experiencias no habían curado mi alma y me sentía ahora terriblemente abandonado, helado, solo, muy solo, y también muy culpable, como el campesino del cuento, quien se había encarnado en mí, siguiendo los augurios de Shankar. La verdad que yo había alimentado hasta entonces no dejaba de suponer una frivolidad disfrazada de misticismo insostenible, un puzle de mil piezas, del cual uno solo tiene unas cuantas con las que cree poder completarlo. Solo tenía eso y me daba cuenta. Por ese motivo, tras dejarme mi compañera, ese hacerme consciente de que toda la ilusión se desvanecía me aplastaba sin piedad. Y la pregunta, la esperanza, era: como en la historia del labrador, ¿habría una última semilla en el bolsillo del anciano para mí? Desde que huí de la India dejando plantados a los tántricos, no había dejado de preguntármelo, entre mis engaños de nueva vida. Shankar me afirmó que sí, pero acaso debía merecerla.

Estaba tan hundido que si decidía salir del aeropuerto no quería volver a casa, ni dormir en mi cama aquella noche. Por eso, y barajando torpes propósitos en mi mente, se me ocurrió llamar a Elena y acaso buscar consuelo en ella, desde aquel polvo inconcluso, hasta la indefinición de un despropósito completo. Pero, como suele suceder con las ideas surgidas de la impericia, las cosas no funcionaron bien desde el principio, puesto que mi amiga no estaba en casa. Dejé allí un mensaje, pero aun así seguidamente la llamé al móvil; ahí sí que la encontré, y no sé si por fortuna, puesto que afloró susurrando un largo y gangoso: «¿Digaaa?». Sin duda estaba con alguien, y no en la calle, ni en un bar, ni siquiera en vertical. Contrariado, le dije que nada, que solo deseaba saludarla y que ya nos veríamos. Un fiasco torpe, que alimentaba aún más aquella oscura situación en la que me hallaba.

Sentado en una silla de alineación, encorvado y gacho sobre las piernas, contemplaba de reojo cómo las gentes iban y venían por la terminal con maletas y equipajes, con ilusiones en cada uno de esos bagajes, ilusiones tan ajenas todas. Tenía a mi lado una pareja de retirados, con pinta de ingleses, que no paraban de interesarse con un silencioso fisgoneo por mi estado de dejadez. Fue entonces cuando empecé a sentirlo de nuevo: una presión dolorosa en el cóccix, precedió a una sensación de quemazón intensísima, como si me hubiese sentado sobre un brasero. Era la primera vez que me sucedía en un lugar público, por eso me asusté y salté de la silla para buscar los servicios más próximos al galope. Pero el trepidante crecimiento del dolor me colapsó antes de alcanzar la puerta de la letrina y caí de rodillas. Era más fuerte que en las otras ocasiones y esta vez las piernas prácticamente se me paralizaron; apenas pude arrastrarme al interior de una de aquellas cabinas, ante la atónita mirada de quienes se lavaban las manos contemplando a través del espejo mi penoso avance. Era como si se me hubiese bloqueado el control del cuerpo, al tiempo que aquel dolor ingente y abrasador ganaba paso a paso el recorrido de mi espalda. Por fortuna, pude llegar a ajustar la puerta y dejarme caer a tiempo sobre la taza, para vomitar allí algo amargo como la misma bilis.

Solo sé que aquella vez la sensación insoportable pasó del cuello e irrumpió en el cráneo, lo cual me produjo un desvanecimiento absoluto y dejé de estar consciente. No recuerdo nada de lo sucedido a continuación. Pero existe un detalle curioso e imprescindible: en algún espacio de mi conciencia, que no soy capaz de ubicar en el tiempo experimental, vi la sombra de la bruja Darukha, la mujerona, manipulándome en las penumbras de algún lugar cálido y medio oscuro. Acaso pude sospechar que fuese un sueño, o una alucinación durante el periodo de desvanecimiento, pero me resultaba difícil negar la realidad de aquel recuerdo, tan vívido, como cualquier experiencia del día que uno puede recordar con inmediatez.

Abrí los ojos a la luz bajo un ventilador colgante; miré a mi alrededor y una sospecha loca me asaltó. Entonces, me levanté de aquella cama desconocida como expelido por un resorte y me dirigí directamente a la ventana: ¡estaba en la India! Me parecía imposible, sí, pero aquello era la India. No existía explicación alguna. Me vestí rápidamente —para mi pavor, y tal vez también para mi favor, disponía de la misma ropa que llevaba en España—, y comprobé que junto a la ropa estaban mi cartera y mi pasaporte, con el visado de entrada a la India posterior a la fecha en la que me desvanecí en el aeropuerto de Barajas. No entendía nada, ni paraba de alucinar, porque me parecía impensable pasar las aduanas y demás trámites de un viaje así, sin recordar haberlo hecho; o, ¿acaso me habían trasladado inconsciente? Aun así resultaba inverosímil. Pero eso no era todo: junto a las otras cosas, también había una cartera que me era desconocida, y en su interior dinero, dólares, muchos dólares. Eso, y una nota.

32

LOS MAESTROS SE HAN IDO

L os maestros se han ido» era la frase que encabezaba la carta escrita en español:

Se te informa de que nuestro maesto, mi tío, el Sri Yusâidhan Maheshwaraji, y su amada Ma Ananda nos han dejado. Han partido hacia el monte Kailash, lugar en que vivirán los últimos días de su existencia en este mundo. Sabrás más cosas al respecto, porque será necesario que viajes allí para verlos antes del momento crucial. Así lo ha dejado dicho el Gúruji.

También he de decirte que, ante tu negativa de colaborar y la consiguiente huida conmigo (me creíste tu amante, tu mecenas y tu cómplice), Durga perdió la paciencia y decidió ir a buscarnos, porque aunque estaba planeado, incluso ella llegó a creer que me había enamorado de ti. Lo hice bien. Debes saber que se puso fatal cuando supo que me habías engañado con otra mujer; te lo va a tener muy en cuenta, son cosas de familia, pero ya puedes temblar.

Para tu dominio, has llegado en avión y más o menos despierto, aunque no lo recuerdes. Eso es debido, en parte, a lo que te sucedió con Ma Kundalini, pero además Durga, con quien había quedado en la terminal de Madrid, te espiaba después de dejarte yo; vio entonces que te pasaba algo grave y en cuanto pudo operar, rectificó el proceso de tu eclosión (suerte que ella estaba allí) y te dio algo que había preparado Darukha para traerte luego hasta aquí despierto, aunque de una manera curiosa, porque ibas como hipnotizado, pero respondías algunas preguntas y firmabas donde te decían. Tenerte así de sumiso lo consiguió con esa droga, una mezcla especial muy antigua, con la cual los hombres os volvéis mansos e incluso tontos, más tontos. Es muy útil. Aun así, insisto, tuviste mucha suerte de que mi prima estuviese allí; tuvo que entrar en el lavabo de hombres a por ti, suerte que no habías pasado el cerrojo de la puerta.

Te preguntarás: ¿por qué nos tomamos la molestia de dejarte marchar antes, y financiamos incluso tus ilusiones de olvidarte del tema junto a una «concubina exótica» de la que no estabas en realidad enamorado? Pues porque aún eres mentalmente débil, pero paradójicamente un hueso duro; contigo no valen las cosas directas, porque siempre te vas por las ramas, te alejas constantemente y tu ansiedad no cesa nunca. Debías comprender en Madrid, en tu entorno y junto a una «concubina» que era quien evitaba que te extraviases, que son la fuerza y la energía las que te unen al Tantra. Pero, además, solo en Madrid podías deshacerte de los lastres que impedían a tu mente dar un paso más allá. Era como volver para vaciar el piso y decir adiós.

A mí, entretanto, me encomendaron darte algunas lecciones, y lo he hecho. Pero ahora tienes que enfrentarte con mi prima, que está enfadada contigo y no te lo va a poner fácil.

Por cierto: ¿no te parece espléndida la manera como escribo el español? Entendía todas tus conversaciones en Madrid, y lo de la academia fue solo para disimular: lo he hecho bien, ¿verdad? Resulta que mi abuelo paterno era de origen manchego, como Don Quijote, y me enseñó desde pequeña a hablar y escribir el español. ¡Ah! Y mi apellido paterno es Márquez. ¿Sorprendido?

Ahora estás en un hotel del centro de Delhi. Sal cuando quieras, pero a las cinco de la tarde has de estar en esta habitación, porque recibirás una visita importante. Sé que estarás aquí, si no, perderías aquella última semilla que te preocupa tanto, ya sabes.

Dakini.

Lejos entonces de pensar en volver a ver al santón y a su divina consorte, cosa que no me planteaba aún, lo primero que sentí fue rabia, porque me lo había comido todo con patatas una vez más, porque me pareció que no paraban de tomarme el pelo peligrosamente, en lo cual demostraban ser unos verdaderos artistas de la astucia y el acecho, y yo un verdadero estúpido, incluso cuando creía ser yo quien les daba esquinazo. Y también decepción, porque me fastidiaba enormemente que Dakini no se hubiese enamorado en realidad de mí, aunque me lo hiciese creer como a un bobo, y eso ofendía con exageración mi vanidad. Pero no solo era eso, porque yo sí había empezado a quererla, aunque ella descartase mi amor tan radicalmente. Dakini me gustaba mucho, me encantaba hacer el amor con ella y creía que era recíproco... ¡Qué buena actriz! Pero ¿era sincera en la carta o disimulaba sus sentimientos con el arte que se atribuía ella misma para hacerlo? No dejaba de tener razón en algo: mi comportamiento emocional era bastante veleta y le había declarado repetidamente mi gran pasión por su prima, una pasión destinada y asistida, de manera que en aquel zurcido de sentimientos y ardides tan bien tejidos, ya no atinaba en cuál era la trama original. Era una locura, creía haberme estado enamorando y me engañaba una vez más, porque Dakini siempre permanecía a la sombra de Durga.

Dejando por un momento mi malestar emocional y confusiones aparte, pensé que algo científicamente definible debía haberme pasado para llegar hasta allí. Se me hacía difícil de creer que hubiese llegado a la India tal como me indicaban. Pese a las explicaciones que me daba Dakini en aquella carta, aún no podía entender hasta una mínima satisfacción racional cómo había sido posible una cosa así, es decir, que dos días después de desvanecerme en Madrid, me despertase en Delhi sin recordar absolutamente nada de lo sucedido en esas cuarenta y ocho misteriosas horas, habiendo deambulado por ahí despierto. Sin embargo, si no era como me decía ella, ¿qué otra explicación podía haber? También me intrigaba la presunta presencia de Durga en Madrid, cuya aparición coincidía con un hecho que ni ella ni Dakini podían haber previsto: que me enrollase con Elena y eso desencadenase la partida de Dakini. Juzgué que era probable que Durga no hubiera estado en Madrid, y que todo se lo montó Dakini, tal vez con la colaboración de alguien más. Mientras releía por tercera vez la carta, me sentía espeso, taciturno y algo resacoso, por lo que no me pareció ya tan raro que me hubiesen dado una droga extraña y potente. Además, despertar fue algo muy brusco, como si emergiese de pronto desde una inconsciencia absoluta, algo semejante a un despertar de anestesia. Empezaba ya a parecerme congruente la posibilidad.

Eran las 12:45 cuando decidí salir de la habitación para corroborar que aquello no era un sueño y estaba verdaderamente en la India. Sudando, paseé por las calles abarrotadas de gente; iba todavía como hipnotizado, sin importarme apenas lo que me decían, ni las bocinas de los coches. Estaba tan afectado por la inverosimilitud de lo que me sucedía que cuantos me entraban, al ver mis ojos anclados en un ver extraño, se alejaban y me dejaban tranquilo sin que tuviese que mediar una sola palabra. Tal vez había descubierto la manera de andar por allí tranquilo.

33

DARUKHA

Poco antes de las cinco estaba en un chiringuito cercano al hotel, sudando como un puerco al hornearse en una especie de sauna finlandesa —qué cosas tiene la India— y comiendo fritos compulsivamente, azuzado, quizá, por la incógnita de quién acudiría a la habitación del hotel a la hora prevista. Como era lógico y habitual ya en mí, contemplé la posibilidad de no presentarme, buscarme otro hotel o volver a Madrid enseguida, pues tenía dinero de sobras para pasar una semana de lujo, si quería, y luego irme a España en clase *business*. Pero la imagen del labrador planeó una vez más sobre mí, con su última semilla entre los dedos, sujetándola como el mayor de los tesoros y mimándola con los ojos como si se tratase de una mujer diminuta pero perfecta. Me pareció pues que si no iba era no un cobarde, sino el cobarde por antonomasia; tal vez fuese el orgullo lo que me impulsó en el último instante. Además, me habían demostrado sobradamente que, hiciese lo que hiciese, me acechaban siempre. Eso no puedo decir que fuese agradable, pero empezaba a acostumbrarme y tal vez lo habría echado en falta si realmente hubiese conseguido escabullirme.

Llegué al hotel apresurado, porque pasaban de las cinco. Sin embargo, al recoger la llave no me dijeron que nadie hubiese pedido por mí. Subí en el ascensor, atravesé el largo corredor alfombrado en tonos azules y consulté en el llavero el número de mi habitación;

rectifiqué entonces, puesto que me equivocaba de puerta, y una vez seguro introduje la llave y pude abrir. La habitación estaba a oscuras y no conseguí localizar fácilmente el interruptor; olía extraño. Pero, cuando por fin palpé la prominencia del mando de la luz y estaba a punto de accionarlo, oí claramente como alguien se movía sobre la cama haciendo rechinar el ruidoso somier. Quedé paralizado y di un paso atrás, para comprobar de nuevo a la luz del corredor que el número de la llave coincidía con el de la puerta.

—¡Entra de una vez! —rugió entonces desde dentro una voz cruda y seca.

Lo hice, pero dando la luz al entrar, y mi primera impresión debió ser como la de quien entra en casa y se encuentra frente a frente con un gorila. Aunque esta era una bestia acaso peor: la bruja Darukha, la terrible mujerona que un día me llegué a follar disfrutando con ello más de lo previsto, y de quien también sufrí un pavoroso trato que me dejó hecho polvo. Pero no tuve tiempo de pensar, ni escapar, aprovechando que la puerta todavía permanecía abierta, porque inmediatamente los ojos de la mujerona se clavaron en los míos paralizándomelos, como si los sujetase irremisiblemente a los suyos. Sentí la fuerza y el hechizo evidentes que emanaban de su presencia y, en cuanto me soltó los ojos, tampoco me privé de contemplar su cuerpazo gigante.

Iba vestida de forma muy masculina, con pantalones y una especie de americana que llenaba a reventar. Sentada sobre la cama, el inmenso contorno de sus piernas ocupaba casi todo el espacio de descanso y el colchón se hundía como si el catre estuviese a punto de ceder; reposaba sus manos sobre los muslos y me dejaba mirarla en silencio, sin ninguna aprensión aparente. Su rostro era duro y curtido, oscuro y, aunque grande, de rasgos reducidos y cerrados hacia el centro de la cara. Tenía el pelo largo, lacio y grueso; su boca era desproporcionadamente pequeña para la magnitud de su cara y mucho más para la de su cabeza, que era seguramente el doble que la mía. Cuando por primera vez me sonrió, pude entrever una dentadura horrenda, de dientes exiguos y ennegrecidos. Era realmente fea y desagradable, y sin embargo tenía algo que me resultaba irracionalmente familiar, incomprensiblemente atractivo; no podía entender cómo eso podía ser así.

—¡Sí, soy Darukha! Te lo debes imaginar, porque que te han hablado de mí, ¿no es así, pequeñín? —dijo guasona, con aquella voz gruesa y estropeada, como de mujer fumadora—. ¡No sabes cuánto me alegro de verte!

—Lamento no poder decir lo mismo. Cuando nos conocimos no me trató muy bien; desde entonces tengo visiones terroríficas en las que aparece usted, y también dolores insoportables en la espalda, y vómitos; además, mi sexualidad...

—¡Che, che, che! ¿Tu sexualidad? —me interrumpió—. ¡Tu mierda de sexualidad! ¿No te estará entrando añoranza de la manera de follar penosa y compulsiva con la que te defendías antes de conocernos, verdad?

La agresividad de su comentario me dejó helado. La mujerona volvía a tomarme la mirada, era brutal, y yo me quedé embobado frente a ella, sin capacidad de respuesta. Estaba tan incómodo que para romper su influjo se me ocurrió hacer algo, cualquier cosa; por eso fui hasta la ventana y corrí las gruesas cortinas que impedían el paso de la luz natural. Darukha siguió todos mis movimientos sin perder detalle. Cuando hube hecho eso, la vi mejor iluminada en su enormidad; un nuevo e inusitado destello de familiaridad y deseo me atravesó. Por momentos, fue como si el contorno de su forma se hiciese impreciso entre la fealdad y la belleza, tuve la sensación de que algo de ella formaba parte a la vez de mí mismo, o de alguna cosa conocida y amada, sentí compasión e incluso una rara ternura, ganas de acariciarla, unas emociones que no podía manejar racionalmente, porque no se ajustaban a la lógica de los hechos ni de la percepción. La bruja añadió entonces:

—Ya solo volverás a ver a tu maestro en una ocasión, la última, la definitiva. El gurú Yusâidhan Maheshwaraji es el hombre más puro que conozco, y aunque tú no te hayas enterado aún, te ha entregado la joya... ¿Sabes qué es la joya?

—No —respondí, intimidado por una especie de sonrisa maliciosa que Darukha esgrimió.

—La joya es el secreto más grande de los Hombres Lingam. Es un poder guardado que solo puede ser transmitido de un Hombre Lingam a otro de la misma naturaleza. Tu maestro lo recibió del suyo, y sin que ni siquiera te enterases, porque aún eres bastante imbécil, te lo ha pasado a ti. Ya sé que tienes dolor en la espalda, y que te estás volviendo andrógino... Lo que te ha entregado el Gúruji tiene que ver con todo eso que te está sucediendo. Si hubieses sido alguien más puro y más libre no te dolería apenas, pero tú estás aún muy obstruido. Aunque tienes suerte, quienes estamos con el Gúruji te ayudamos a salir de la estupidez y el letargo; te aseguro que no es nada fácil. Por cierto, fui yo quien te sacó de la letrina en tu último ataque...

—Pero ¿no fue Durga? Dakini en su carta... —Tras formular mi pregunta, recordé súbitamente mi visión de la bruja tras el desvanecimiento.

—¡Fui yo! Te aseguro que nadie en aquel lavabo de hombres objetó nada cuando salí de allí cargándote en brazos: todos se apartaban, ¡ja, ja, ja! —sonó su horrenda y cavernosa carcajada—. Y ahora dejemos eso. Escúchame bien: tienes *Vajra*[4], ¡estúpido!, ¡a ver si espabilas de una vez! La última vez pude sofocar la eclosión, porque tu mente aún es tan torpe que no serías capaz de soportarla. Pero te volverá a suceder, y la próxima vez será mucho más fuerte. ¿No te das cuenta? Te hemos tenido que traer forzosamente, porque solo nosotros sabemos lo que te pasa y podemos ayudarte, de otra forma, si cuando te ocurre te ponen en manos de un médico cualquiera, la fuerza que liberarás puede matarte, o volverte loco, o

---

4 El *Vajra* es la joya esotérica de los tántricos.

quizá dejarte como un vegetal si intentan bloquearla con medicamentos. ¿Te gustaría eso?

Darukha volvió a sonreír con aparente perversidad; yo balbuceé algo, pero ella me reprendió:

—¡Calla y escucha! No era una pregunta, sino una advertencia... La joya lucha por germinar completamente en ti, y aunque el otro día conseguí hacerla retroceder hasta su cuna, la próxima vez ha de ser la definitiva. Por eso la provocaremos, y será en la luna llena, exactamente dentro de seis días, en la cueva Parvanga...

Estaba boquiabierto, como encandilado por todo cuanto decía Darukha, cosas que no acababa de entender bien, pero que a la vez me causaban resonancias y miedo, sensaciones con sabor atávico, extrañas referencias de algo remotamente conocido y luego olvidado. Por fin, tras un lapso, pude preguntar:

—¿Y si me sucede espontáneamente antes?

—Si te pasa antes lo intentaré sofocar, porque estaré cerca de ti.

—Silencio; miradas.

—¿Cuándo podré ver a Durga?

—La verás... La puedes llegar a ver mucho antes de lo que te imaginas.

Pese a todo estaba deseoso, hasta tal punto que incluso la henchida contundencia del cuerpo de Darukha me evocaba por caminos locos e incomprensibles el sexo que aquella noche, en el *ashram*, llegó a ser extrañamente placentero con ella. Traté de evitar el influjo de mis desvaríos.

—Bueno... ¿Y qué es exactamente la joya? Porque aún no lo he entendido —dije.

—No hace falta entenderlo como tú te crees. Ya sé que estás tan inmaduro que tienes esa necesidad, que te dé una definición, ponerlo todo en orden dentro de tu mente, en el adorno de tu mente. Pero a ti eso no te sirve para nada, con esa necesidad te escapas del sentir, pierdes las grandes oportunidades de crecer por negarte a vivir antes que pensar, ¿sabes? Las pierdes, por no haber podido admitir llegar a hacer o a sentir algo que no entendías a través de tus filtros de conducta, ¡qué pobreza de vida tenéis los occidentales! La realidad está ahí, la admita tu mente o no, ¿entiendes? Tú quieres una definición de diccionario para la joya, y te crees que cuando la tengas podrás aceptar que existe algo llamado así, que la han puesto dentro de ti y que ahora te están pasando cosas por causa de algo de lo que habla tu diccionario. Pues deja todos esos pasos inútiles y esas absurdas payasadas de tu mente y descubre la relación simple que hay entre la experiencia directa y tú, entre la experiencia de otros y la tuya propia, no hay distancia, no hay fronteras, ¡vive la energía!, ¡no intentes siquiera comprenderla mentalmente!, ¡vívela, paso a paso, vívela! Yo no te voy a dar esa respuesta intelectual que te gustaría escuchar, ¡nooo, nonó! Yo no soy así, no doy esas satisfacciones porque sé que no hace falta darlas, que no vamos por ahí, que me quieres llevar a un terreno donde yo no juego. La solución a todas tus lagunas está en la mejor propuesta para ti: ¡atrévete!

Lentamente, me había ido acomodando a la presencia de Darukha, por lo que estaba ya más relajado, tanto, que tras cerrar la puerta de la habitación e irme aproximando había acabado haciéndome un lugar en el poco espacio libre de la cama, muy cerca de ella.

—¿Qué?, ¿pongamos que hasta te vas a sentir cariñoso conmigo? —me dijo, viendo que buscaba la proximidad. Encogí los hombros; no sabía qué decir. Sin embargo, Darukha no tardó en continuar burlándose de mí—: ¡Tranquilo!, ¡si ya me gusta que te me arrimes!, ¡guapetón!

Dijo eso echándome la gran mano sobre el muslo, muy cerca del sexo, y estallando a reír de manera escandalosa, con lo cual mostró a la luz del día aquella espantosa dentadura, que brocaba con desgracia su boquita de piñón. Luego, cuando se fue calmando de la risa, desfiló con los dedos por el poco espacio que restaba hasta mi paquete y lo repasó completamente. Era todo extrañísimo, pero lo cierto es que llegué a excitarme de forma sensible e incluso me tumbé sobre la almohada, esperando a que la mujerona me hiciese algo. Sin embargo Darukha, viéndome así de tierno y dispuesto, sonrió y retiró la mano de inmediato.

—¿Te crees irresistible, mono de culo pelado? No he venido aquí a follar contigo; a ti te reservo para otro momento: ¡a ti te comeré crudo, ja, ja, ja, ja!

Tras ese pequeño desliz quedé un poco aturdido, de manera que me alegró ver que el Darukha se levantaba —con sorprendente agilidad, habida cuenta de su voluminoso cuerpo—, disponiéndose a dejarme ya, aunque me advirtió antes de salir, eso sí, que regresaría todos los días a las diez de la mañana y que procurase estar siempre dispuesto a recibirla, porque de otra forma haría que el recepcionista le abriese la puerta y me sacaría ella misma de la cama. También me entregó un número de teléfono al que podía llamarla en caso de urgencia. Cuando insinué marcharme a otro hotel, si me apetecía, me miró de tal forma, fue tan terrible su mirada, que hube de rectificar inmediatamente como un cagado y asegurarle que cada día a las diez estaría allí, duchado, vestido, peinado y afeitado. Tan solo dijo ya una última frase, y la pronunció con gran serenidad: «Ya es tarde para seguir huyendo».

34

LA EXTRAÑA APARICIÓN

La noticia referente a la partida del santón y su divina compañera, que en principio no había valorado, más tarde fue creciendo en importancia para mí, en la medida que avanzaban en profundidad mis propias reflexiones. Tal vez tenía razón Darukha y los occidentales necesitamos más de la mente; pero los orientales tampoco son inmunes a su efecto, y yo, siendo de donde soy, necesité aún más de la retahíla de procesos mentales para hacerme consciente de lo que me había dado aquel viejo loco, en las contadas ocasiones que nos habíamos tratado. Sí, necesitaba organizarlo debidamente, recapitular y decirme a mí mismo otra vez que el santón era el Dr. Raschid Balha, al parecer un célebre psiquiatra, quien junto a su hermosa hija, la psicóloga Durga Balha, movía un pequeño imperio del psicoanálisis en la India, que contaba con una red de consultorios de lujo en algunas de las principales ciudades del país, como también dos clínicas psiquiátricas, una en Calcuta y otra en Venarés.

La hija, a quien hacía ya meses que no veía, continuaba dominándome, no con la intensidad de tiempo atrás, pero sí con una perenne presencia que día a día renovaba mi deseo por amarla otra vez. Aquella pantera negra me mordió en el cuello, me marcó, y como hacen los vampiros me transmitió la pasión de su fuego. Hermosa, libertina, absolutamente sexual, depredadora temible y diosa del amor con una potencia estremecedora, pero a la vez psicoanalista, empresaria forrada de pasta y mujer independiente donde las hay: un perfil social formidable, que me costaba asimilar.

Ahora, el Dr. Raschid —curiosidades, el doctor, al parecer un musulmán; el santón, en cambio, un tántrico— dejaba su cargo social y su fortuna en manos de su intrépida y diligente hija, para irse a encontrar la muerte, con lo puesto, en nombre y forma de santón, como viejo gurú y *sadhu* Yusâidhan Maheshwaraji, padre de la mujer que más deseaba y había deseado jamás, un renunciante, un actor, un paria demente sobre la inmundicia y un ricachón habitando palacetes, el marido de una dama celeste, pobre y rico, opulento y genial, loco y sabio. Aquel hombre y su consorte Ma Ananda habían dejado una fortuna inmensa y una vida llena de lujo, para irse a morir «conscientemente» a un monasterio de las montañas, donde se despedirían del mundo en la soledad y el alejamiento de los placeres. Pero antes de marcharse, se habían asegurado de dejarle a alguien la última de las semillas mágicas, y ese alguien era yo. Esa joya que llevaba dentro, como un embrión, me convertía virtualmente en alguien que yo mismo era incapaz de preasumir: ¿cómo debería comportarme?, ¿sería consciente de mí mismo en los términos habituales?, ¿qué se esperaba de mí, una vez sucediese lo que se suponía había de suceder? Y en un tono más llano: ¿sería en adelante Durga mi pareja, como lo había sido su prima por sustitución, o esa sería una relación del todo inusual? Aun así, no estaba todo dado, o dicho, porque el santón quería volver a verme.

La sobrina del doctor, Dakini, quien me estuvo engañando dulcemente durante más de tres meses en Madrid, hizo que perdiese todo interés por mi vida pasada. Actuó como un borrador, haciéndome sentir que aquello vivido anteriormente, antes de la India y los tántricos, era solo una especie de sueño del que ahora despertaba; para eso hacía falta volver a Madrid, luego, lo entendí. Cumplió su misión, haciéndome creer que pretendía todo lo contrario, que me quería a mí, suyo, haciéndome incluso enamorar con una pasión progresiva cuya pérdida aún me dolía un poco. Lo logró de una manera tan perfecta y efectiva que a medida que fui conociendo detalles la fui admirando más profundamente, por su astucia y sangre fría, por su dominio de las situaciones, por sus impecables interpretaciones dramáticas, cuyo recuerdo no dejaba de asombrarme. Deseaba verla, y no ya para reprocharle nada, sino para quitarme el sombrero ante ella, para elogiárselo todo, desde cuando por primera vez fue prostituta de burdel para mí, hasta llegar a ser mi compañera en Madrid, una enamorada, entregada y bondadosa ricachona que me mantenía. Posiblemente alguien más sensato habría sospechado de ella, y no por lo relativo a su actuación, que insisto, fue impecable, sino porque aquello era demasiado perfecto y el asunto tenía suficientes precedentes engañosos como para despertar la suspicacia. Yo debo ser un poco «aéreo», como buen géminis, tal vez insensato, de manera que a mí me hizo tragar la historia enterita, sin que llegase a ser oportunamente desconfiado como para generar sospechas.

Otro personaje absolutamente extraordinario era el que encarnaba la compañera del santón, Ma Ananda, quien era para mí la imagen de un ángel. Su silencio, su abstracción y su blancura anciana la convertían a mis ojos en un ser etéreo, liviano y sutil. Me resultaba difícil imaginar que otrora se hubiese dado a la actividad de las mujeres *devadasi*, porque incluso imaginarla joven y deseosa de sexo se me hacía difícil, casi imposible. Otra cosa que me costaba ver en ella era a la madre de Durga. El santón sí me encajaba como padre, porque aparte de parecerse mucho en ciertos rasgos físicos, tenían ambos un carácter fuerte, con puntos muy semejantes, hasta el extremo de que Durga parecía imitar, o cuando menos adorar con devoción incondicional, la figura de su padre. Sin embargo Ma Ananda no tenía nada que ver con su hija, ni en lo físico, ni en presencia, ni en nada; eran absolutamente distintas. Durga era una fiera, Ma Ananda una pluma, una pluma sutilísima que apenas rozaba el mundo, pero que a cada suave toque dispensaba una sabiduría elegante, la sabiduría de la cual se la veía radiante en sí misma. De ella no me extrañó en absoluto que dejase la fortuna y el lujo de su vida en Delhi, porque en realidad no tenía nada agarrado. A su compañero, en cambio, se le veía mundano en comparación con ella; el santón era más del mundo pero a la vez tocaba todas las sutilezas, acaso a través de la diáfana existencia junto a su amada Ma Ananda.

¿Qué decir de Shankar, de Darukha y de otros seres extraordinarios que hallé en el Tantra? Sin darme cuenta, se habían convertido en mi familia, porque implacablemente había dejado mi vida en Madrid, y con ella, mi pasado. Nada me ataba atrás, ni familia, ni trabajo, ni amigos o amor, y mientras esperaba cada día a las diez la visita de Darukha, los días que restaban para la luna llena se extinguían.

Uno de esos días de espera, apareció por mi hotel Shankar, acompañando a la bruja. Me sorprendió ver que ambos tenían la misma altura, y que precisaban agacharse ligeramente para rebasar el marco de la puerta. ¡Vaya pareja! Shankar iba radiante, envuelto en una túnica blanca que contrastaba con el azabache de sus cabellos y el oscuro de sus ojos y su piel; estaba realmente guapo, además de agradable y amistoso. Fue él quien me puso al corriente de algunos detalles que me eran desconocidos respecto al santón y su familia. En especial me interesé por Durga, y como vi que eludía hablarme de ella le pregunté directamente:

—Quisiera saber dónde está Durga en estos momentos, y cuándo voy a poder verla.

Al oírme, Shankar miró a Darukha y ambos estallaron a reír con ganas. Era obvio que se mofaban de mí; pero ¿por qué?

—¡Oye, chico! ¿Ya sabes que pasado mañana vas a salir volando hacia el espacio como uno de esos cohetes que lanza la NASA? —soltó Darukha entre risotadas; incluso llovían grandes capellanes que me alcanzaron de lleno.

—¡Nooo! No le digas eso, Darukha. ¡Pobrecito! —intervino Shankar, aparentemente en mi defensa—. No será como un cohete de la NASA, será en realidad como flotar en el océano de la ignorancia y, de pronto, ¡ser devorado por una ballena carnívora!

Se partían el pecho, no paraban de reír y yo no entendía de qué, ni por qué. Me sentía como un andaluz de Huelva escuchando chistes ingleses. Pero se mofaban de mí y ese detalle resultaba algo irritante, aunque ya me tuviesen tan acostumbrado.

—¡Hombre! ¡Deja de sufrir por Durga, la vas a ver muy pronto! —dijo Darukha, aproximándose a mí y acariciándome la cara con ternura teatral.

—¡Venga, Darukha! Deja que el príncipe vea a su pantera, siquiera por un momento —le pidió Shankar, manteniendo el mismo tono guasón.

—¡Mira! —saltó la bruja—, ¡hoy me siento inspirada! Voy a hacerte un truco de magia que te vas a orinar encima. ¡Corred las cortinas!

Yo me acojoné un poco, sus trucos «de magia» podían ser terribles, pero no pude reaccionar, porque rápidamente Shankar echaba el cortinaje y Darukha apagaba el interruptor de la luz, dejándome a mí allí en medio, desconcertado. Así, vi en las penumbras como la enorme mujerona salía de la habitación, y cómo tras unos breves instantes alguien accedía de nuevo desde el pasillo; era una mujer alta y esbelta que se escondió entre las sombras: ¿Durga? Me inquieté y quise desplazarme, intentar alcanzar las cortinas para abrirlas un poco, pero Shankar me sujetó del brazo y me detuvo. Entonces, aquella mujer de las sombras habló:

—Ya sé que tienes ganas de estar conmigo, pero aún no puede ser; falta ya muy poco, y luego será definitivo...

Era la voz de Durga, que me estremeció de arriba abajo. Al oírla, y luchando contra un bloqueo molestísimo, quise ir hacia ella, pero no me fue posible moverme puesto que Shankar me tenía firmemente sujeto. Probé luego a pronunciar algo, pero lo cierto es que los nervios me dejaron tan inoperante como un quinceañero en pleno rubor, y eso no hizo sino corroborar lo mucho que anhelaba y temía verla. Por fin, conseguí abrir la boca torpemente para romper con aquel silencio forzado, que se me antojaba además absurdo.

—¿Pe... pero por qué toda esta historia? —protesté, titubeando aún—. ¿Por qué no podemos encender la luz y hablar tranquilamente?

—¡Porque no es el momento! —exclamó Durga, taxativa.

—Imagínate qué mujer tan maravillosa tienes enfrente —comentó entonces Shankar, reblandeciendo el tenso instante—, ¡es enteramente maravillosa! Puedes adivinar, oculto en las sombras, el cuerpo sensual, o el bello rostro de esa mujer de tus sueños. Has tenido la caricia de su voz, pero fíjate qué impotencia: no puedes verla, ni tocarla, ni besarla, ni hacerla tuya... ¡Está ahí, Rubén!, ¿te das cuenta? Está ahí y solo es una sombra... ¡Tú imaginas su belleza!

—¡Bah! ¡Siempre con intrigas y cuentos chinos! —salté, indignado y más resuelto—. ¡Quiero ver claramente a la mujer que está frente a mí!

Me deshice de la mano de Shankar de un tirón brusco y di dos zancadas para alcanzar el ventanal, desde donde descorrí las cortinas y me volví de golpe. A la luz del sol, Shankar y Darukha se reían de mí otra vez:

—¡Ha tenido que marcharse enseguida... ¡Un imprevisto!, ¡ja, ja, ja! —decían los dos a una, entrecortados de pura carcajada.

Darukha estaba allí, en el lugar que ocupaba antes la insinuación de Durga; sin embargo, me pareció obvio que en el instante empleado para descorrer la cortina nadie podía haber entrado ni salido de la habitación, como también que el esbelto cuerpo que contemplé en la penumbra no era el de la bruja, a menos que aquello fuese un *show* muy logrado, una alucinación o algo incomprensible para la razón, porque entraba ya en el ámbito de lo verdaderamente mágico.

Pero nunca había espacio para explicaciones. Inmediatamente, mis enormes visitantes se dispusieron a dejarme, no sin antes darme una última instrucción:

—A partir de ahora, repite incesantemente: «*Sa Ham, Sa Ham, Sa Ham...*», ¿lo has entendido? Quiero que lo repitas a todas horas y que cuando te despistes lo recuperes y vuelvas a pronunciarlo, una y otra vez: «*SA HAM*» —me dijo Darukha.

—¿Qué significa? —le pregunté.

—Ya sé que piensas en Durga constantemente, cuando lo hagas repite estas palabras, quieren decir: «Yo soy Ella». Une su imagen en tu mente a la pronunciación del mantra: «*Sa Ham, Sa Ham, Sa Ham...*».

35

LA ÚLTIMA OPORTUNIDAD

Omnamashivaya, Omnamashivaya, Omnamashivaya!», gritaba los presentes al unísono. Jamás pude llegar a imaginar que asistiría tanta gente, ni que la celebración pudiese alcanzar tal magnitud. Decenas de antorchas iluminaban el llano frente a la cueva de Parvanga; un montón de santones, muchos de ellos *sadhus* desnudos, agitaban estandartes multicolores, saltando, cantando y golpeando sus tamboriletes mientras danzaban por todas partes, algunos, incluso festejaban desde la jungla de los alrededores. Me parecía increíble hallarme en el centro de todo aquello, adorado y enardecido por todos aquellos tántricos que me rodeaban y aclamaban como a un héroe o a un semidiós. Se suponía que todos aquellos seguidores del gurú sabían que yo iba a ser su sucesor y me vitoreaban ya como el nuevo maestro, pero para mí aquello estaba totalmente fuera de lugar, porque estaba seguro de que la mayoría de aquellos santones que veía a mi alrededor me podían enseñar mucho más de lo que yo podía ofrecerles a ellos; una vez más me preguntaba qué se esperaba de mí. Aun así, yo me dejé llevar, porque aquel era el camino para llegar a Durga y pensaba seguirlo fuese como fuese.

Entre el gentío, se alzaban algunos *lingam* enormes que bailaban en el aire junto a las coloridas banderas; eran unas curiosas pollas erigidas hacia el cielo, las cuales, a juzgar por el alegre movimiento con que las hacían danzar, debían estar hechas de algún material muy ligero. Yo contemplaba su vaivén desde una tarima, sentado sobre la piel de tigre del santón, que se extendía desde mí hasta las zarpas, la cola y la boca enorme del bengala.

El día anterior, Darukha me había dado instrucciones precisas en nuestra última cita. Me dijo que, ante todo y aunque no llegase a entender, confiase en ella. Según me explicó la operación era muy delicada, tanto para mí como para Durga; por eso debía memorizar siete palabras que entonaría junto a ella cuando despertásemos simultáneamente aquella fuerza durmiente. Añadió también que probablemente vería luces, sobre todo azules, y que experimentaría unos cambios de percepción física descomunales, con sensaciones de tal entidad que por momentos creería estar perdiendo contacto con cualquier referente, incluso con la vida. Seguramente en este punto Darukha me vio acojonado, por eso me aclaró que ni Durga ni yo correríamos peligro mortal en ningún momento, puesto que nos compensaríamos mutuamente el latigazo de Ma Kundalini, y eso, por lo visto, lo arreglaba todo. Sin embargo, y para evitar ser arrollado por la fuerza de dichas sensaciones, me instó a que mantuviese la percepción de mi *lingam* en el interior del *yoni* de Durga, pese a perder la sensación del resto de mi cuerpo. Aseguró que podría hacerlo si prestaba atención permanente a dicho contacto, y que solo así podría soportar la primera fase, la peor físicamente, porque luego me sobrevendría un estado de paz y relajo más allá de lo que jamás hubiera experimentado. Pasado ese trance, me dijo que empezaría a sentir la descomposición del sentimiento personal, con lo cual se produciría un desgarro estremecedor, pero que a continuación la joya florecería junto a Durga, quien permanecería completamente sincronizada a mi propio proceso y con quien a continuación entraría en un estado de júbilo sin límites. Dijo, además, que dichos pasos solían ser así, pero que no me lo tomase al pie de la letra, porque como cosa natural que era, Ma Kundalini podía comportarse de forma peculiar, irregular e incluso desconcertante.

El gigante Shankar se hallaba a unos cuantos pasos de mí. No me decía nada, pero de vez en cuando se volvía y me sonreía con aquella calidez que sabía mostrar cuando quería. Me había dicho que Durga estaba allí, muy cerca de nosotros, pero por más que oteaba a mi alrededor no conseguía localizarla en ningún sitio, y eso no hacía sino aumentar mi ansia por volver a verla. A quien sí pude llegar a ver fue a Darukha, que daba instrucciones en la boca de la cueva a un grupo de hombres que a su lado parecían enanos desnutridos. El bochorno era sofocante, porque al calor y a la humedad propias de la selva se unía el fragor de todos aquellos *sadhus* y la tórrida presencia de tantas antorchas. Entonces, Shankar dio una orden y unos cuantos hombres alzaron a hombros la tarima sobre la cual me hallaba; en alto me condujeron entre la algarabía incesante y ensordecedora: «*Omnamashivaya, Omnamashivaya, Omnamashivaya!*». La gente, hombres y mujeres, trataba de alcanzar la tarima y buscaba tocarme, aunque solo fuese rozándome apenas las rodillas o las manos, aunque solo fuese llegando a acariciar la piel enorme del tigre, cuyas garras pendían al límite de la plataforma. Me parecía estar viviendo una alucinación extravagante; cualquier ego podría haber crecido con aquel baño de adulación, pero yo no me sentía divino, ni libre, sino más bien tímido y expectante. Miraba a mi alrededor mientras me trasladaban hacia la boca de la cueva, que parecía querernos tragar a todos en una succión paulatina, o acaso súbita, y veía por todas partes la loca devoción de la que era objeto, los gestos enormes y los *lingam* gigantes agitándose hipnóticamente, saltando hacia el cielo, enrojecidos de destello, mientras la gente gritaba ahora al unísono y con potencia abrumadora: «*Omkaliká, Omkaliká, Omkaliká!*».

Fue entonces cuando, por fin, la vi. Durga estaba en el interior de la cuerva Parvanga, cercana a la boca e iluminada por un círculo de antorchas, en un lugar donde el caos de bloques dejaba un espacio abierto y liso, bastante amplio. La vi de pronto, justo al atravesar la boca montado en mi tarima. Iba ataviada con un

espléndido vestido lleno de ornamentaciones brillantes y multicolores. Estaba realmente arrebatadora, brillaba perfecta como una
diosa. Parecía estar escenificando algo ensayado, por lo que permanecía quieta en una postura de media luna, elevando con gran elegancia los brazos hacia lo alto, mientras cruzaba un pie por detrás
del otro y conseguía con un equilibrio y una gracia exquisita curvar
toda la posición en esa forma de luna, una postura semejante a la
que yo había visto en representaciones del joven Krishna, quien al
parecer tocaba la flauta así. El impresionante cuerpo de Durga se
elevaba estático desde sus pies, en una delicadísima ascensión hasta el extremo de las manos; sus ojos permanecían fijos en mí desde
el primer momento en que la vi, adivinaba su brillo intenso desde la profunda negrura de unas pupilas que intuí inmensas; sus pechos llenaban con perfecta redondez el brillo de las lentejuelas del
vestido; su cintura se definía en el ajuste del vestido, antes de llegar a sus preciosas caderas y a sus piernas largas y seductoras. Su
boca, sus encantadores labios, parecían entreabiertos para mí, emanando la dulzura de la fruta madura; su larga melena le otorgaba
poder, la negra ferocidad de pantera. Al verla empecé a temblar de
arriba abajo, no pude evitar un profundo estremecimiento ante su
majestad impactante.

Depositaron la tarima sobre la que me hallaba frente a Durga,
quien empezó a moverse justo entonces, para danzar ante mí y
producirme una vez más la mayor admiración por su arte, pues era
una excelente bailarina. Empezó con pequeños gestos, muy lentos,
de precisión casi milimétrica; luego, contorsionándose con una belleza de movimientos tocada de gracia, inició una danza más amplia, en la que saltaba y giraba sobre sí misma, para detenerse de
pronto marcando un gesto especial con sus dedos, en una quietud tan estática y absoluta como la de antes, fija en su forma como
una estatua inmutable. Mientras la multitud aclamaba nuestro encuentro desde la boca de la gigantesca cueva, Durga volvió a entrar en la dinámica de la danza: venía a mí y se alejaba, me lanzaba

de pronto el pubis en un ademán cargado de sexo, tras lo cual escenificaba movimientos rítmicos de los brazos, ejecutando gestos exactos que parecían contener un lenguaje específico, en una clave que yo no llegaba a interpretar, pero que me comunicaba una fuerza tremenda. Pronto, y como conducida por el ritmo in crescendo de la gente, que clamaba ahora: «*Maithuna, Maithuna, Maithuna!*», la pantera empezó a marcar sus pasos con una fuerza escalofriante. Aguantaba el pie en el aire, sosteniendo el equilibrio durante instantes, y de golpe pisaba contundente el suelo creando una conexión telúrica y misteriosa. A continuación, la danza entró en una fase más loca, en que Durga se agitaba de forma abrupta dramatizando una especie de lucha interior; hacía volar los brazos arriba y abajo y alzaba luego las piernas sacudiéndose y provocando con ello el sonoro repique de los cascabeles dorados en sus tobillos. Saltaba, giraba y gritaba al hacerlo como posesa, hasta que, de manera súbita, paró en seco y me clavó sus tremendos ojos negros, apoderándose de mí desde su impecable actuación, desde su fuerza. Era habitual que Durga me dominase de manera absoluta, pero esta vez tuve una sensación distinta de mí mismo frente a su enorme caudal de energía. No sabía qué era en concreto, pero tal vez entonces, por vez primera, me vi capaz de llegar a soportar aquella fuerza que emanaba la pantera. Acaso fuera que le tuve menos miedo que otras veces, o que aquel miedo se estaba transformando en algo distinto.

En aquel instante, me entregaron un bebedizo servido en uno de aquellos cráneos-bol que usan los tántricos, quizá por el motivo de su especial relación con el amor y la muerte. Yo no sabía qué era aquel brebaje y quise pedirlo antes de beber, pero el mismo Shankar me hizo un gesto invitándome a tomarlo; yo confié y me dispuse a hacerlo, no sin antes oler su aroma por si acaso. Lo cierto es que olía muy bien y me resultó deliciosamente apetecible, por lo que me lo bebí confiado hasta el último sorbo. Aquella bebida era dulce y sabrosa, con un toque amargo y exótico, acompañado de una discreta efervescencia que no recordaba al alcohol. Obviamente, y con los precedentes habidos, debí sospechar que podía tratarse de una droga, bajo cuyo efecto Durga me tendría de nuevo a su merced como un pollito. Pero esa duda cedió, porque unos segundos después la pantera hizo un inciso en su danza para tomar también algo en un cráneo-bol, lo mismo que yo acababa de beber, supuse. Me calmé al verla beber e incluso deduje que no tenía motivo que nos hubiesen dado alguna droga inadecuada, después de haberlo preparado todo para ese encuentro de forma tan minuciosa.

Transcurridos unos momentos, Durga volvió a danzar ante todos nosotros. Otra vez ejecutaba pasos locos, aún más locos que antes, como si ahora perdiese el equilibrio adrede, o simulase estar extenuada, o borracha, ¿acaso lo estaba de verdad? Eso me desconcertó. Poco a poco, el clamor de la gente, e incluso su presencia, fueron apagándose en mi conciencia. Solo la imagen de Durga permanecía, mientras yo perdía todo lo demás y me sumía en un silencio ambiental estremecedor, del cual emergía el tono de una vibración de frecuencia incesante, una especie de zumbido sordo que procedía de mi interior. Todo empezó a ser extraño, la confusa danza de Durga y la vibración en mi interior, la embriaguez de mi ánimo acrecentándose como una marea que va llegando y, de pronto, la quemazón violenta que me sobrevino en la base de la espina. Me alarmé. No sabía qué me estaba sucediendo, pero temí que fuera una repetición del mismo estado terrible que había experimentado con anterioridad, de manera que me levanté de la piel de tigre como pude, azuzado por mi trasero que ardía; sí, tuve la sensación de haberme sentado sobre un fuego vivo, asándome las posaderas. Ya de pie y con las dos manos en el culo, pude aún llegar a ver la ya borrosa imagen de Durga, quien se había detenido frente a mí y permanecía ahora quieta, hierática como una esfinge. Pero el fuego de mis posaderas no solo continuaba, sino que parecía crecer, desplazándose hacia arriba en unos arrebatos imprevisibles que de ninguna manera podía paliar por más que respirase hondo. Inmediatamente, hice una verificación de mis exiguas fuerzas y me di cuenta de que estaba drogado, y mucho, de que las piernas me temblaban, que mis percepciones empezaban a ser incoherentes y la única imagen que apenas podía sostener era algo que suponía era aún Durga, pero ni siquiera conservaba la certeza de eso, pues en realidad ya no parecía ser ella, sino alguien diferente a quien no podía llegar a identificar.

Entre el silencio y el dolor que sentía, surgió la risa de la Darukha. La imagen turbia que permanecía ante mí se adelantó y me sujetó por los brazos: efectivamente, era la gran Darukha, que nuevamente ocupaba el espacio donde momentos antes creía estar viendo a Durga. Me sentía absolutamente vulnerable e incapaz de oponer la más mínima resistencia, por lo que tuve que resignarme a que la bruja me alzase, literalmente, rodeándome el pecho con sus brazos de leñador vasco, y me condujese así hasta otro lugar, como a un niño, sin titubeo alguno. «*Sa Ham, Sa Ham...*», iba susurrando yo sin proponérmelo, surgiendo la entonación de mis labios como un delirio febril. De hecho, mi estado mental no permitía constatar mucho, más allá del movimiento, es decir, que la mujerona me llevaba a otro sitio con los pies colgando. Por fortuna, y tal vez con intencionalidad, esa curiosa manera de transportarme alivió sensiblemente el terrible ardor que sentía en los bajos; el fuego no desapareció, pero se hizo más soportable. Y si la manera de llevarme era rara, la forma en que se deshizo de mí fue algo más que eso: bestia y desconsiderada, porque me soltó de golpe y porrazo como si descargase un costal de harina. Yo, inoperante, caí de bruces con todo mi peso muerto sobre la arena húmeda, sintiendo el impacto especialmente en el rostro, hasta el punto de que creí estar sangrando por la humedad que notaba. Quise entonces hacer acopio de toda mi voluntad para tratar de levantarme, aunque pronto comprobé que era víctima de una impotencia que me inmovilizaba de manera casi absoluta. Otra vez sucedía. Acaso la estupidez y el embobamiento frente a Durga, o la confianza en Shankar, me llevaron a tomar de aquella pócima sin prever que fuesen a drogarme de manera tan potente. Ese fue el único pensamiento argumentado que recorrió mi mente en aquellos instantes, lo demás eran ideas tendentes al desvarío. Tal y como estaba, no podía hacer otra cosa sino respirar a través de un solo orificio, y tratar de escupir torpemente la arena que me había ido entrado en la boca, aunque solamente eso ya me resultaba difícil.

Todo estaba muy oscuro. Pasado un largo intervalo en el que mi mente permanecía expectante pero extrañamente vacía, alguien me tomó del hombro y dio la vuelta a mi cuerpo casi inerte; de inmediato, sonó una vez más la carcajada de Darukha, llenando de resonancias espectrales la gran sala en la que debíamos hallarnos. La situación parecía repetirse, calcada a la anterior. Con solo oírla, imaginé su boca de piñón, imaginé su nefanda dentadura mientras se reía. De improviso, se encendió una potente antorcha ante mi vista, aún nublada e imprecisa. Poco a poco, a la luz del fuego fui capaz de reconocer el cuerpo desnudo y grosero de Darukha, quien, con un pie anclado a cada costado de mi cuerpo, sostenía la antorcha sin parar de reírse como una posesa. Lentamente fui recuperando la visión, una cierta coherencia del entorno e incluso parte de mi movilidad, aunque con ello la percepción fue brutal, porque desde mi perspectiva empecé a reconocer anonadado el claroscuro del lugar y entre las sombras el enorme coño abierto de la hechicera, como una dantesca planta carnívora a punto de devorarme, o la boca temible de otra caverna en el interior la propia caverna. Pero acaso lo que temí en aquella posición, dados los precedentes, fue que aquella mujerona se me orinase encima. Eso no sucedió aún y me tranquilicé, pensando que esta vez no sería así. Con todo, recuperar una visión más clara me fue aportando nuevas perspectivas, porque más arriba, la bruja generaba un indescriptible espectáculo con sus enormes tetas, saltando al ritmo de la agitación que la movía; el espectáculo que contemplaba desde allí resultaba delirante y aterrador a la vez. Algo así no puede ser olvidado jamás. Quise decir no, negarme a que aquella mujerona me violase de tal forma, de manera tan denigrante, pero en cuanto abrí la boca para protestar sucedió algo espantoso, algo que me indujo a entrar en una sospecha apabullante. En efecto, tal y como había temido instantes antes, Darukha se meó sobre mi cara y me llenó la boca de sus orines, como otrora lo hiciese también Durga. Lo hizo sin parar de reír y agitarse, sin apuntar, como una bestia que se orina instintivamente para exultar al macho, para marcarlo o inducir al coito. Por más que escupí, no pude evitar engullir una parte de aquel orín, de sabor repugnantemente caliente, agrio y salado. Con todo, mi cuerpo reaccionó de forma sorprendente e inesperada, al menos para mí, porque contra toda la lógica del momento, me excité de manera espectacular, rotunda e inapelable.

Debía notarse perfectamente la vehemencia de mi polla bajo la tela de mis pantalones, porque repentinamente se había puesto henchida de sangre. Pero había un detalle más para llenarme de pavor: no había duda, el sabor del orín de Darukha se parecía en algo indefinible al de Durga. Encontré una cualidad indudablemente exacta en el resabio que restó en mi boca después del mal trago, una sutileza incluso apetecible dentro de la repugnancia que el hecho en sí me provocaba. Se trataba, además, de algo potente y enloquecedor, acaso una feromona arrebatadora que aquella mujer usaba con toda la fuerza del instinto. Como fuera, mis genitales estaban completamente dispuestos para unirse y Darukha se arrodilló sobre mí, me desabrochó la bragueta y los puso al descubierto, lamiéndome acto seguido el sexo de abajo arriba con aquella horrenda boquita de la que surgía una lengua estrecha y larga que me ensalivaba hasta el mismísimo bálano. No podía entender racionalmente mi propia excitación ante tan surrealista e incluso tétrica seducción. Un instante antes, la bruja había clavado la antorcha en la arena, motivo por el cual yo ahora podía contemplar la obscenidad de sus movimientos con cierta claridad, dándome cuenta, enajenado, perplejo y angustiado, de que además ¡deseaba follármela! Constataba alucinando que las curvas de sus pellejos se tornaban más y más sensuales a medida que me acariciaba el pecho, que aquellas descomunales tetas despertaban mis instintos más básicos y que —¡qué locura!— la bruja me iba conquistando de manera progresiva e incontestable.

Darukha, a quien yo era cada vez más capaz de contemplar con claridad, empezó a desnudarme como si fuese un niño; luego, mostrando una gran excitación me puso el sexo en la boca, con tal voracidad que en realidad no era yo quien se lo comía, sino ella a mí con aquella vulva hambrienta en la que tenía la sensación de poder llegar a entrar con toda la cabeza. Apenas podía moverme, pero estaba tan excitado que empecé a obsequiarle el coño a la bruja como si fuese el de la mismísima Durga, y me sabía tan dulce como el mejor de los manjares. Mi propio pensamiento no daba crédito a lo que estaba viviendo. Aquella vagina era realmente ciclópea, mi cara entera se hundía entre los labios de su formidable dimensión, mi lengua resultaba insignificante en el interior de su vasto espacio, con lo que toda mi cabeza e incluso el pelo se me humedecieron de ella y tuve que salir de allí para poder respirar, porque de otra forma me hubiera asfixiado.

Acaso al principio sintiese la reticencia, el asco o la contrariedad, pero lo cierto es que, cuando la saboreé, hallé en la vulva de Darukha un sabor con el que quedé absolutamente hechizado, un sabor divino que me hacía enloquecer de deseo. No recuerdo una transición: de repente, fui consciente de que mi diminuto miembro estaba tieso en el interior de aquella vasta materia, perfectamente adaptada esta a lo pequeño merced a la fuerza del deseo. La bruja se había clavado como una horquilla y me movía en su vaivén como a un monigote; feroz, pero cuidadosa de no aplastarme con sus quilos, se balanceaba sin cesar cantando una melodía hecha de frases jadeantes, que se me antojaban fantasmagóricas por el ronco tono de su voz. Así me follaba Darukha, y así me demostró que no quería que yo hiciese nada en absoluto, sino que me dejase hacer, que me relajase a su trato, a su dominio y a su maestría en el amor. Yo, como ya lo había hecho antes, cerré los ojos y traté de imaginar a la mujer más maravillosa del mundo, porque estaba empezando a entrar en un éxtasis del cual solo me sustraía la intensa quemazón que volvía a sentir en el culo, cosa que me inquietaba más allá del placer que hallaba en aquella mujer. Y aunque no pude imaginar otra mujer extraordinaria sin fluir hacia Durga, como un río que anhela entrar en el mar, cerrar los ojos me permitió sentir lo que estaba sucediendo sin la interferencia de las formas y los escrúpulos. Eso fue enteramente placentero, porque visualizaba a Durga, pero sentía el enorme caudal de energía de Darukha atravesándome y llevándome de la mano al cielo, mientras yo me dejaba conducir dócilmente, feliz, completo y satisfecho de ser el héroe agasajado y estar haciendo el amor con «La Mujer», la más fascinante, la más poderosa, Ella... «*Sa Ham, Sa Ham, Sa Ham*». El arquetipo que hace indistintos al hombre y a la mujer se debió encarnar en aquel instante para bendecir el acontecimiento con un estado mental de completitud.

Sin embargo, aquel éxtasis perfecto cambió, entre otras cosas porque el calor abrasador de mi culo se había concentrado de manera muy aguda en torno al cóccix, lo cual volvió a dolerme de forma atroz mientras aún permanecía con los ojos cerrados. Fue entonces cuando percibí un larguísimo y sensual jadeo que no era el de la mujerona Darukha. En cuanto abrí los ojos, contemplé a la bella Durga sobre mí, penetrándome con la fuerza de una yegua, mientras agitaba sus preciosos cabellos negros en el aire y me mostraba la incontestable hermosura de su cuerpo desnudo y oscuro, agitándose en una espiral de sensualidad apasionada. Por más que me resultase injustificable, tenía ya una certeza aterradora y evidente: que Durga y la bruja Darukha eran la misma persona en función de una incomprensible transfiguración, el efecto de la cual ya no podía atribuirlo simplemente a drogas o alucinaciones, porque era una realidad incontestable.

Mientras aquel dolor que me quemaba iba y venía, la visión completa de Durga sobre mí me dio un nuevo aliento, llenó de amor aquel acto. Si antes el deseo era incomprensible en la bruja, ahora en ella hallaba el paraíso, hasta el punto de hacerme olvidar el malestar que sentía en la columna. Un momento antes estaba con una mujerona imaginando a la bella Durga y había entrado en un sublime estado de gozo; ahora estaba con Durga —¿o es que la imaginaba aún mejor?— y continuaba flotando en los vapores celestiales de aquel gozo, ¿qué más daba abrir los ojos que cerrarlos?, ¿Darukha que Durga? El santón tenía toda la razón, por fin lo entendía: la verdad no es la forma, sino la energía y la conciencia que anidan; ¿qué más da lo que pienses o lo que ves, si lo importante es lo que puedas llegar a sentir? Todas las formas pueden cambiar y, de hecho, lo hacen constantemente. Vi, sentí claramente, que acaso es solo la mente quien da forma a la energía.

Que después de haber deseado tan fervientemente aquella mujer, teniéndola, saboreando su amor en la miel de unos instantes maravillosos el tiempo pudiese congelarse, o que acaso lejos de aquellas extrañas experiencias todo fuese normal, sexo y relación, como todo el mundo, tal vez habría sido el sueño de Rubén. Ella y yo, como dos seres cualquiera, con un enamoramiento de esos que se inflan aun sospechando que el tiempo les otorgará caducidad. Pero Rubén se había quedado por el camino, no había alcanzado a Durga; era como si Rubén y todos sus anhelos y contradicciones hubiesen muerto de forma definitiva, quizá enterrados en aquel postrero viaje a Madrid. ¿Quién era yo, quién hacía el amor en la cueva, qué quedaba de quien había sido? Mi identidad se volvió impalpable después de lo sucedido con anterioridad, pero sobre todo, en contacto con lo que me estaba sucediendo a la sazón junto a mi amante de la cueva, junto a alguien cuyas transformaciones físicas y de todo género tampoco me permitían saber quién era en verdad.

A partir de ahí, la experiencia empezó a ser conjunta, una sola vivencia que los dos experimentábamos a la vez. Yo no había llegado nunca hasta ahí, pero sabía que Durga tampoco y que se hallaba tocando lo desconocido como yo mismo. Trascendimos a una oscuridad extraña y a un dolor que calaba hasta el alma, un episodio natural del que ya había sido advertido por el alter ego de Durga, la bruja. Al principio, fueron unas sacudidas realmente dolorosas y de gran fuerza que nos afectaban a ambos por igual, y cuyo efecto era de tal magnitud que nos hacía rebotar literalmente del suelo cuando se producían. La cosa fue aumentando en frecuencia y en intensidad hasta el punto que nos pusimos a gritar al unísono, no sé si de dolor o de miedo, porque aquello ya no era un coito, sino una tortura brutal. Cuando finalmente me pareció que iba ya a estallar por la presión que sentía en la zona abdominal, me levanté de medio cuerpo y me aferré a mi amante en un abrazo maravilloso de puro chispazo, un gesto espontáneo y apasionado en el cual ella aceptó fundirse de la forma más pura y entregada. En un solo movimiento, fuimos del abrazo absoluto al beso encendido; era la primera vez que Durga y yo nos besábamos como dos enamorados que no desean otra cosa más que ser el uno en el otro: «*So Ham... Sa Ham*»[5]. El beso de Durga me volvió loco de un amor diferente, un loco del amor que nunca volvería a ser quien era. ¿Dónde estás Rubén?, ¿quién siente la dulzura de sus labios? ¡Cuánto había deseado besarla así! Fundirme, amarla y olvidar cualquier frontera que nos separase. Pero algo no encajaba, la satisfacción no estaba en mí, no había nadie que recibiese, nadie que diese nada. Solo hubo beso, y no fue de nadie. ¿Dónde estaba el Rubén deseoso?, ¿dónde el miedo a perder o a perderse?, ¿dónde? Nadie había conquistado nada, porque desde aquel amor tan profundo que iba más allá de los dos, reconocí el rostro de mi propia muerte. Sí, había muerto en aquel instante, junto a mi amada, había muerto resuelto y feliz. El amor y la muerte se daban cita, es cierto, tienen razón los locos tántricos.

---

5 Yo soy Él... Yo soy Ella.

Todo pareció quedarse quieto, como suspendido en un limbo sin espacio ni tiempo. Poco después, sentí como de nuevo se aproximaba la tempestad de la energía, en una succión estremecedora que parecía absorber la densidad de mi cuerpo hacia un vórtice terrible. Alguien tuvo un miedo atroz y sentí una soledad como nunca antes la había experimentado, vacío en una perfecta soledad. Hacía solo un instante estaba fundido absolutamente en Durga y ahora no sabía dónde estaba ella, ni si estábamos juntos, ni tan solo dónde estaba yo, porque la negrura y ausencia de percepción eran casi absolutas. Angustiado, recordé lo que me había dicho Darukha: «No pierdas la sensación del *lingam* dentro de ella... Mantén ese contacto, siente su *yoni*». En aquellos instantes era relativamente consciente de que estaba vivo, pero me resulta dificilísimo explicarlo, puesto que trataba de sentir las piernas y no lo conseguía, ni tampoco las manos, ni el rostro, nada; no sentía nada de mí mismo ni de nadie, y menos el *lingam*, ¿dónde estaba yo?, ¿dónde mi polla? Me alarmé de forma espeluznante, como quien se ahoga en la profundidad del océano.

A partir de aquel momento aterrador, continuaron sucediendo cosas de difícil narración, porque soy consciente que pueden resultar increíbles —más aún—. Me limito a tratar de localizar palabras acaso adecuadas para dar una aproximación relativa, ya lo sé, a lo que en realidad sentí, pero no tengo más que eso para decir qué pasó.

De pronto empecé a ver luz, pero no azul como me había vaticinado Darukha, sino de un blanquecino crudo. Creía estar viendo placas de nieve pisada y sucia, porque además de la luz observaba extrañas texturas sin un entorno definido. Fue entonces cuando oí la voz lejana de Durga, repitiendo incesantemente: «*Hrim, Krim, Klim!*». En aquella desesperada situación, en la que me encontraba sin cuerpo, mi preocupación más inmediata se invirtió en buscar mi pene, como Isis el de Osiris, después que Tifón lo despedazase, empeño aparentemente absurdo, porque en aquellas circunstancias era como tratar de localizar no una aguja, sino una brizna indeterminada de paja en un pajar también indeterminado, ¿por dónde empezaba a buscar mi polla?, ¿estaba aún dentro de Durga? No tenía referencia alguna, a excepción del hilo de voz que me enviaba Durga, como Teseo para volver hasta Ariadna. ¡Sí!, ¡claro!, ¡el hilo de Ariadna! De pronto, recordé las palabras que pocos días antes me había revelado Darukha, advirtiéndome que debería pronunciarlas con fuerza durante el *maithuna* con Durga, y probablemente se refería a aquella fase de la experiencia. Aquel día, le había dicho a la bruja que me sentía incapaz de memorizar unas sílabas tan extrañas, a lo que ella me respondió que, en su momento, no tendría más que añadirme a las pronunciaciones de Durga, seguir su ritmo, y que con saberlas reconocer cuando las oyese sería suficiente. El hilo de Durga. «*Hrim*» era la primera de aquellas palabras extrañas, y yo, como sacudiendo la pereza de una cabeza que no sentía, me propuse gritar esa sílaba como lo haría en condiciones normales. De improviso, una voz que salía de mi vacío se sumó a la de Durga y hubo una sintonía sumamente extraña de dos voluntades: era como si dos notas hubiesen entrado en resonancia produciendo un armónico formidable. Aquel fenómeno, pareció encajar algo, y poco a poco empecé a sentir las contracciones del *yoni* sobre mi *lingam*: íbamos bien, sin duda, pero todo era aterradoramente extraño. Me di cuenta de que respiraba y lo hice profundamente y con gran satisfacción; ambos jadeábamos ahora al unísono entre «*Hrim*» y «*Srim*», sin embargo no recuperaba aún la visión clara, ni tampoco la percepción exacta de mi cuerpo más que a pedazos de sensación inconexos y aparentemente desvinculados y distantes, motivo por el cual llegué a obtener la noción de que tenía las piernas sobre el abdomen y la cabeza en un costado, o que el pecho estaba separado del resto... Algo escandaloso y delirante como percepción de uno mismo. En cuanto a mi compañera, cuanto sentía de ella era nuestra unión. En realidad, Darukha me sugirió sentir el *lingam*, pero yo era incapaz de definir qué era mi sexo y cuál el de ella, porque la sensación era absolutamente única.

Más tarde se sucedieron nuevamente las sílabas anunciadas, que yo fui repitiendo trabajosamente: «*Hrim... Klim... Srim... Hrim...!*». Creo que fue entonces cuando rebasamos un nuevo nivel de experimentación, en el cual aquel ardor que antes quemaba se hizo templanza; el dolor también se fue transfigurando en algo distinto, un tipo de experiencia de nuevo cercana al gozo o al deleite sexuales, algo que empezaba a tener incluso connotaciones de gozo orgásmico. Sentimos —y digo «sentimos» porque la espiral de energía nos abrazaba juntos con absoluta evidencia— como una fuerza ascendente que parecía surgir del suelo nos atravesaba longitudinalmente, abriéndose paso ajustada a la espina dorsal, no sabría decir ya si dolorosa o solo intensamente, hasta alcanzar el cráneo con una sacudida violenta en lo más alto de la bóveda, para luego derivar en una especie de rotura de los límites físicos, no como la anterior, porque ahora sabíamos dónde estábamos; ahora era más bien una expansión desde un centro, una expansión consciente y extremadamente gozosa. Éramos en aquel momento conscientes de la sutileza de tales acontecimientos, pero también habíamos recuperado las sensaciones habituales, que quedaron, por así decir, en el interior de una enorme burbuja de percepción y conciencia. Recuperé, pues, una cierta consolidación de mí mismo y de mi compañera; quienes estábamos allí éramos otra vez Durga y yo. Sentía claramente que aún estaba haciendo el amor con ella, el tacto de sus dedos, todo, pero la percepción extrasensorial era tan fascinante que ambos volábamos en esos instantes prodigiosos de libertad indefinida y amplitud de conciencia. Nuestros seres estaban vinculados conscientemente más allá de lo físico: jugábamos con la energía que se entrelazaba más allá de brazos, piernas y manos, nos enredábamos y penetrábamos el espacio del uno a través del otro como si fuésemos etéreos, o puramente gaseosos. No podría llegar a definir con precisión la imagen de Durga allí: su realidad energética estaba constituida de filamentos luminosos, como supongo que también la mía, aunque yo no podía verme como la contemplaba a ella, filamentos moviéndose en un espacio sin resistencias y jugando, más allá del sexo, más allá del amor, solo jugando como explosiones de energía que se entrelazan y se combinan sin intención alguna de reproducirse, ni saciar apetito alguno, sino para conocerse y experimentar libres de toda condición, puramente para eso, con una libertad tan impecable que sentí un júbilo distinto al común, una emoción inédita, tremendamente dimensionada.

Nadie tuvo que explicarme lo que estaba sucediendo, pero una parte de mi psique, puramente cognitiva, me permitió saber que nuestro cuerpo denso y material solo es el reflejo, casi siempre turbio, de eso que veía entonces, que lo físico es solo la parte visible de un gran iceberg de energía y conciencia trenzadas en el ser, y que lo que se ve es como lo vemos por los condicionamientos que le afectan.

Aunque un científico materialista se mostraría totalmente escéptico ante mis definiciones, yo tuve la experiencia directa y fundamental, y fue suficiente como para saber que alguien con el poder de mi consorte Durga puede perfectamente tener otra cara y otro cuerpo, como así lo decidió, en Darukha, porque la energía, en sí, no tiene la forma que le damos, es la mente quien crea las imágenes que conocemos.

36

NADIE

El impacto en mí de aquella experiencia fue tan contundente que tardé mucho en reponerme; por lo visto a Durga le ocurrió lo mismo. No recuerdo los acontecimientos inmediatamente posteriores, porque, según me contaron, estaba desvanecido, en una especie de estado comatoso sin conciencia aparente. Shankar me llevó a una casa de la aldea cercana y me estuvo cuidando durante días, tiempo en el cual solo tomé el agua que él me daba, y permanecí estirado en el interior sin salir a orinar siquiera. Al parecer a Durga le pasó algo semejante y también la llevaron a algún sitio donde la cuidaban, aunque según supe después, ella se repuso antes que yo.

Pasados unos diez días abrí los ojos. Lo primero que contemplé fue la techumbre de paja de aquella barraca de las montañas; me incorporé con dificultad, no había nadie, aunque oía voces en el exterior. No reconocía nada, no sabía dónde estaba, pero mi mente estaba quieta, como flotando en aquel espacio; la mirada se ensimismaba en cualquier objeto y se sostenía en él sin prisa por hacer nada. Me reconocí a mí mismo, no estaba enajenado, y lentamente me puse en pie pese a que las piernas me flaqueaban y sentía todo el cuerpo rígido y anquilosado. Pasados unos instantes, junté fuerzas y me dirigí a la puerta; estaba tan débil que me costó incluso abrirla. Cuando lo conseguí, el impacto de la luz directa me cegó, sabía que había alguien por allí cerca, pero era incapaz de ver de quién se trataba. Instantes después, ese alguien se aproximó a mí y me abrazó:

—*Hari Om!* Bienvenido amigo...

Era Shankar, cuya calidez me rescató de aquel letargo. Jamás supe dónde había estado mi conciencia durante ese periodo, no hay recuerdos, no hay sensaciones, es como si hubiese estado muerto.

Los días que siguieron los pasé aún retirado, sin apenas comer nada, aunque mi amigo se ocupaba de que no cediese a la inanición y siempre procuró que bebiese y tomase algo. Me pasaba casi todo el día ensimismado, me perdía a mí mismo y experimentaba sensaciones simplemente directas que se prolongaban por periodos de tiempo inusitados: una gota de sudor en mi piel, el paseo de un insecto, el sonido de la lluvia, los latidos de mi corazón... Durante ese tiempo no pronuncié una sola palabra, y no porque lo hubiese decidido así, sino porque no tenía absolutamente nada que decir. Ocasionalmente, la columna vertebral se sacudía con una especie de descarga eléctrica que me recorría desde la base misma hasta el cráneo; en ocasiones era un simple temblor, pero en otras las sacudidas me tumbaban y yo me quedaba simplemente estirado en el suelo hasta que Shankar llegaba y me echaba una mano para incorporarme. Lo cierto es que cuando eso pasaba podría haberme levantado por mi propio pie, nada me lo impedía, pero sencillamente no había ningún motivo para hacerlo.

Unos días más tarde, mientras me hallaba sentado bajo el porche de la barraca contemplando la lluvia, se estacionó un coche delante. No parecían tener prisa por bajar. Shankar, que estaba dentro, salió al oír el motor y cubriéndose con un saco se aproximó al vehículo; vi que ayudaba a bajar a alguien y momentos después venían juntos hacia mí compartiendo el saco. Entonces reconocí a Durga, me estremecí al verla llegar y creo que ella sintió lo mismo al verme, porque aunque al principio parecía seria, en cuanto percibió mi presencia dibujó una sonrisa tan hermosa que por primera vez en tantos días, tal vez años, extrajo de mí la sonrisa más maravillosa que recuerdo haber ofrecido jamás. Nos abrazamos como si solo nosotros dos entendiésemos el significado de ese abrazo; probablemente era así, porque ella debía haber pasado en esos días por una experiencia semejante a la mía. Nunca antes había sentido a Durga tan tierna, tan amorosa y afable, me acariciaba con una ternura inédita, me miraba con un amor sin límites. Seguro que yo también lo hice así; era la primera vez que reaccionaba al trato después de lo sucedido en la cueva días atrás. Aun así, la presencia protectora de Shankar nunca me pasó desapercibida, gracias a él estaba bien y sentí que empezaba a recuperarme; sin su valioso apoyo tal vez hubiera muerto del todo, abandonado a la inanición.

37

LOS PÁJAROS DEL NORTE

Tiempo después de los acontecimientos en la cueva Parvanga me hallaba de nuevo en Delhi, concretamente en la casa del Dr. Raschid, junto a Shankar y Dakini. Desde que salí de mi letargo y pude abrazar a Durga no había vuelto a verla, y por lo visto estaba planeado que nos volveríamos a encontrar tras tres lunaciones; sería de nuevo en la cueva, junto a los seguidores que se concentrarían allí otra vez para celebrar nuestra boda tántrica. Pero en aquellos momentos yo preparaba mi bagaje, pues me disponía a tomar un autobús con dirección a una pequeña aldea en los Himalayas, a casi cuatro mil metros de altitud, donde por lo visto me aguardaban los maestros en una misteriosa cita cuya finalidad desconocía aún. Con todo, y después de la intensidad de cuanto me había acontecido, volver a ver al viejo *sadhu*, mi maestro, era para mí no ya una cita humana, sino universal, pues rebasaba cualquier expectativa personal aunque no supiese en qué se concretaría.

Aquel hombre, que me había llevado sinuosamente hasta la experiencia de un renacer en algo nuevo, algo nunca antes ni siquiera imaginado, era para mí el único referente del conocimiento directo que había adquirido, sin libro alguno, sin dogmas ni explicaciones, a través de la vivencia, solo a través de una experiencia que te permite saber y no deja lugar a la duda, un conocimiento sin fronteras entre lo que es y quien lo conoce, hasta el punto de que ya no existe diferencia alguna, ni distancia. El dolor y los terribles acontecimientos vividos, los ardides todos que usó para capturarme, aparecían ya en mi memoria no como sufrimiento, sino como la obra de arte de un ser tocado por la gracia y el misterio. Sri Yusâidhan, «hermano del misterio», un ser hermano y padre, que poseía el único vínculo con ese misterio antes de dejarnos, antes de dejarme, para partir con su amada y sus hermanos de la flecha tántrica, de la cual él era la punta, hacia la conciencia pura.

Un par de días antes, Shankar y yo nos hallábamos tumbados en la hierba, cuando contemplamos cómo una bandada de pájaros de plumaje azulado cruzaba los jardines de la casa y volaba hacia el norte. Ambos coincidimos en que se trataba de una señal para mí. Sin duda, muchos días hay pájaros que vuelan hacia las regiones septentrionales, pero ese no era un día cualquiera, ni aquellos unos pájaros como otros. Todo era extrañamente preciso, algo especial; dicen que lo más importante de la existencia se da en algunos momentos muy breves, momentos volátiles que casi escapan del tiempo, y que ahí está la clave de toda una vida de años y años de presencia en el mundo. Pues bien, aquellos instantes premonitorios fueron, sin duda, unos de esos instantes excepcionales en que los hilos invisibles del universo conectan tu vida en la trama de lo verdadero, de lo misterioso e insondable. Ambos supimos que era el momento de partir hacia el Himalaya para encontrarme con los maestros.

Al día siguiente, tras componer mi sencillo equipaje, bajé la gran escalinata que conducía a la puerta principal, dejé allí los bultos y busqué a mis anfitriones, Dakini y Shankar, en el «salón del sol» de la casa, una amplísima estancia alfombrada donde se compartía una buena parte de la vida social de aquella mansión. Era una calurosa mañana de Septiembre; los ventiladores suspendidos en el alto techo apenas conseguían paliar el bochorno que incluso dentro de la casa te hacía sudar. Cuando acudí al salón ellos dos ya me esperaban. Estaban radiantes, lo cual ya era bastante habitual en Shankar, pero es que Dakini estaba espectacular. Tal vez eran mis ojos, pero jamás antes la había visto tan hermosa como aquel día en el «salón del sol». Como fuera que disponía de tiempo antes de tomar el autobús, me senté tranquilamente a desayunar y tomar *chai* con ellos, lo que dio pie a una conversación para la que ya estaban preparados.

—¿Sabes para qué te esperan los maestros? —me preguntó Shankar.

—Pues no, la verdad, no lo sé. Me habéis dicho que están en Chitkul, y que desean verme... Voy gustoso, no sé para qué, pero sí sé que es preciso ir.

—¡Bien! No te lo he dicho antes porque aguardaba este momento, pero aún falta algo. Eso, que ni yo mismo sé qué es, hace preciso este viaje. Te confieso que con lo mucho que amo a los maestros, con lo que me cuesta aceptar que ya no volveré a verlos, iría también gustoso contigo hasta allí. Pero has de ir solo, el Gúruji lo dejó bien claro cuando se despidió de todos los demás.

—¿Qué me falta? ¿Hay algún problema para que me case con Durga?

—¡Nada, ninguno! Eres un Hombre Lingam, ¡estás listo! Ya te he dicho que la única cosa que me dijo el maestro es que faltaba algo, pero no qué —miró a Dakini, como si ella tal vez pudiese aportar algún detalle, pero esta se limitó a sonreír y encoger los hombros—. Hay algo que intuyo fácilmente: los maestros te esperan en su retiro, cerca del monte Kailash, porque desean dar su bendición al futuro marido de su hija, pero no es ese el único motivo, ni siquiera el más importante. Lo otro, sea lo que sea, es para ti, íntimo, un mensaje del que se va, para el que se queda en su lugar... Tendrás que descubrirlo tú mismo en su momento.

—Ese sí será vuestro último encuentro —añadió Dakini—. Creo que los maestros quieren comprobar que realmente has cambiado y podrás hacerte cargo de todo junto a Durga. Es lógico, es su legado, no te han visto después del *maithuna* con su hija.

—Puede ser —comenté—. Quieren ver cómo he quedado después de tratar con la tremenda Darukha...

No aprecié que mi comentario guasón les hiciese gracia. En los ojos verdes de Dakini veía aún un destello de algo perdido. Ella insistió en dejar claro, demasiado claro y justificado, que todo lo que hizo fue para cumplir con una misión, que me había engañado haciéndome creer su amor por mí. Pero yo, que ahora estaba más fino que nunca, vi ese brillo y de alguna manera supe que en el fondo de su corazón habría deseado ser ella, y no su prima, quien llegase conmigo a tocar el cielo. Tras unos instantes de silencio en que agotamos los últimos sorbos de *chai*, Shankar habló de nuevo:

—¿Qué necesidad hay de justificar tu viaje? En realidad formamos parte de un ciclo, a ti te toca poner el colofón. Creo que nadie lo ha decidido, ni siquiera el Gúruji, porque él simplemente vio que tú eras quien debía hacerlo. Los personajes y las situaciones se han ido colocando en su sitio, a lo sumo, hemos creado las condiciones para que sucediese. Ahora, las agujas del reloj llegan a lo más alto de la esfera, simplemente falta un pequeño movimiento para completar toda la vuelta, el tuyo.

Dejamos pasar unos instantes en que las miradas tomaron todo el protagonismo. Por fin, pregunté:

—Y Durga, ¿es que no va a volver a encontrarse con sus padres?, ¿se han despedido ya definitivamente de ella?

Me respondió Dakini:

—Ella ya ha estado allí para despedirse y recibir la última bendición, hace pocos días. Pero no coincidiréis, no volverás a verla hasta dentro de tres lunas, como te dijimos, en las bodas tántricas.

38

CHITKUL

Cuando salí de Delhi me sentía pletórico, lleno de una complacencia independiente y generosa, por lo que no me costaba nada sonreír a la gente o mostrarme amable y abierto, sin perturbación del ánimo. Curiosamente, no me esforzaba por nada y las cosas me salían mejor que si estuviese preocupándome. Yo, que había vivido tan cautivo de mis propios miedos, ahora respiraba una libertad inédita. Era un estado de espontaneidad sin límites, de silencio y quietud vibrantes en mi interior, algo que me permitía ver el instante con una detención formidable. Puedo decir que observaba mi mente y me daba cuenta de que me importaba bien poco lo que me sucedería después; el «después» se transformó en algo curiosamente extraño. Entendí algo sobre el «misterio» al que hacían frecuente referencia Shankar y el santón, porque yo mismo fruía ahora de una visión brillante del suceso, del ahora, que a cada momento me llenaba con una intensidad tan viva como profunda.

No sabía qué, ni me importaba demasiado la mecánica, pero algo fundamental en la estructura de mi ser se había movido a una nueva posición perceptiva, y eso básicamente empezó a suceder tras hacer el *maithuna* con Darukha-Durga —cuyos nombres, por cierto, pronunciados por los nativos de Uttar-Pradesh, suenan casi igual, aunque a mí me los vocalizasen marcadamente distintos—, pero lo cierto es que ya apreciaba indicios antes, cuando sistemáticamente los tántricos fueron desmenuzando mi vida y dejando la personalidad, el pasado y los anhelos de aquel Rubén convertido todo en migajas inconexas, residuales e inútiles. No me dolía ya, al contrario, me sentía tan aliviado que a eso justamente debía mi estado feliz y fluido en la actualidad.

Mientras viajaba en el autobús que me conducía hacia el norte, comprimido en un asiento más que estrecho, rememoraba con claridad meridiana las sensaciones vividas junto a Durga: era como vivirlas de nuevo, su evocación me hacía estremecer. Luego, hilé el recuerdo hasta el inicio y hallé en un extremo al santón, partiéndose de risa sobre los neumáticos, atrayéndome a una trama digna de ser llamada fabulosa; poderoso, acaso libertino, pero pese a sus actos teatrales, auténtico y entregado a la instrucción en una verdadera vía mágica hacia la liberación. Desde esta perspectiva era impensable haber sido engañado, o burlado, porque todos los ardides usados se justificaban plenamente en la realidad del cambio experimentado por mí, y no solo eso, ahora agradecía sinceramente que me hubiesen abierto los ojos y me daba igual el «cómo».

El niño que llevaba una sudorosa señora junto a mí tiraba, jugando, de los pelos de mi barba sin hacerme daño, descubriendo su textura con gran delicadeza pese a estarse moviendo el autobús. Yo me dejaba, lo miraba y me deleitaba en la belleza de su apetencia por saber cómo era mi barba de occidental; tal vez por eso no me hacía daño, ni me provocaba ninguna molestia.

El autocar me dejó, ya de noche, en una pequeña población llamada Powari, un poco más allá de la cual debía tomar una pista de tierra que se adentraba en las montañas del Himalaya, para poder llegar a Chitkul, mi destino. Al bajar del autobús, me dirigí a una especie de posada, junto a la carretera, que a la luz paupérrima de una débil bombilla parecía estar abierta. Allí, apoyado en el exterior de un mostrador roñoso, había un hombre tomando algo, quien al llegar me repasó de arriba abajo con insistencia y descaro propios de montañés. Al momento, apareció tras el rústico mostrador otro hombre, tan bajito, que juzgué inmediatamente que quien había construido aquel chiringuito no había pensado para nada en él; aunque su recurso me sorprendió, cuando vi que antes de atenderme tomaba un cajón de madera y se montaba en él, para conseguir así una altura idónea. Me miró entonces, serio y fijo a los ojos; yo sonreí y le pedí *chai*. Tuvo que descender nuevamente del cajón y volver a continuación con el vasito humeante. Hacía frío incluso dentro del local y mientras tomaba el vasito en mis manos, aproveché que aquel tipo continuaba sobre su cajón mirando como yo sorbía el *chai* caliente —que tenía un gusto un poco fuerte, acaso estuviese hecho con leche de yak o búfalo— para pedirle cómo podía llegar esa noche a Chitkul. Tardó tanto en responder, mientras iba moviendo la cabeza rítmicamente, que empecé a pensar que no había entendido nada, ni siquiera el nombre del pueblo, por lo que traté de cavilar cómo narices se debía pronunciar. Y lo cierto es que no fue él, sino el otro que estaba junto a mí quien respondió finalmente, usando gestos y alguna palabra en algo que recordaba vagamente el inglés, que la pista a Chitkul estaba a pocos kilómetros, que el señor bajito no hablaba porque no tenía lengua —me explicó eso sacando la suya propia, tirando de ella con los dedos y haciendo ademán de cortarla—, lo cual me dejó impresionado, más aún por la fijación obsesiva con la que continuaba observándome el deslenguado desde lo alto de su cajón, quien al ver como el otro hombre escenificaba su falta de lengua se echó a reír, a su manera. Así pedí, como pude, si era posible alquilar un taxi para llegar hasta allí, y me enviaron a una casa próxima a la taberna, ante la cual había aparcado uno de esos todoterrenos hindúes tan anacrónicos, un Mahindra, de aspecto bastante cochambroso, y eso incluso bajo el disimulo de la luz lunar.

El propietario del taxi parecía estar necesitado de clientes, o tener un disponibilidad absoluta, pues se mostró solícito, pese a que cuando llamé a la puerta dormían ya. Aun así, el hombre avisó a un joven que se vistió raudo, saludándome con una sonrisa amplia y un gesto amable de la cabeza mientras aún se ajustaba el cinturón; luego, puso en marcha con ciertas dificultades su tartana para llevarme a mi destino.

Poco después, trepábamos una pista angosta que remontaba la fuerte cuesta de unos lugares que, a la luz de la luna creciente, resultaban de una belleza enigmática e intensa atravesando entre sombras las primeras colinas, y también colosal, porque pronto el paisaje se abrió permitiéndome divisar la silueta, recortada en la noche, de los espectaculares picos de acaso seis mil metros que tenía frente a mí. Más tarde, entramos en un profundo y hermosísimo valle, al pie de los colosos himalayos que ahora nos rodeaban por todas partes. Al coche parecía que iban a saltarle todos los tornillos al siguiente bache y nos quedaríamos, de tal mala suerte, sentados sobre el camino; pero aguantaba, bien tutelado por la hábil conducción de aquel joven, que no debía tener más de dieciséis años, y a quien también parecía faltarle la lengua, puesto que no decía nada de nada —acaso no sabía ni una palabra de inglés—. Le había pagado el viaje a alguien en aquella casa de Powari —¿su padre?—, quien me envió con el chaval camino de Chitkul. Ese conductor imberbe tardó poco en convencerme de que cualquier desconfianza respecto a su competencia estaba de más, porque se movía con el Mahindra como si fuese parte de su propio cuerpo, la parte más vieja y decrépita, eso sí, pero la precariedad del auto no parecía inquietarle en lo más mínimo, porque conducía seguro y confiado.

Llegamos a aquel pueblo dormido a eso de la una. El chaval del todoterreno no me dijo ni adiós, aunque tal vez entre las sombras se me escapó algún gesto: se limitó a descargar mi equipaje y dejarme allí, sobre un barrizal en el cual había parado el coche. No lo hizo con mala leche; de hecho, estaba todo muy húmedo, y además hacía un frío muy vivo, normal, a más de tres mil metros de altura.

La cosa no estaba como para quedarse allí pensando, así que traté de recordar las instrucciones de Shankar, quien me dijo que debía llegar a una casa pintada de rojo, en cuya puerta vería el triángulo invertido de Kali, una figura que yo conocía bien. Desde la pista, el pueblo se encaramaba en la loma; todo estaba silencioso. Avancé por el resbaloso barro de la cuesta hasta llegar a la hilera de casas que se distribuían junto al camino. La quietud era absoluta, impactante. Encendí mi lámpara frontal y empecé a examinar las fachadas de adobe de las casas, una por una: estaban decoradas, casi todas, con motivos de la naturaleza, como hojas, montañas nevadas, flores y árboles, pintados sobre fondos de color homogéneo y diferente para cada casa. Sin embargo, no hallé ninguna completamente roja, ni tampoco el triángulo en la puerta. Continué caminando y soportando aquel frío que cada vez me helaba más, una temperatura para la cual no había ido lo suficientemente preparado. Por fortuna, más allá divisé otro conjunto de casas en la parte más alta y me dirigí hacia allí, con la esperanza de que la de los maestros fuese una de aquellas. Pero tampoco allí la hallé y por eso, acuciado ya por el frío, llamé a una de las puertas. Tardaron en abrir, pero al final apareció una achaparrada mujer con un candil y cara de haberse acabado de despertar y estar muy extrañada por mi presencia, como era lógico prever. Intenté darme a entender preguntando por el maestro Yusâidhan Maheshwaraji y Ma Ananda, cosa aparentemente adecuada, porque pareció captar de inmediato y me hizo pasar al tiempo que decía algo, incomprensible para mí, por supuesto, y hacía gestos con la mano indicándome, entendí yo, que la casa de los maestros estaba lejos. Me acomodó en unos colchones que se extendían junto a una estufa y una zona alfombrada. Allí dormían varias personas más, quienes no parecieron despertarse por mi presencia, ni tan siquiera por el tono alto y agudo con el que aquella mujer se dirigía a mí. Ella, desde su excelente hospitalidad, trataba de explicarme cosas, aunque yo solo fui capaz de interpretar que me tumbase, que me daba una manta, que durmiese bien y después ya veríamos.

39

EL TERRITORIO DEL TIGRE

En realidad, al día siguiente comprendí que aquella señora tan bajita no tenía ni idea de quienes eran los maestros y que simplemente me había dado cobijo por pura amabilidad, virtud maravillosa de los montañeses del Himalaya, quienes además me invitaron a desayunar y me desearon suerte. Respecto a quienes andaba buscando, solo pudieron indicarme que siguiendo el curso del río a unos kilómetros había un campamento donde se hospedaban gentes que iban hacia el Kailash. Lo cierto es que a esas alturas las referencias que me habían dado Shankar y Dakini no me servían para nada, así que tuve que espabilarme. Para llegar hasta aquel campamento, fue preciso subir a pie hasta casi cuatro mil metros de altura por el camino que seguía el cauce del río. Yo, que no había estado nunca a esa altitud, y habida cuenta del tiempo que llevaba sin ir al gimnasio ni hacer deporte alguno, desfallecía; me costó muchísimo caminar esos pocos kilómetros de distancia. Pero efectivamente, tras cuatro horas de caminata, llegué a un asentamiento, formado mayoritariamente por ancianos budistas y tántricos que se dedicaban a la meditación, pero también por peregrinos de camino o de retorno de la circunvalación del monte Kailash, el monte sagrado, que voltean efectuando postraciones. Se refirieron a ese lugar como «campamento», aunque era algo más que eso, pues se trataba de un conjunto de chabolas y casitas, algunas bien construidas en adobe o madera, un lugar de retiro, donde la religión no era lo importante, pues aquellas personas trataban todas de alejarse del bullicioso mundo a través del ascetismo, muchas de ellas en el último tramo de la vida. Se veían también ascetas jóvenes, en su mayoría entregados al propósito de conseguir dar las 108 vueltas tradicionales al Kailash, postración a postración, con las cuales puede conseguirse el nirvana. Un poco más allá, y desentonando con el ambiente, existía una posición militar hindú con un pequeño contingente de soldados. El motivo de su presencia era la proximidad de la discutida frontera con la China, cuyos militares se hallaban también posicionados kilómetros más allá en un *check control* por el que se veían obligados a pasar los peregrinos procedentes de la India por esa ruta.

Los detalles me los dio un joven sonriente que me vino a recibir justo cuando alcanzaba el asentamiento; lo hizo como si me conociese y hubiese estado esperando:

—*Namasté Babají! I'm Gautam»*.

Gautam se llamaba, como el príncipe Buda; hermoso joven de ojos brillantes y sonrisa generosa, su cálida acogida me hizo sentir bien de inmediato en aquel lugar. Gautam mismo me hizo de guía para adentrarme en el enclave; de hecho poco había para enseñar, al menos en el exterior de las casitas, en una ojeada uno se percataba de lo reducido del núcleo, que debía contar con unas diez o doce casitas y acaso veinte barracas precarias, además de la posición militar, apartada a unos doscientos metros, que constaba de un único barracón y un espacio vallado alrededor.

El paisaje era estremecedor, rocoso y seco, sin apenas vegetación; los glaciares de las gigantescas montañas casi rozaban las cabañas más alejadas. Más allá de la aldea, la soledad del vasto espacio, una perfecta, admirable, bellísima sensación de la fuerza natural y nada más. En el centro del asentamiento era donde se hallaban las mejores casitas; algunas eran acaso locales de reunión o pequeños templos, pero otras parecían estar reservadas a personajes especialmente respetados, o bien a ancianos que residían con su pareja, como era el caso del santón y su *shakti*. Entre esas y conducido por el joven Gautam, no tardé en identificar la casa rojo pastel de la que me habían hablado, rodeada de caballos de viento de todos los colores —los banderines de oración budistas— volando al aire. En la puerta estaba el gran triángulo negro invertido con un punto blanco en su interior. «Por fin he llegado», pensé. Con exquisito *savoir-faire*, el joven que me acompañaba se retiró al darse cuenta de que había localizado la casa, pero añadió, llevándose las manos a la frente:

—*Ma Ananda, Om Shaktidev!*

Le di las gracias y me despedí de él; luego, tras respirar hondo, llamé a la puerta de mis maestros. Aguardé más de cinco minutos de reloj a que abriesen, hasta que llegué a la conclusión de que no estaban en la vivienda. Pero no contaba con la divina y sutil lentitud de los movimientos y gestos de un semidiós, puesto que pese al largo tiempo de espera, en cuanto me giré y di un par de pasos decidido a marcharme, oí como la puerta se abría a mis espaldas. Me di la vuelta lentamente, saboreando incluso aquellos instantes tras los cuales vería de nuevo el rostro de mi maestro Maheshwaraji. Pero no era él quien abrió, sino Ma Ananda, la angelical Ma Ananda. Por supuesto, al verme no dijo nada, pero su faz se llenó de luz y alegría; la divina anciana me sonrió de una forma tan pura que unas lágrimas inevitables resbalaron por mis mejillas. Me aproximé, y pude así ver sus ojos claros gozando en la contemplación de algo que estaba más allá de mi cuerpo denso, a mi alrededor, era su manera de verte. Ma Ananda entonces meció la cabeza a un lado y a otro sin dejar de sonreír, luego me alargó las manos y atrayéndome hacia sí me abrazó. Aquel contacto físico, por lo que yo sabía, no tenía precedentes en ella, que no tocaba jamás a nadie de no ser absolutamente imprescindible. Para mí también fue algo extraordinario, porque a través de su abrazo comprendí aún mejor la sutileza y la fuerza auténticas que habitaban aquel anciano cuerpo de mujer. Mi percepción a través de las sensaciones era tremenda, por eso al entrar en contacto con ella sentí un nuevo latigazo a lo largo de la columna, y eso no me había vuelto a suceder así desde que hice el amor con su hija. Esta vez, sin embargo, no fue nada doloroso, ni siquiera me asusté. Ma Ananda sostuvo el abrazo largo tiempo, no parecía tener prisa alguna por desprenderse de mí, ni yo tampoco, porque una especie de flujo intensísimo me atravesaba llenándome de gozo y esplendidez. Un orgasmo vulgar es una cosa nimia cuando un ser humano descubre otras posibilidades de gozo más allá de lo puramente físico o racional, y lo puedo asegurar sin temor ni duda desde que conocí a mujeres tan asombrosas como Ma Ananda, su hija Durga o incluso su sobrina Dakini.

El maestro no estaba en la casa. Había salido de madrugada hacia las proximidades de la montaña sagrada y no volvería hasta la caída del sol. De hecho, y por lo que me habían dicho, desde allí había un larguísimo y duro camino hasta alcanzar las laderas del Kailash, con el *check control* chino por en medio, así que no sabía exactamente hasta dónde habría ido el *sadhu*, por muy temprano que hubiese salido.

No esperaban mi visita ese día, al menos no Ma Ananda, quien me escribía muchas cosas en su libreta de conversar. Estaba eufórica, desconocida para mí, con unas ganas de comunicarse tan inusuales que me desbordó con sus notas. Dijo que solo verme pudo admirar la belleza de un azul intenso en lo alto de mi cabeza, que casi no podía creerlo, habiéndome visto tan embrutecido como me vio al principio. Yo le hablé entonces de los pájaros azules que contemplé junto a Shankar; le dije que ese fue el motivo por el que decidí llegar en esa fecha. Ma Ananda celebró saberlo con una palmada en el aire, y se apresuró a escribir: «Los pájaros azules son el presagio de nuestra última cita, ¡claro hijo mío! Ahora ya sabes ver que el mundo dice cosas que la mayoría no oyen; ahora ya sabes leer la verdad en la naturaleza. Tienes el don de los Hombres

Lingam, eres el digno sucesor de tu maestro. Pero, aún no tienes nombre, aún no eres un *sadhu*».

—¿Tengo que ser un *sadhu*? —le pedí.

«Sí», escribió simplemente para responderme. El juego de esperas a las anotaciones que me iba haciendo la anciana era realmente curioso, e incluso divertido, por la expectativa que me creaban sus comentarios y aclaraciones. Cabe advertir que se trataba de una mujer no solo sensible, sino además culta e inteligente, quien escribía el inglés a la perfección, con una caligrafía clara y gentil a la vista. Aproveché la ocasión para preguntarle acerca de Durga y su transformación en Darukha; Ma Ananda, sin mostrar extrañeza alguna por mi interés, tardó el suficiente tiempo en redactarme esto al respecto: «La llegada de mi hija al mundo no fue casual; de hecho nada lo es, pero aún menos aquello que es hecho conscientemente. Cuando una pareja tántrica baja muy abajo, y luego sube muy arriba, es capaz de traer al mundo a un ser muy especial. Mi marido y yo fuimos abajo y arriba a buscar a Kali, para que alimentase el conocimiento verdadero desde su fuerza original. Así llegó Durga a este mundo. Y como Kali que es, tiene sus diferentes aspectos: es irresistible, pero también terrible; bella, pero también puede ser monstruosa; es sensual y también aborrecible; o tierna, como también áspera y cruel. En Durga, los dos aspectos son tan marcados que convive con Darukha. Cuando su energía muestra por fuera la fuerza profunda, tú ves a la bruja; pero cuando te quiere dar su aspecto más cautivador y sensual, te vuelves loco por Durga, porque es la mujer más hermosa y enigmática del mundo. Ella es plenamente consciente de sus transformaciones, que no son físicas, sino energéticas, la apariencia que observas es solo una imagen de eso. Pero no temas: te casarás y vivirás casi siempre con Durga, aunque Darukha también existirá. Quién sabe, quizá llegues a amar o respetar tanto a la bestia como a la bella. Solo puedo decirte que mi hija es así, y que no te resultará fácil convivir con ella, pero podrás; de hecho eres el único que puede, por eso os debéis el uno al otro y todas las bendiciones serán sobre vosotros».

Después de escribir esa nota, hizo algo hermoso mientras yo la leía: tomó una flor amarilla que llevaba sujeta en su blanca cabellera, la deshizo entre sus dedos y se avanzó ligeramente para derramarla en una lluvia de pétalos sobre mi cabeza. Yo dejé de leer por unos instantes para contemplar su sonrisa, que era el otro regalo, la bendición completa de la dama.

Tan solo unos meses antes, habría descreído las afirmaciones de Ma Ananda, porque era escéptico en mi propia confusión de los hechos. Pero a aquellas alturas las consideré la única explicación valida, entre otras cosas porque mi propia inferencia era superior, pero también porque recordaba mis vivencias al respecto, las confusiones propiamente físicas que experimentaba, como por ejemplo el hecho de que cuando estaba copulando con la bruja en la cueva Parvanga la sentía ligera sobre mí. En aquella ocasión cerré los ojos para imaginar que era Durga, y en cuanto los abrí de nuevo pude ver que realmente era ella. Sin embargo, en esa transmutación nada sensiblemente físico había cambiado en mi percepción del contacto, solo la imagen de la mujer que contemplaban mis ojos.

Hacia la caída del sol empecé a sentir una cierta inquietud. Tras nuestra curiosa comunicación Ma Ananda se había sumido en un largo, silencioso y quieto trance meditativo; aunque mantenía los ojos abiertos parecía no mirar nada en concreto, no diría que la veía ausente, porque no lo estaba, no era eso, solo que había parado el mundo porque a su sabio entender no había más que decir. Entretanto, yo aguardaba la llegada del *sadhu* como si tuviese un hambre extraña que solo él podía saciarme.

Abandoné la casa para ir a dar una vuelta por los alrededores, y justo al salir descubrí una puesta del sol tan espectacular que quedé absolutamente embobado en su contemplación. Eso sí, tuve que volver para abrigarme bien, porque hacía un vientecillo frío, más bien helado, que me dejó clavado en el primer intento a pocos metros de la puerta. Más confortable ya con el abrigo que me eché encima, me alejé hasta los alrededores del poblado y busqué un sitio a resguardo del viento desde el cual contemplaba la esplendidez y el hipnótico colorido de las últimas luces. Debía estar helando ya, sin duda, y no poco. Se dejaba notar el mordisco del aire congelado en la cara o en las manos, pero aun así, me acurruqué sobre mí mismo y continué allí, disfrutando del asombroso paisaje de las montañas más altas del mundo, cuya inmaculada blancura en las cimas viraba lentamente a un espectacular degradado de azules y rojos producidos por los últimos reflejos de sol. El hielo, la soledad y las gigantescas cumbres me hicieron olvidar que apenas a doscientos metros de mí había cabañas y gente; me sentí profunda y absolutamente solo en el mundo. Pero entonces, sucedió algo.

—*¿Cuántas veces uno encuentra algo que no busca, y eso es justo cuanto precisaba hallar?* —oí de sopetón a mis espaldas.

Inicialmente me sobresalté, me quité la capucha que me cubría la cabeza e intenté atisbar quién había allí, quién había pronunciado esa frase que me resultaba tan familiar.

—¡Pero si es mi cachorrito, que se ha hecho tigre! ¡Qué alegría!

Evidentemente el *sadhu* Maheshwaraji estaba por allí, oculto a mi vista y tomándome el pelo como era habitual. Se escondía juguetón tras la piedra que me servía de refugio y desde algún lugar iba lanzándome sus frases consigna, eso, y además piedrecitas, que se me venían encima con insidiosa insistencia. El *sadhu*, a su edad, tenía en ocasiones el humor de un niño. Lo cierto es que no me molesté en absoluto, al contrario, sonreí y me quedé quieto y sin responder nada. Como sospechaba que acabaría apareciendo ante mí, disfruté de la situación desde mi recogimiento, sonriendo de puro placer ante el inminente reencuentro con el maestro. De hecho, esperaba que surgiese de pronto volteando la piedra, pero el santón volvió a darme una sorpresa, porque estaba justo encima, mirándome desde arriba de la roca en la cual yo me respaldaba. Me di cuenta de eso un poco sobresaltado, cuando él añadió calmo y ronco desde su posición:

—Ahora ya debes conocer la respuesta a mi pregunta. Una, una sola vez en la vida uno halla la magia, el instante de suerte, aquello que da sentido a todos los días de nuestra existencia, ¿sabes?

Alcé la vista girándome y le vi allí de cuclillas, con los ojos saltando directos a mí y la cabellera larga, suelta al viento, arrastrada con fuerza sobre sus hombros y su rostro.

—¡*Namaskar*[6] maestro! —entoné emocionado, llevándome las manos juntas frente al rostro.

—¿*Namaskar*...? ¡Qué hindú te has vuelto, además de azulado!

Tras decir eso, y como si se tratase del chiste más gracioso, el maestro estalló a reírse de mí como antaño. Solo había una diferencia: el efecto de sus risotadas ya no me ofendía en lo más mínimo, al contrario, me sumé y empecé a reírme con ganas y una sintonía inédita con ese hombre. Sin duda lo notó y se sintió complacido, porque una curiosa y espontánea complicidad acababa de nacer, paradójicamente, cuando ya nuestra relación parecía tocar a su fin.

Anochecía y el frío era cada vez más intenso. El *sadhu* descendió silencioso de la roca y se puso nuevamente de cuclillas, esta vez frente a mí. Sin decir nada aún, me hizo una cómica reverencia con las manos frente al rostro, imitándome muy serio, y dijo de nuevo:

—*Namaskar Babají!*

Y no pudo sino romper de nuevo a carcajadas. Yo simplemente sonreí por la comicidad, aunque no le veía tanta gracia al asunto como para desbordarse de risa; lo realmente significativo era la desaparición de aquella susceptibilidad mía con la que el santón había jugado tanto, ¿acaso me estaba poniendo a prueba? No me impor-

---

6 En India y Nepal existen dos salutaciones que son habituales y respetuosas: «*Namasté*», usada en general y con personas de igual o menor edad a quien la prodiga, y «*Namaskar*», que se usa con personas mayores o a quienes se defiere un trato de especial respeto.

taba el hecho, sí percatarme que ya no me daba tanta importancia como para sentirme ridiculizado, ni pensar que cuando hacían eso se burlaban de mí, idea que me habría conducido otrora a la irritación más ofuscada. Ahora podía disfrutar de sus variopintas y estrafalarias escenas sin verme ofendido, lo cual me permitía reír con él o no; en cualquier caso actuar sin coacción, y darme cuenta de que aflojarse riendo era la predilección natural de aquel hombre, y había observado en ocasiones que lo hacía incluso cuando estaba solo.

Tras unos instantes, el *sadhu* acalló de pronto su hilaridad y me miró con detenimiento, casi con minuciosidad, en un ademán semejante al de Ma Ananda cuando veía más allá del cuerpo. Se tomó su tiempo, luego dijo:

—Has mejorado mucho, los colores están más puros, bien distribuidos. El azul está precioso —añadió observando por encima de mi cabeza. A contraluz, no le veía claramente los ojos, pero su mirada era tan intensa que los percibía de otra forma—. ¿Cómo va tu *lingam*, mmmh? ¡A ver, enséñamelo!

El abuelo me ordenó eso con exigencia militar, me dejó descolocado.

—¿Que enseñe... qué? —pregunté completamente sorprendido—. ¿Me está pidiendo que me baje los pantalones aquí, con este frío? Pero ¿qué quiere ver?

—¡Ja, ja!, ¡bueno, bueno, si no te atreves a enseñármelo confiaré en que aún esté entero! Dado que vas a ser mi yerno, yo solo estaba interesado en comprobar lo que ha quedado de eso después de tratar con mi hija, ¡ja, ja, ja, qué risa! —Hubo una pausa, el viento y su mirada parecían explicarme algo más allá de la razón—. Ven, acércate a mí —añadió.

Salí de mi cobijo y me puse al viento, tal como me pedía. El maestro, que iba muy desabrigado y no parecía tener frío, me solicitó que me sentase con las piernas cruzadas frente a él; se quedó perfectamente quieto durante acaso uno o dos minutos, luego me impuso las manos sobre la cabeza y pronunció unas frases rituales en sánscrito, palabras que no llegué siquiera a oír con claridad, porque el viento arreciaba y se llevaba la voz del santón a impensables confines. Acaso no hacía falta que las entendiese, ni siquiera que las oyese, porque acto seguido tuvo toda la intención en aproximarse a mi oído para pronunciar, esta vez sí, con diáfana claridad: «Ganesh».

—Eres un *sadhu*... Ganesh es el nombre con el que renaces y es el nombre con el que morirás también, porque un *sadhu* entrega toda su vida al conocimiento, un *sadhu* es un hombre libre que enseña a los demás a serlo, un *sadhu* es un tigre y no es nadie, ahí está su dignidad interior. Como *sadhu*, he estado custodiando un *dhuni* casi toda mi vida; se trata de un fuego sagrado que se mantiene permanentemente desde hace más de quinientos años en un lugar de poder, en las estribaciones del gran Himalaya. Con absoluta regularidad he ido a ese lugar a restablecer mi fuerza y mi relación con el mundo, ha sido como mi verdadero ombligo en esta existencia. Ese fuego siempre está vivo, en mi ausencia un discípulo asceta se ocupa de que el *dhuni* nunca se apague. Mi maestro, Satchitananda Mahaprabhu me entregó la tutela cuando yo era aún muy joven, a partir de ahora tú serás el *sadhu* custodio y estarás vinculado de por vida a ese lugar de poder. Allí aprenderás que el mundo, tal como lo contemplamos, es solo una apariencia, es maya, ilusión, y lo podrás experimentar junto a quien habita permanentemente en aquel lugar, el Baba Shivayotir, un hombre asilvestrado pero extraordinario, quien te enseñará muchas cosas del misterio que entraña la naturaleza. Eso sí, tendrás que acostumbrarte a aprender de otra forma porque el Baba no habla desde joven, como Ma Ananda, y además este no escribe notas, hay que entenderlo de otra forma. Cuando sea el momento, Shankar te conducirá hasta allí; desde que es mi discípulo, casi siempre me ha acompañado a las ceremonias del *dhuni*.

El santón no añadió nada más. El frío se había hecho tan intenso que yo, pese a ir mejor abrigado, me congelaba, de manera que busqué refugio en el recoveco que brindaba la gran roca, al amparo del viento. El anciano, entonces, se acercó también y se sentó a mi lado con una simple sonrisa, cruzó las piernas y me pasó el brazo por encima del hombro; yo hice lo mismo y nos ceñimos como en una sola pieza, como si fuésemos un solo hombre contemplando aquellas últimas, preciosas, exiguas ya luces del día. Nunca antes el santón se había comportado de semejante forma conmigo, pero fue tan natural que parecía haberlo hecho siempre así. En aquellos instantes, él era el padre que dona todo cuanto ha poseído a su hijo, el tigre viejo que ve como su cría ya no es un cachorro y le cede todo el territorio de su existencia.

No sé cuánto tiempo debimos pasar allí en silencio, acaso horas pese al frío. Lo cierto es que aquella distancia, aquella frontera que existe y se percibe entre uno mismo y otra persona, por próxima que esta sea, desapareció. No hacía falta decir nada, solo estar allí con nuestra presencia sumada respirando aquellos instantes sublimes. Si llegó el momento en que nos levantamos de aquel lugar, fue por alguna misteriosa razón que nos puso de acuerdo en hacerlo, más allá del frío que ya no sentíamos y sin mediar palabra alguna.

40

LA MONTAÑA DE LA MUERTE

Aquella noche, Ma Ananda y Yusâidhan Maheshwaraji hicieron el amor. En realidad no sé si se estaban penetrando, solo fui testimonio, entre las sombras, de que desnudos pasaron la noche entera amándose, emanando mucho más amor que propiamente sexo, algo a lo cual no les importaba que yo asistiese. Para mí, ver aquellos dos ancianos entregados a la ternura de las caricias, los besos y los jadeos fue un acontecimiento mágico, porque entendí que se estaban despidiendo, que por última vez en este mundo se amaban de esa forma, que dos largos caminos habían sido andados juntos, hasta que las nieves del tiempo otorgaron aquella blancura a sus largos cabellos, ahora fundiéndose en aquel abrazo último, tal vez el mejor, el más sagrado, más aún que el primero. Desde lo más profundo de mi alma, comprendiendo como comprendía, no pude ni quise evitar unas lágrimas ante algo tan bello.

Tras la escena de amor, que duró horas y que yo presencié embelesado, me había quedado profundamente dormido en la hamaca. De pronto, alguien me tocó el brazo suavemente; abrí los ojos y era como si aún soñase, porque contemplé a la angelical Ma Ananda, cubierta con una túnica blanca y sonriéndome de forma transparente:

—Ganesh —pronunció la dama con voz suave y harmoniosa.

Solo dijo mi nombre, tras un montón de años sin decir una sola palabra, pronunció el nombre de mi renacer y continuó sonriendo. Me incorporé fregándome los ojos para cerciorarme de que no era un sueño, y al volver a contemplar sus ojos nítidos en mí, no pude sino arrodillarme frente a ella para demostrarle mi más sentida veneración hacia su presencia. Ma Ananda, que se hallaba de pie aún, sostenía algo en la mano, alzó mi rostro y me lo puso al cuello: era un *mala*, un collar de ciento ocho cuentas hecho con semillas de *rudraksh*, era el collar del viejo *sadhu*. Tras percatarme de ello, miré de nuevo a la anciana, quien me acompañó levemente de los brazos para que me incorporase; inmediatamente y de forma irracional, acaso telepática, supe que el anciano maestro se había marchado ya para siempre. Su *shakti* me entregó entonces una nota que ya tenía redactada para mí. Decía así: «Mi consorte, tu maestro, se ha marchado hace unas horas con un grupo de peregrinos hacia el monte Kailash. Tienen que hacer un largo trayecto que les llevará dos semanas de camino muy duro; lo cierto es que podría haber llegado hasta allí de otra forma, como lo hacen los turistas, pero él es un *sadhu*, y los hombres como él viven las cosas así. Otra grandeza del *sadhu* es que sabe morir. Nuestro amado ha elegido hacerlo en la montaña de Shiva y con esto quiero también decirte que ya no volveremos a verle más como le hemos conocido: este es su último viaje, el mejor de todos, el viaje que le lleva conscientemente a su propia desaparición de este mundo.

»Hay otro motivo por el cual Yusâidhan Maheshwaraji tiene que ir hasta ese lugar para finalizar su camino: es un Hombre Lingam, como tú. Él es la punta de flecha de una liberación colectiva, en especial para tres hombres y cinco mujeres, entre ellas yo misma, el grupo de viajeros tántricos de la libertad, unos hombres y mujeres que a su vez arrastrarán a otros seres preparados para viajar en su efecto de succión. Su cualidad tan especial nos brinda la oportunidad de viajar con él más allá de la condición que nos hace renacer en este mundo. A mí, aunque no haya podido desplazarme al Kailash junto a mi consorte, me corresponde ir justo detrás de él en ese viaje y, como los demás viajeros, estaré esperando hasta que sienta la aspiración de ese instante para entrar en la flecha tántrica y desaparecer juntos. Anoche nos despedimos, ya lo sabes, pero solo como alguien que echa una última ojeada a una casa donde ha vivido mucho tiempo, acaricia con los ojos las formas amadas, siente el tacto de los muros que le han dado cobijo y, con gran amor por lo que deja, se va, sin volver ya la vista atrás. Así es, porque ha de ser así para los seres auténticos.

»El *mala* que ahora llevas tú al cuello es el que ha llevado como *sadhu* mi consorte durante toda su verdadera vida. Ahora es tu *mala*, el Mala. A él se lo entregó su maestro, Satchitananda Mahaprabhu, y él te lo ha legado a ti porque eres el *sadhu* que le sucede en el trono del tigre.

»Durga es fuerte, lo sabes de sobra. Estuvo aquí hace días y recibió de nosotros todas las bendiciones. Sabe que no hemos de volver a vernos como somos, como nos hemos conocido, y aun así, aún siendo hija de nuestra sangre, no derramó ni una sola lágrima, porque como nosotros, en vez de mirar la pérdida, vio la libertad a la que nos abrimos en cada uno de nuestros actos, vio con ojos de diosa, en vez de mirar como una hija. No siempre es fácil entender tan grandes motivos para no derramarse en llanto.

»Has de saber que la felicidad de nuestra pareja está en haber dado a luz una hija extraordinaria y más tarde haber hallado el consorte con quien debía formar su propio Tantra. Es extremadamente difícil conseguir eso, damos las gracias por haberlo logrado, sois vosotros la fuerza con la que se proyecta nuestra flecha, sois el arco lanzándonos para atravesar hasta lo desconocido, nuestro Tantra es posible gracias al vuestro. No es un matrimonio de convención, no somos en realidad nosotros quienes os habremos llevado a las bodas, es la fuerza de todo eso, todos nosotros no somos sino piezas que colaboran en el gran amor, en el gran Tantra.

»Sed felices».

Tal vez a Durga no le brotaron las lágrimas, pero a mí sí después de leer aquella larga explicación de los hechos, y no me avergoncé de ello cuando miré a Ma Ananda llorando, no de pena, sino de todo, de una mezcla de emociones en las que predominaba el júbilo. No había comentario, ni preguntas, ni reacciones concretas a lo que me dijo, solo una intensa disposición a abrazarnos una vez más, la última también, porque aquel mismo día me marché de allí y no volví a ver los maestros nunca más.

41

LAS BODAS TÁNTRICAS

El nervioso secretario, que ahora me trataba con el máximo respeto, vino a comunicarme que tenía una llamada y que me sugería atenderla en el despacho del Dr. Raschid.

—¿Sí?

—Hola Ganesh...

Una voz dulce y sensual pronunciaba mi nuevo nombre desde el otro lado del teléfono.

—Durga... ¿Dónde estás?

—En Kalikut.

—¿Dónde?

—Calcuta... Estoy atendiendo en la clínica. Lo cierto es que tenía unos minutos entre visita y visita y quería oír tu voz.

—Pero qué enorme placer, ¡qué ganas tengo de verte! Solo faltan cuatro días para la luna llena, ¿cómo es que aún no has vuelto?

—No te preocupes, ya enviaré a Darukha a tiempo...

—¡Nooo!

—¡Ja, ja, ja! Volveré mañana, pero no nos podemos ver hasta la boda, ya sabes. Oye... ¿Cómo fue en Chilkut? —me preguntó.

—Alguien te debe haber explicado ya, porque sabes mi nuevo nombre.

—Mi padre me dijo que te llamaría así y me gusta para ti. Explícame cómo fue...

Le relaté a Durga lo sucedido en Chitkul, junto a sus padres, y cuando acabé mi resumen de lo más destacado ella permanecía en silencio; sin duda, estaba emocionada y lo entendía perfectamente, creo que se esforzaba por no llorar. He de reconocer que a aquellas alturas sentir eso me causó una cierta satisfacción: Durga también era humana y se emocionaba.

—¿Durga?, ¿estás bien?

Tardó aún en responder, creo que se secaba las lágrimas.

—Sí... Es que, cuando estuve allí creí, sentí que estaba por encima de todos estos apegos, no lloré, me mostré afectuosa, pero fui la fuerte Durga, que no se dobla ante nada. Pensé que ellos deseaban verme así, pero... ¡son mis padres, jamás volveré a verles!, ¡son unas personas maravillosas que me lo han dado todo! Yo...

—Te amo Durga, ¿me oyes? Y me gusta oírte llorar, correría a tu lado para abrazarte, para que llorásemos juntos, porque hacerlo también tiene algo hermoso, ¿no crees?

Pero Durga no añadió nada al respecto.

—Te he de dejar, un paciente me espera... Yo también te amo. Aunque te cueste creerlo, nunca antes se lo había dicho a un hombre, a excepción de mi padre. Nos veremos en la cueva Parvanga, un beso.

Me quedé clavado, encandilado en la silla ergonómica del Dr. Raschid, después de haber oído a Durga decir «te amo». Con una sonrisa dibujada ampliamente en mi rostro, no tenía prisa alguna por acabar de saborear la resonancia de aquel «te amo» tan esperado, tan deseado y que ahora me llenaba tanto que me hubiese podido morir con la satisfacción completa, coronada en aquellas dos simples palabras que me había reproducido un auricular desde la distancia. Después de todo lo sucedido y parecía un quinceañero enamorado.

Fue entonces cuando entró Shankar.

—¡*Hari Om*, Ganesh! He de decirte algo. —El altísimo se sentó al otro lado del despacho y se dispuso a explicarme qué le traía por aquí—. Mira, resulta que mañana viene Durga, viene a esta casa, y claro, no podéis veros, de manera que hoy o mañana a primera hora tendrías que marcharte.

—Mira, justamente acabo de hablar con ella... Y, ¿dónde se supone que debo ir?

—Pues... —titubeó un instante— lo mejor sería que estuvieses en algún sitio cercano a la cueva.

—Bien, me buscaré un hotel en Chandigarh...

—No, un hotel en la ciudad no, tendría que ser un lugar más austero y tranquilo, has de meditar. Creo que lo mejor es que tomes un taxi y te vayas a la aldea donde estuvimos juntos después de vuestro último encuentro. Alquila una de aquellas casitas, por unas pocas rupias más aquellos campesinos te prepararán las comidas, ¿te parece?

—Pues... sí, pero, los preparativos de la boda, ¿qué?

—No te has de preocupar por eso, yo iré el día anterior, me acompañarán unos cuantos hombres y llevaremos todo lo necesario. Eso sí, quedamos en la aldea, si puede ser en la misma casita que ya ocupamos. Y tú, dedícate a meditar, te va a hacer falta.

Justo dijo eso, se levantó y me dejó allí pensando en qué quería decir con lo de «te va a hacer falta». Se me ocurrió que, pese a haberme legado los poderes y ser ahora yo el «Gran Sadhu», Shankar continuaba siendo «el jefe» —cosa que ya le iba—. Me decía lo que tenía que hacer y cómo lo debía hacer, organizaba, se hacía responsable y en cierta manera, a falta del viejo gurú, él era ahora incluso mi maestro, porque lo cierto era que por mucha iniciación que me hubiesen hecho, por mucho que Ma Kundalini me hubiese removido y por más azul que se hubiese vuelto mi aura, yo continuaba siendo un aprendiz, a expensas de la experiencia de Shankar, de Darukha, o próximamente del Baba Shivayotir —el asceta que guardaba el fuego sagrado en la montaña, un personaje que me seducía conocer—, pues dependía de ellos para saber qué se esperaba de mí y cómo llevarlo a cabo. Contrariamente a lo que pueda parecer, eso no me molestaba en absoluto. Shankar era un jefazo, ¡cualquiera iba a negarle autoridad al altísimo! Y Darukha... Ella era imprescindible, empezaba a entender quién es Kali. En realidad, lo que me hizo poner un poco alerta respecto al «te va a hacer falta meditar» era que me temía otro tremendo embate de Darukha tras la dulce boda con su encantador alter ego, eso sí me hacía temblar.

Al día siguiente y después de un fatigoso viaje, llegué a la aldea de las montañas al atardecer, un lugar precioso llamado Chandi. Aunque en mi anterior visita no pude conocer a nadie porque estaba grogui por mis potentes experiencias, recordaba el lugar y me dirigí al grupo de casitas con techo de paja donde me alojé junto a Shankar. En la que ocupamos entonces se había instalado una familia, pero conseguí sin problema que me alquilasen una muy cercana y mejor que aquella por un precio irrisorio. Cené en casa del dueño, quien por lo visto era propietario de todo el grupo de cabañas y me invitó complacido a un picantísimo arroz con *dhal* y *chapatis*[7] junto a su numerosa familia; apenas hablaban inglés, pero fueron muy atentos. Luego, me retiré echando fuego como un dragón, con los poros dilatados como cráteres por el chili, que a los lugareños no parecía afectarles porque aún añadían más cantidad para notar su efecto. Por más tiempo que pasaba en la India, no conseguía habituarme aún al abuso de las especias.

Desde hacía algún tiempo no había notado el más mínimo movimiento de Ma Kundalini, parecía haberse quedado quieta en la cuna de su letargo. No era que lo desease, en absoluto, ya estaba bien un poco de descanso después de tanta agitación, pero el hecho no me pasaba desapercibido. Sin embargo aquella noche, después de pasar el sofoco del chili, me senté a meditar en la cabaña.

---

7 El *dhal* es una crema, generalmente de lentejas, condimentada con especias que suele ser muy picante por la presencia de cayena entre ellas; los *chapatis* son tortas de trigo sin levadura, cocidas en plancha o en piedra al fuego y de consumo muy común en India, donde substituyen al pan.

Apenas habían transcurrido unos minutos que empleé en concentrarme sobre el flujo de la respiración natural, noté un temblor intenso en la base de la columna que me sacudió todo el cuerpo. Por un instante tuve miedo, sabía que aquello eran los indicios de la erupción inminente del volcán. Traté de no temer que sucediese y aun temblando volví a intentar centrarme en la respiración, ahora jadeante, pero empecé a temblar de forma incontrolable. Desde el cóccix, sentí como la serpiente se levantaba y penetraba los primeros pasos de su camino, produciéndome una intensa contracción a la altura del abdomen; ahí, su empuje pareció sostenerse unos instantes, mientras yo sudaba y me agitaba violentamente con escalofríos que me recorrían el cuerpo entero; de pronto subió como un geiser, lo hizo de forma tan repentina que estiró todo mi cuerpo, lo hizo saltar en el aire hasta que sentí como si mi cráneo estallase en mil pedazos. No sé siquiera cómo caí, ni dónde, lo único que sentía era que flotaba en un espacio sin resistencia alguna; como otras veces, dejé de notar cualquier límite, cualquier definición física de mi propio cuerpo y ni siquiera sentía ahora la cadencia del aliento.

—Ganesh, amigo mío, ¿cómo estás? —oí que me decían.

Con cierta dificultad abrí los ojos y contemplé el rostro de Shankar, era mi ángel de la guarda. Habían transcurrido muchas horas desde lo que me aconteció la noche anterior, pero yo no tenía ninguna noción del tiempo. A la sazón, me habían colocado sobre la cama y pese a estar tapado y en pleno bochorno tropical, tenía frío y aún temblaba. Shankar me acarició la mejilla, me besó en los labios y me dio algo a tomar, una tisana caliente que mi cuerpo agradeció, luego, me ayudó a incorporarme.

—Tal vez debí venir contigo, sabía que podía pasar —comentó.

Le miré a los ojos sin culparle de nada. Para mí él siempre estaba donde tenía que estar, me parecía un hombre impecable, y por lo que a mí respectaba, aparecía cuando le necesitaba. Después de tomar la tisana, fui capaz de hablar:

—¿Cuánto tiempo ha pasado?

—Viniste ayer... Son las cinco de la tarde.

—¿Siempre es tan terrible? —le pedí.

—No. Yo también lo he experimentado, entiendo lo que te pasa, pero en cada persona la experiencia es distinta. Creo que tu cuerpo sutil estaba sucio de emociones negativas, embotado por tu forma de sentir y vivir, eso lo hace más difícil y doloroso. Cuando Ma Kundalini ha emergido varias veces y el cuerpo está más puro, se abre el camino y la fuerza puede subir sin ocasionar esas experiencias traumáticas. Llegará el momento en que os conozcáis bien, todo lo que ocurrirá será más fluido y tú más experto en su trato.

Eso, me tranquilizó; la verdad es que entre Ma Kundalini y Darukha me tenían acojonado.

Al día siguiente, Shankar y sus hombres se ocuparon de ir llevando todo lo necesario hasta la cueva Parvanga, pero no quiso que yo les acompañase. Me entregó una tabla de ejercicios de yoga y me dijo que practicase eso y algunas meditaciones. Cuando me sugirió meditar le expresé mi temor de que volviese a pasar lo mismo, pero él me tranquilizó, aduciendo que «lo mismo» nunca pasa y que no creía que volviese a suceder de aquella forma, que meditar me iba a ir muy bien. Además, me recordó que él no estaría lejos y que tampoco serían tantas las horas que se ausentarían. Confié en lo que me dijo y efectivamente trabajé aquel día con ahínco, sabiendo que la práctica de posturas yóguicas y respiraciones me ayudaría a eliminar o como mínimo reducir las resistencias que hacían tan difícil soportar aquellas experiencias de fuerza interior, de *shakti*, como la llamaban los tántricos.

El grupo de hombres, mis conocidos Robi y Asham entre ellos, llegó a eso de media tarde; me hallaron contorsionándome fatigosamente en una de las posturas que me había dibujado Shankar en la tabla; me costaba mucho, mi cuerpo estaba muy rígido. Todos ellos se rieron al verme sufrir intentándolo. Más tarde, cenamos juntos en la cabaña, me comunicaron que ya lo habían dispuesto todo en la cueva y que de madrugada llegarían Durga y las *devada-si* para preparar allí lo que les correspondía. También me insinuaron que acudiría bastante gente, devotos del santón Maheshwaraji y tántricos de los alrededores, habituales de la cueva de Parvanga a quienes nuestra unión parecía resultarles un evento inexcusable. Entonces, me mostraron el vestido que debería usar para la boda y me pidieron que me lo probase, por si había que hacer algún retoque, cosa para la cual venían preparados. Era realmente extraordinario, blanco y ribeteado en hilo dorado, acompañado de un manto suave y liviano de color granate, también ribeteado en oros, un manto que hacía conjunto con un gran turbante del mismo color, ornado además con plumas de faisán. A mí, a primera vista me pareció un disfraz de carnaval, aunque una vez puesto me dijeron que me quedaba estupendamente y que el turbante lucía especialmente bien con la barba pelirroja que yo llevaba entonces. Hubiera querido tener un mejor espejo que aquel de mano para verme entero, porque ellos eran todos hindúes y su estética es otro concepto, digámoslo así. De cualquier manera, me sentía cómodo y lo que más me interesaba era que Durga me encontrase bien con aquel vestido, lo demás me daba igual.

El plan era subir por la tarde a la cueva, hacia las cinco, para darles tiempo a las chicas, quienes llegarían de madrugada, a preparar sus cosas antes de nuestra aparición. Como se trataba de una boda tántrica, esta se celebraría de noche, coincidiendo con la luna llena. Esa tarde, al caer el sol, los hombres que compartíamos la cabaña en la aldea estuvimos meditando en la ladera de una colina próxima. Por la noche, aquellos hindúes me organizaron una especie de despedida de soltero, a su manera. Lo cierto fue que aquello se convirtió en una juerga de aquí te espero y aunque Shankar y yo no tomamos, allí corrió incluso el alcohol, cosa rara entre hindúes; y también, cómo no, los *chilom* de hachís que no paraban de desfilar ante mí; me limité a dar un par de caladas y cogí un ciego tremendo. Si hubiesen estado presentes las *devadasi*, aquello habría sido la orgía tántrica del siglo y hasta los vecinos se habrían apuntado. Pero lo cierto era que todos éramos hombres y nos limitamos a reír, cantar, bailar y, la verdad, pasárnoslo muy bien; hacía mucho que no me reía tanto como aquella noche y me hacía falta algo así.

Al día siguiente llegamos a las proximidades de la cueva a eso de las seis de la tarde, se oía alboroto arriba. Hacía una calor sofocante, nuestra ropa estaba tan mojada que goteaba el sudor del que se empapaba. Justo alcanzamos el llano frente a la gran boca, descubrimos que había allí un auténtico campamento de gente, acaso doscientas personas que habían montado todo tipo de paraditas, como si estuviesen esperando un concierto, o un mitin político. Me habían dicho que habría mucha gente, de hecho, ya con anterioridad habían asistido muchos a nuestro encuentro, pero eran *sadhus*, santones, yoguis y toda la fauna mística que se relacionaba con los tántricos de la cueva. Pero es que allí había familias enteras, gente de todo tipo en una mezcla que se me antojó delirante. Sorprendido, me quedé quieto contemplando todo aquello y miré a Shankar, que también se había detenido con los demás. Creo que a todos nos sorprendía por igual; el altísimo se limitó a encoger los hombros y alzar las cejas en señal de perplejidad. Caminamos entre todas aquellas personas que ocupaban el llano y generaban un bullicio enorme de mercadillo semanal, una marabunta de gente de la calle, incluidos niños, paraditas de comida y otras cosas. Si aquellas gentes se habían juntado allí por motivo de nuestra boda, debían ignorar que era yo quien se casaba, porque lo cierto es que, en su agitación, apenas repararon en nosotros. No podía entender que aquel fuera el ambiente propicio para una boda tántrica.

Superada la primera sorpresa, y después de abrirnos el paso apuradamente entre la muchedumbre, entramos en la gruta, donde algunos tántricos de nuestro grupo impedían con dificultad que los que se agolpaban entrasen también en el interior; allí nos detuvimos en un espacio más tranquilo, donde la algarabía de los de fuera nos permitió hablar.

—¿Qué hace toda esa gente ahí?, ¿hay una fiesta justo hoy? —pregunté.

—Sí, te casas tú —respondió Asham, con una mezcla de ironía y cortesía.

—Ya tenía idea de eso, pero ¿es que han ido poniendo carteles por los pueblos de los alrededores? —comenté, denotando un cierto disgusto.

—Mira Ganesh —intervino Shankar—, no tienes por qué molestarte. Al Gúruji lo conocía mucha gente en todas partes, tenía muchos seguidores incluso en estas montañas, porque hace muchos años que venimos a hacer Kala Chakra en esta cueva, es totalmente normal que quieran conocer a su sucesor. Ya hubo mucha gente en el anterior Kala Chakra, ¿no lo recuerdas? Es normal. Si cuando hemos entrado hubiesen sospechado que eras tú, se te comen vivo, son hindúes, todos nosotros lo somos excepto tú, acaso por eso no acabas de entender cómo sentimos las cosas.

—Es que... Es todo tan folclórico ahí afuera, parece que esperen para ver una película de Bollywood, o un espectáculo de circo, pero si incluso están vendiendo cacahuetes y fritos... Lo siento, me esperaba una cosa más recogida. Me ha sorprendido, eso es todo...

—A mí también me ha sorprendido ver esta vez tanta gente que no conozco de nada, son muchos más de los que suponía, pero ya he aceptado que están ahí y participarán de la fiesta cuando salgamos. Lo importante es que no se nos metan dentro, eso no nos permitiría hacer las bodas. Mira, voy a ir hasta la boca y les pediré que esperen tranquilos hasta que acabemos. No te preocupes, todo irá bien, dejaré unos cuantos hombres protegiendo la entrada para que no nos moleste nadie.

Mientras Shankar se dirigía a pacificar el gallinero, el resto tomamos las cosas y continuamos adentrándonos en la cueva hasta la gran sala del Kala Chakra; cuanto más avanzábamos, más lejos quedaba el griterío del exterior, más silencioso estaba todo.

—¿Y las *devadasi*, y los demás tántricos, es que no están en la cueva? —Estaba algo nervioso y se me notaba.

—Tranquilo Ganesh, tranquilo, todo está bien —me respondió uno de mis acompañantes.

Cuando llegamos a la gran sala de la estalagmita-*lingam*, las resonancias en su enorme cavidad eran espectrales. Allí no había absolutamente nadie, pero en vez de insistir en mis inquietudes, respiré hondo, pues los demás no parecían en absoluto extrañados. Al pie del gran *lingam* estaba la piel de tigre del gran *sadhu*, presumiblemente el lugar que yo debería ocupar; había ornamentaciones y flores por todas partes. En una zona de la gran sala se habían dispuesto alfombras sobre la arena, multitud de cojines y utensilios para comer y beber, muchos de ellos ya bien situados para su uso.

En cuanto volvió Shankar las cosas empezaron a tomar forma. Me pidió que me vistiese de novio e inmediatamente dio unas cuantas órdenes a los demás. La sala fue iluminada con una gran cantidad de antorchas y el gran falo de piedra estaba vestido con una funda de color naranja, ornada de lentejuelas de colores y con toda la punta de lo que sería la enorme verga en un color rojo muy vivo, que representaba claramente la hinchazón de su éxtasis. Desde un soporte que se colocó en su punto cimero, radiales de banderas multicolor empezaron a recorrer toda la sala; luego, entraron más hombres, algunos eran devotos tántricos del santón, pero cinco de ellos en particular iban ataviados de forma vistosa: esos eran los músicos, quienes después de posicionarse sobre la zona alfombrada extrajeron sus instrumentos, unas tablas, un tambor doble, que llamaban *mrindanga*, un armónium, una flauta y... ¡un *sitar*! Allí había alguien que tocaba el *sitar*. Tras acabar la ornamentación, también los demás hombres se pusieron sus vestidos de gala; a mí, que justo acababa de ajustarme el turbante, me condujeron ya sobre la piel de tigre, cuyo rostro de fauces terribles se dirigía a todos los allí presentes desde su posición preferente; ahí me acomodé sobre los cojines que me habían destinado. Todo indicaba que yo era el príncipe, casi el rey, pero lo cierto es que no conseguía entrar en la dignidad requerida, estaba aún un poco cortado.

Mientras los músicos afinaban sus instrumentos, el sonido de los mismos era realmente espectacular en el interior de la caverna, que tenía una sonoridad excelente y actuaba como una gran caja de resonancia global con amplificador incorporado. Todos los hombres fueron tomando posiciones, los tántricos en círculo, yo en el centro de toda esa escenificación y los músicos en el espacio destinado a ellos en un lateral. Nos quedamos en profundo silencio, incluso los de fuera parecían haber callado y la gran cueva manifestó entonces la voz tenebrosa de su naturaleza; de pronto las gotas de agua, cayendo desde lo alto hasta estrellarse en alguna superficie, tomaron todo el protagonismo, creo que todos nos sentimos pequeños por momentos, engullidos en la fuerza de la gran catedral de la naturaleza. Continuamos así largo tiempo, sin aparente propósito, dejando pasar los instantes uno tras otro.

De pronto, sonó una cancioncilla débil y recóndita, pero claramente audible entre las reverberaciones de la sala. Instantes después, la cancioncilla se hacía más sonora y no había ya duda de que, desde algún lugar, un grupo de mujeres se aproximaba a la sala del Kala Chakra entonando a coro lo que oíamos. Nadie movió ni un pelo. Lo cierto es que cuanto más se aproximaban, más consciente era de que el sonido no procedía de la galería que daba al exterior, sino de otra, desconocida para mí en la cueva. Poco después, no solo se oía cómo cantaban, sino que además empezamos a ver relampaguear el movimiento ya visible de las luces con las que se alumbraban; la galería de la que procedían no era poca cosa, nada en aquella cueva enorme lo era, y si antes me había pasado desapercibida era sin duda por estar sumida en la completa oscuridad. Desde mi perspectiva, veía el techo brillar a la luz de las antorchas, e incluso ya la silueta recortada de las primeras mujeres, que sin dejar de cantar avanzaban hacia nosotros. Llegaron en pocos segundos, el círculo de tántricos se abrió para dejarlas entrar justo frente a mí, donde se detuvo la comitiva, clavaron vigorosamente todas ellas sus antorchas en la arena y entonaron una especie de ululación, un sonido extraño y estremecedor que pareció hacer vibrar toda la caverna. Las *devadasi* iban todas preciosas, con sus mejores saris, estaban encantadoras, especialmente Dakini, pero Durga no estaba entre ellas. Una a una se fueron adelantando hasta mí, se inclinaban reverenciándome, luego se aproximaban para besarme en los labios y entregarme una flor que situaban sobre mis piernas, cerca del *lingam*. Pero el beso de Dakini no fue como el de las demás, nuestras bocas se conocían bien y los labios se entrelazaron en algo más, algo que me hizo desearla como tiempo atrás, algo que ella también sintió, mientras situaba su flor para mí, con toda precisión, sobre una incipiente erección que supo intuir bajo la ropa.

En breve, las mujeres habían formado otro círculo, exterior al de los hombres, y los músicos empezaron a tocar: primero fueron unos leves toques en las tablas, acaso redoblados por la *mrindanga*, luego una melodía que fue creciendo desde la flauta, un hilo finísimo de notas en el aire que dio, como por azar, en la vibrante y recién nacida presencia del armónium. Y de súbito, totalmente acariciado por la magia de todo lo demás, apareció el *sitar*, sutil, apenas unas notas resbalando entre la melodía de la flauta. Todos nos sobrecogimos ante algo tan sublime. La música creció, las *devadasi* y los tántricos se mecían dejándose llevar por el ritmo suave, el fuego de las antorchas parecía crecer alimentado por la intensidad que experimentábamos. Fue entonces cuando apareció ella. Durga entró en los círculos que formaban mujeres y hombres saltando con una energía y una gracia inigualables, guiada por una frase del *sitar* que se detuvo con ella justo al tocar el centro, cerca del gran *lingam*, cerca de mí. No podía ver su rostro, que mantenía agachado, hasta que fue elevando la posición, extendió los brazos y se me mostró totalmente abierta:

—¡Absolutamente divina! —exclamé.

Entonces ella empezó a girar y contonearse con la música, tomando todo el espacio, llenándonos a todos de su danza, para luego venir otra vez a mí, con los brazos extendidos y decirme:

—*Sa Ham!*

Yo me levanté y me dirigí hacia ella pronunciando:

—*So Ham, Durga, So Ham.*

—*Sa Ham, Ganesh, Sa Ham.*

Qué decir tiene, estaba radiante, tanto que todas las otras *deva-dasi* quedaban ensombrecidas por la fuerza de su tremenda cualidad de hembra, su *shakti*. Yo no sabía bailar, pero Durga me tomó y me llevó volando, simplemente me dejé ir con ella en la danza, en la música, en el entusiasmo de cuantos allí empezaron a entonar alrededor:

—*Hrim, Krim, Klim...!*

En aquellos momentos, la muchedumbre empezó a entrar en la cueva. Por lo visto quienes trataban de contenerlos en la boca no lo habían conseguido, de manera que vimos como en el espacio de acceso a la gran sala iba apareciendo más y más gente, incluso niños. El bullicio de quienes iban llegando se confundía con la música que aún sonaba, no es que lo hiciesen adrede, pero eran muchos y todos querían ver con detalle lo que estaba sucediendo, lo cual, dada la singularidad del lugar que no era exactamente un anfiteatro, resultaba imposible. Así, los de atrás gritaban y empujaban intentando conseguir una posición que les permitiese presenciar lo que se les debía antojar un espectáculo de lo más tentador. Como es lógico, su irrupción nos afectó a todos los que celebrábamos, de manera que Durga y yo interrumpimos la danza y nos quedamos quietos en el centro del círculo, mientras los músicos continuaban aún tocando, algo contrariados ya. Entonces, sucedió algo que nos dejó a todos perplejos: Durga pareció ponerse tensa, giró sobre sí misma y se escapó del círculo tántrico veloz como el viento, para adentrarse en la oscura galería por la que vimos antes aparecer a las *deva-dasi*. Me quedé a cuadros, pero en cambio, la gente que se agolpaba a pocos metros debió considerar que eso formaba parte de aquel espectáculo tan divertido, con lo cual aplaudieron y silbaron vitoreándonos la escena. Aunque su algarabía duró tan solo un minuto, acaso dos, porque de pronto, desde la oscura galería que había engullido a Durga en su negrura empezó a surgir un sonido estremecedor, más aún, terrorífico, que se veía multiplicado por la resonancia de la gran cavidad. Callaron todos en seco, silencio absoluto. Transcurridos unos instantes, el monstruoso alarido se repitió y la gente que antes apretaba por llegar al círculo retrocedió; un nuevo alarido y todos nosotros también nos recogimos agolpados en el espacio alfombrado que antes ocupaban solo los músicos; pude observar como el del *sitar* se agarraba al mástil del instrumento de forma rígida, como si en cualquier momento tuviese que defenderse usándolo de maza. En un abrir y cerrar de ojos apareció en la arena un ser enorme, negruzco, un monstruo de pelo oscuro y desaliñado que rugía como una bestia; colgaban a su cuello una especie de collares que parecían hechos con huesos; sus uñas eran largas como en las garras de un animal y su rostro abominable, rabioso en su rictus violento, mostrando incluso colmillos que emergían fuera de los labios y denotaban sus terribles fauces; sostenía en las manos dos anillos de grandes objetos semiesféricos, que en realidad pronto pudimos percibir que eran cráneos humanos. La bestia pataleó y pataleó la arena rugiendo, luego y de forma repentina, se abalanzó sobre la muchedumbre, quienes salieron de allí dentro a la estampida, gritando y supongo que pisándose los unos a los otros al salir, mientras aquel ser terrible les perseguía en dirección al exterior.

«¿Seremos finalmente nosotros su cena?, ¿o atrapará alguno de esos desgraciados para saciarse?», pensé. Se me ocurrió mirar a Shankar, a ver si él entendía lo que estaba sucediendo, pero no fui capaz de verle entre la piña que formábamos allí. ¿Dónde se había metido?

Poco a poco, nos fuimos separando de la pelota que formábamos.

—¡Shankar! —grité, pero nadie contestó.

Entonces, Asham, Dakini y yo nos avanzamos con unas antorchas y de manera sigilosa hacia el exterior: todo parecía tranquilo afuera, reinaba el silencio y ni rastro de la bestia. Salimos al exterior. La gente se había marchado a la desbandada, abandonando un montón de objetos en el llano, que ahora iluminaba la luna llena.

—Todo esto es muy extraño —les comenté a mis acompañantes.

—Siempre lo ha sido —respondió Dakini—, no recuerdo ni una sola vez en que viniendo aquí sucediesen cosas «normales»...

Dakini lo dijo en español, y con buen acento; eso me sorprendió, aunque ya me hubiese dado explicaciones al respecto.

—¿Dónde están Shankar y Durga? —pregunté yo en inglés, por respeto hacia Asham.

Pero no dio tiempo a que Asham o Dakini respondiesen, porque de inmediato oímos unas risas que procedían de algún lugar cercano, entre la fronda de los alrededores.

—¡Ja, ja, ja! Es que Darukha cuando se transforma en Kali da mucho miedo...

Era la voz risueña de Shankar. ¿Cómo había llegado hasta allí? Alguien más se reía con él, ¿Durga?

Poco después, las demás personas que permanecían dentro de la cueva fueron también saliendo, incluidos los músicos, todos ellos al parecer temerosos de que volviese la bestia que habían contemplado antes. El ambiente se fue tranquilizando y aparecieron bajo el claro de luna Durga y Shankar, abrazados y riéndose como dos niños. No hubo explicaciones para nadie respecto a lo sucedido, se limitaron a decirnos que estuviésemos tranquilos, que Kali ya se había retirado y que podíamos ir volviendo al interior para continuar con la ceremonia. Aun así, todos pudimos notar el detalle de que Durga iba prácticamente desnuda y eso no era casual, ni tampoco resultaba tan sexy después del susto.

Lentamente volvimos al interior. Cuando Durga entró de nuevo en aquella oscura galería y salió engalanada de diosa otra vez, todos intuimos lo que había sucedido. Con todo, Shankar debió escabullirse en la confusión, tal vez mezclándose entre la gente que huía de la cueva; en cualquier caso, ya daba igual. Cuando Durga volvió, las *devadasi* la acompañaron hasta el centro de la gran sala y los hombres hicieron lo mismo conmigo, mientras los músicos retomaban el flujo de una melodía que parecía no haberse suspendido, y allí nos encontramos frente a frente, Shakti y Shiva. Fue el mismo Shankar quien pronunció unas palabras en sánscrito, que luego tradujo al inglés:

—Vosotros sois la fuerza y la conciencia de ella, sois la tempestad y la calma que llega luego, vosotros despertáis al dormido y calmáis a quien sufre, vosotros sois los padres, desde la naturaleza del cielo y de la tierra. ¡Uníos ahora para que todos bebamos la dicha de vuestra unión!

Dicho esto, el altísimo tomó unos penachos rojos de algodón o hilo que habían sido colgados previamente del gran *lingam* y nos ató las muñecas, a mí la derecha y a Durga la izquierda, ligándonos con dicho penacho. «*Maithuna!*», gritaron los tántricos al unísono, mientras las *devadasi* preparaban ya alimentos y bebida para después situarse de nuevo en círculo en torno al gran *lingam*. Seguidamente, se repitió el ritual de las prendas que ya antes presencié en aquella cueva, solo que ahora estaba más tranquilo y atento, de manera que pude apreciar detalles que antes se me escaparon, como por ejemplo que el hecho de ser ocho hombres y ocho mujeres no era casual en el rito, que eran las mujeres quienes comían y bebían antes y que nosotros tomábamos lo restante, siempre ofrecido a su consorte por la *devadasi* que azarosamente le había correspondido como pareja a cada hombre; al azar, excepto en mi caso, puesto que Durga era mi *shakti* y en eso no había variación. El vino era la excepción, porque circulaba entre todos nosotros en aquel tétrico-tántrico cráneo-bol. Era nuestra boda, pero al tiempo, cada una de las *devadasi* tomó también penachos rojos del gran *lingam* y se «ataron» con ellos también a su *shiva*, casándose así en un séquito de nuestras propias nupcias que acaso para los demás solo comportaría el hecho de unirse esa noche. En realidad, una vez compuestas las parejas, cada una cumplía con su propio festejo; era curioso, estábamos unidos en una especie de seducción colectiva, que aun guardando sintonía era a la vez independiente. Los alimentos que tomamos, casi todos prohibidos por otras religiones, eran los que caracterizan el ritual tántrico y que se llaman «Makaras»: el arroz, la carne, el pescado y también el vino.

Todos participamos del *maithuna*, el amor sagrado, es decir todos los que formábamos parte del círculo tántrico, porque los músicos, quienes ya debían estar perfectamente al corriente de cómo iban esas cosas, se retiraron a tomar sus alimentos al exterior. Después de tomar ese ágape, Durga me llevó de la mano hasta el centro del círculo que formaban los demás, y empezamos a desvestirnos el uno al otro. La sensualidad de aquel desnudarse era tan exquisita que pese a la dificultad de los penachos que nos unían las muñecas todo se aflojó de nuestros cuerpos para permitir el amor. Desnudos ya, como todos los demás, Durga se echó un poco hacia atrás y separó las piernas para que yo adorase debidamente su círculo de fuego, su *yoni* exultante ante mí. Veneré aquella flor, aquella joya de su precioso cuerpo con toda mi alma, lo besé, lo humedecí y lo abrí con mis dedos para poder contemplar y admirar la belleza de aquel sexo exaltado que me recordaba un higo perfectamente maduro y dulce al ser abierto; una vez más llevé mi boca hasta él y tomé de su néctar, que se me antojó más dulce y sabroso aún, mientras ella exhalaba placer:

—*Sa Ham, Ganesh, Sa Ham* —pronunciaba jadeante Durga.

Luego, ella veneró mi *lingam* con el tacto y el erotismo justos, haciéndome subir a una erección tan sublime que lo notaba enorme, henchido más allá de la sensación habitual; sujetándolo firme, se puso sobre mí y empecé a entrar en su maravilloso *yoni* con una felicidad desbordante, con un gozo que excedía la sensación de un simple orgasmo, hasta llegar al fondo de ella y fundirnos, no solo en nuestro propio placer, sino en el placer de todos los que allí jadeaban llenando el espacio de energía sexual. Algunas *shaktis* estallaban en orgasmo, gritando, elevando el tono de aquel amor que crecía y crecía, que nos recorría a todos como un único sexo.

No debió pasar mucho tiempo hasta que Durga y yo notamos como nuestras pelvis vibraban por sí mismas y Ma Kundalini se movía en ambos con una fuerza incontestable que pronto nos atravesó de forma ascendente. Durga gritó como solo lo sabía hacer Darukha-Kali, como una verdadera bestia. Yo simplemente me dejé aspirar, no ofrecí esta vez la más mínima resistencia, ni sentí el menor temor, dejé que creciese ante mi asombro, ante mi éxtasis, nuestro éxtasis, el éxtasis total.

42

EL *DHUNI*

Cuando supimos que Ma Ananda había muerto, aún no conocíamos la noticia de que tres meses antes el maestro Maheshwaraji también había sido dado por muerto, presuntamente congelado en los glaciares del Kailash, aunque nunca se localizó su cuerpo —acaso era el inicio de una leyenda sobre el gran santón Maheshwaraji, ¿quién podría llegar a saberlo, si simplemente desapareció una noche entre los heleros?—. Sentí una soledad extraña, profunda, sin precedentes. No estaba solo en el mundo, me llegué a sentir solo en el universo, en la propia existencia, porque sentí el desgarro de perder a mis propios padres. Durga se retiró al saberlo, no me dijo dónde iba, pero pasó varios días fuera, argumentando que necesitaba estar completamente sola, aunque creo que de otra soledad diferente a la mía. A mí no me gustó su reacción, hubiera preferido estar juntos tras esa trágica noticia, que compartiésemos lo que sentíamos tras esa pérdida anunciada y prevista, pero Durga, con su fuerte carácter, era bastante imprevisible en la gestión de sus emociones, y a veces incluso hermética. Llevábamos poco tiempo juntos pero hasta nos habíamos inscrito en el registro matrimonial, con lo cual éramos marido y mujer en toda regla y de paso yo había regularizado mi situación en la India; pero aun en ese periodo de la relación que se supone tan dulce, buscó ese alejamiento sin explicaciones, con lo cual, además, me hizo vivir la situación de forma menos expresada. Quién sabe, tal vez fuese mejor así.

Uno de esos días que yo trataba de pasar sin pensar demasiado, Shankar vino a buscarme.

—Prepárate, Ganesh. Nos vamos de viaje...

—¿De viaje, a dónde?

—Hemos de ir a la ceremonia del *dhuni*, ya es hora que sepas qué es y dónde está. Además, tienes que conocer a alguien.

—¿El Baba no-sé-qué? —le pedí.

—Shivayotir, el Baba Shivayotir, un gran yogui, él sí que es un verdadero *sadhu*.

—El maestro me habló de él, sí... ¿Qué quieres decir con lo de verdadero *sadhu*?, ¿es que nosotros no lo somos?

—Nosotros somos distintos, venimos de una tradición diferente a la de la mayoría de *sadhus* de la India, aunque tenemos muchas cosas en común. Déjame que te lo explique un poco, verás, el *swami* Satchitananda Mahaprabhu, quien fue maestro del nuestro, procedía de un antiguo linaje místico de tantra rojo, no muy bien visto por los *brahmanes* puritanos, porque considera la renuncia de sus adeptos de una forma intolerable para ellos. Los *sadhus* de este linaje, al que tú ahora también perteneces, tienen todas las licencias para hacer absolutamente lo que sea, siempre y cuando no lo hagan para sí mismos, es decir, siempre que el propósito de sus acciones vaya más allá de su persona y sea para garantizar la continuidad del conocimiento que poseen. Ahí es donde radica la diferencia de nuestra renuncia, porque nosotros renunciamos a la finalidad propia, para poder abandonar así toda forma que nos ate, mientras que los *sadhus* ascéticos, la mayoría, se someten a todo tipo de privaciones y promesas, se repremen el instinto hasta un punto difícil de entender para un hombre de conocimiento. Aun así, he conocido ascetas ante los cuales me inclino a besarles los pies, porque son auténticas joyas de la sabiduría, y entre ellos, el Baba Shivayotir. Ya verás, eso es un yogui de verdad, te encantará conocerlo y vas a aprender mucho de él, te lo garantizo.

Después de ser tan alabado por el viejo maestro y presentármelo así Shankar, lo cierto es que estaba deseoso por conocer a ese personaje tan «asilvestrado», como lo calificó el propio santón.

Emprendimos el viaje en la pequeña furgoneta del altísimo Shankar, quien tenía que conducir algo gacho en la cabina dada su altura, aunque eso no parecía importarle en absoluto. Ir de viaje con él me pareció excelente, porque tenía ganas de compartir y aclarar ciertas cosas. Pronto, abandonamos el espeso tráfico de Delhi y tomamos dirección a Haridwar, según me informó el chófer.

—¿Sabes dónde ha ido Durga? —le pregunté.

—¿Se ha marchado? Debe haber ido a la clínica de Calcuta, o a la de Venarés, ¿no?

—No lo sé, me dijo que necesitaba estar sola para asimilar la pérdida de sus padres, ¿tú crees que eso es normal, con el poco tiempo que llevamos juntos?

—Durga no es fácil, todos te advertimos. Tendrás que aprender a convivir con ella, y dejarle espacio, es una mujer muy fuerte.

—Ya lo sé, pero es que me fastidia, porque ni siquiera me ha dicho a dónde iba, como si no fuese de mi incumbencia.

—No te preocupes, volverá, o tal vez venga Darukha a echarte una mano, ¡ja, ja! Durga te ama, lo sé, hace muchos años que la conozco, quizá seas el único hombre que ha amado de verdad hasta ahora. Yo hubiera deseado ser el elegido, porque hace tiempo estuve perdidamente enamorado, pero lo único que hizo fue jugar conmigo...

—¿Durga y tú...?

—Sí, Ganesh, hicimos el amor muchas veces, yo aún era un jovencito inexperto y me enseñó muchas cosas, pero también sufrí el mordisco de la pantera y me costó superarlo.

—Y últimamente, ¿habéis tenido algo? —le pedí suspicaz.

—¿Estás celoso?

—Pues... Creo que un poco, sí.

—No amigo mío, tranquilo, no volvió a suceder más. Pero escúchame bien: más vale que te cures esos sentimientos porque de otra manera lo pasarás muy mal con Durga.

—Supongo que tienes razón. Dime una cosa, Shankar, ¿tú crees que el maestro se dejó morir de frío?

—Sí, creo que es una manera de entenderlo, o mejor, que escogió el momento de su muerte. Era un hombre muy potente, Durga se parece a él en muchos aspectos. Y Ma Ananda, creo que también eligió morir en cuanto supo que era el momento. Las noticias dicen que pasó un tiempo entre una cosa y la otra, pero tú y yo los conocimos y sabemos qué tipo de gente eran. Yo estoy convencido de que sin que le diesen la notificación, Ma Ananda ya lo sabía e hizo lo oportuno.

Después de llegar a la ciudad santa de Haridwar, tomamos una carretera que subía hacia las montañas y que nos condujo a Rishi-Kesh, a orillas del Ganges. Shankar me llevó a dormir a un pequeño *ashram* de tántricos, donde por lo visto se alojaban siempre el maestro y él cuando iban al *dhuni* de las montañas. Lo cierto es que el lugar era muy modesto, pero nos trataron con tan amable hospitalidad que lo que nos ofrecieron para comer y dormir suplía con creces cualquier comodidad de hotel.

Al día siguiente tuvimos que contactar con un chófer que nos llevase en un todoterreno, porque el lugar estaba muy alejado y era imposible transitar las pistas que llevaban hasta allí con la furgoneta de Shankar. Según me dijo, en ocasiones iban a pie, pero eso llevaba toda una dura jornada de camino desde Rishi-Kesh. En cuanto nos montamos en aquel Tata destartalado, es la tónica general, empezamos a subir y bajar pistas estrechísimas y embarradas en medio de la jungla, obligados a tomar curvas tan cerradas que en ocasiones ya nos preparábamos para bajar y empujar en medio del barrizal; otras veces temíamos que por inclinarse tanto fuésemos a caer por la empinadísima ladera. Por fortuna, el Tata aguantó y subió hasta arriba de todo como un campeón, eso sí, esquivando constantemente gente, vacas, borriquillos cargados e incluso un elefante que estaba justo en medio del paso, ¿qué hacía un elefante allí?

Tras casi dos horas de viaje, Shankar le hizo señas al chófer para que parase por allí mismo. Era la entrada a un pueblito montañés aislado, pero donde se veía mucho movimiento, se llamaba Neelkant Mahadev y Shankar me informó que era un lugar de peregrinación. Ahí nos quedamos, el resto había que hacerlo a pie, una hora y media de camino, tal vez dos si íbamos despacio, me dijo. Solo una breve parada para tomar agua y nos pusimos a caminar enseguida; el camino era muy largo pero el paisaje lo amenizaba, porque aquellas estribaciones de los Himalayas eran una preciosidad. Por la tarde, y después de recorrer un último tramo muy angosto donde el camino parecía perderse, llegamos a un claro en el bosque, un poco más allá se divisaba una colina de poca altura y justo encima lo que aparentaba ser un pequeño templo blanco de formas redondeadas. Mi compañero me miró sonriente y me dijo que allí estaba el *dhuni*.

Mientras avanzábamos hacia la colina, pude ver medio escondida entre la fronda de la jungla una cabaña sencilla y primitiva, que inmediatamente supuse la morada del Baba custodio.

—*Hari Om!* —exclamó Shankar al pasar frente a la cabaña, pero nadie respondió y continuamos caminando rumbo al templito de la colina.

Había un sendero muy marcado, que denotaba el tránsito constante de quien velaba aquel lugar; curiosamente no subía de forma directa, sino que iba dando rodeos un tanto insólitos e incomprensibles, aun así, seguimos estrictamente su rocambolesco recorrido hasta alcanzar la cima. El pequeño edificio de adobe no debía tener más de dos metros de alto y acaso poco más de ancho; en el centro de su redondeada cúpula había una prominencia que no era solo decorativa, sino que hacía las veces de chimenea, cosa evidente, pues de allí surgía un hilito de humo constante, cuya fragancia de leña pudimos detectar al instante. Dimos toda la vuelta; la única puerta de acceso daba al norte. No sin cierta dificultad, sobre todo para el gigante de mi amigo, entramos en el minúsculo recinto del *dhuni*, un fueguito en su mínima expresión, casi sin llamear pero vivo, que se conservaba allí. Aun siendo un pequeño fuego y pese a tener unas escotillas de ventilación el templito, la temperatura dentro era insoportable, por lo que me quise marchar enseguida, pero Shankar me tomó del brazo:

—Quédate —me pidió.

Nos sentamos los dos alrededor de las piedras que limitaban el espacio del fuego, él entonces cogió un poco de la abundante ceniza apagada de los márgenes y me pintó con ella la frente, luego, untó también la suya. Eso no me sorprendió, porque es característico de los santones en la India.

Aquello era una sauna, al cabo de poco rato sudábamos los dos a raudales y tuvimos que tomar agua para no deshidratarnos, pero continuamos aún quietos en el interior. No pasó mucho tiempo hasta que pudimos percibir que alguien se aproximaba por el sendero; aunque lo hacía lentamente, sus pasos eran claramente audibles:

—*Hari Om!* —exclamó de nuevo Shankar.

Quien quiera que fuese, dio unos pasos aún más lentos volteando el templete, pero ninguna respuesta a la salutación. Un instante después, teníamos frente a la puerta del *dhuni* a un individuo bajito y negro, casi desnudo a excepción de un taparrabos, de larguísimas melenas enredadas en rastas y sujetas en un enorme moño que le hacía parecer un poco más alto. Se llevó las manos a la frente y se inclinó ante nosotros en silencio, luego, entró y tomó asiento a nuestro lado. Shankar se dirigió a él en hindi, pero entendí que me presentaba, pues me miró y pronunció mi nombre.

—Ganesh, te presento al gran yogui Baba Shivayotir. Él no habla desde hace mucho tiempo, ni siquiera escribe, pero me ha hecho saber que celebra conocerte, porque ya sabe que tú serás el protector del *dhuni*.

—¿Cómo te ha hecho saber eso? No ha hecho ni un solo gesto.

—¿Tú crees en la telepatía? —me pregunto Shankar.

—Pues, no sé, supongo que sí...

—Tú aún no estás receptivo a él como yo, no tienes la debida sintonía, pero pronto podrás leer todo lo que el Baba dice sin pronunciar una sola palabra, y además lo entenderás aunque no hables hindi, ni él inglés, sencillamente entenderás lo que piensa.

Yo no respondí, porque percibí algo curioso en la mirada intensa que el Baba me dirigía; empezaba a intuir que aquel prodigio del que me hablaba Shankar era totalmente cierto.

A un lado del pequeño recinto había un poco de leña bien apilada y preparada para el *dhuni*; el Baba se levantó, hizo unos gestos frente al fuego y luego se puso de cuclillas, inspiró profundamente cruzando los ojos en dirección a las cejas y exhaló su aliento sobre las brasas ya exiguas del *dhuni*; cuando las hubo avivado, añadió un par de pedazos de leña con gran delicadeza y el fuego comenzó de a poquito a tomar aquella madera en su nueva llama. Shankar entonces me explicó que a continuación íbamos a celebrar una ceremonia llamada Agnihotra, que él pronunciaría las oraciones, pero que en un futuro me enseñaría su recitación, pues sería yo quien debería declamar las palabras en sánscrito. Curiosamente, la sensación de calor que tanto me agobiaba antes se había convertido ahora en algo agradable, algo que nos fundía a los tres en aquel reducido espacio, algo que nos hacía afines al fuego que quemaba en el centro; era como si en realidad aquel fuego quemase dentro nuestro mientras lo veíamos arder en el exterior. Observé al Baba: el hombre se hallaba fijo, yo diría que abstraído en las llamas del *dhuni*, mientras ejecutaba un rítmico movimiento ondulante, que a veces le conducía espontáneamente adelante y atrás, como tan pronto le llevaba a dibujar suaves circulaciones en torno al eje de su asiento, unos movimientos que parecían mecerle desde un impulso más allá de sí mismo. Shankar se dejó llevar por la sutil danza del Baba, y yo hice lo mismo, sin esfuerzo, solo era necesario dejarte ir y te arrastraba, notabas que aquello era capaz de movernos a todos al unísono, porque no era su movimiento en particular, sino más bien la sintonía del Baba con un hecho misterioso cuya presencia y efecto eran innegables.

En plena absorción, en la intensidad absoluta y a la vez sencilla de cuanto estaba sucediendo, de pronto empezaron a brotar de los labios de Shankar las palabras de la oración del Agnihotra: «OM TRIAYAMBAKAM YAJA MAHE SUGANDHIM PUSTHI VARDHANAM URVARUKAMIVA BANDHANAN MRITYOR MUKSHIYA MA AMRITAT OM». La recitación de aquellas palabras se fue repitiendo una y otra vez. Al principio era incapaz de seguirlas, pero más tarde empecé a entrar en su sonoridad y a sentir una afinidad incomprensible con esa oración que jamás antes había escuchado y que sin embargo se me iba haciendo más y más familiar, hasta el punto de que me parecía reconocerla en lo profundo de mi mente como si fuese algo olvidado hacía tiempo, pero que ahora emergía con toda la fuerza y experiencia renovadas. No fue difícil empezar a entonar el himno, vibrar en su recitación y fundirme en el sonido, al extremo de que ya no sabía si cantaba o no, solo que estaba vibrando en la potencia fonética, en la experiencia tremenda de aquel sonido dentro del templito, frente al *dhuni*. Durante mucho tiempo nos dejamos ir en el cántico y en el movimiento espontáneo de nuestros cuerpos, un movimiento que parecía regido por una misteriosa y única batuta, una coreografía que sin ensayo alguno resultaba perfecta en sí. De hecho, llegó el punto en que perdí aquella noción de mi propia individualidad y tan solo existió el suceso, extendiéndose en las repeticiones y en algo que ya no era tiempo, algo indivisible e incalculable como un instante perenne.

Me desperté con el cántico de los pájaros y otros sonidos de la jungla que se combinaban en una amalgama que, para mí, después de haber pasado la noche entera arrobado en la ceremonia del *dhuni*, era una experiencia de sonido cautivadora; me resistía a abrir los ojos, para poder así capturar con mayor atención la riqueza de aquel concierto natural. Se me hizo evidente que en el sonido que lo englobaba todo estaban los pájaros y otros ecos indescifrables para mí, pero también, detrás de los más intensos, era capaz de discriminar otros rumores que también formaban parte del gran sonido. En cuanto me hice consciente de ellos, entré en otro nivel, para descubrir que más tenuemente existían una infinidad de pequeños y sutiles matices, un fondo sostenido a la melodía de los más fácilmente audibles, en el cual fui capaz de entrar y continuar aun allí discriminando diminutos, sutilísimos sonidos. Jamás antes había tenido una experiencia semejante. Se me ocurrió que, si mi atención continuaba ahondando, podría acaso infinita o indefinidamente ir descubriendo más y más en la sutileza que antes me quedaba oculta en el sonido mayor. Hice además otra deducción espontánea, y fue que el silencio absoluto, como percepción, no existía en realidad, pues debajo de todo, en lo más sutil, había un rumor que era en sí como el lecho de todos los demás sonidos.

Al abrir los ojos, estaba estirado frente al *dhuni*, junto a Shankar, sobre cuyo cuerpo reposaba mi cabeza. Él aún parecía dormido, pero el Baba ya no estaba con nosotros. Acaso fuese por la fuerza o el poder de aquel lugar especial, pero lo cierto es que aun no habiendo dormido apenas, mi percepción inmediata era de una brillantez extraordinaria a todos los efectos; me sentía pausado y lúcido, extremadamente lúcido. Lentamente, me incorporé y me dispuse a salir al exterior, no sin antes echar una ojeada al fueguito, del que ahora también era custodio, y que ya no llameaba, pues se resumía a unas brasas aún ardientes que radiaban un calorcito agradable y un humo aromático, el cual, disciplinadamente, se elevaba rectilíneo hasta lo alto de la pequeña chimenea en la cúpula del templo.

Era temprano aún, el sol no había nacido en el horizonte, aunque amanecía ya. Con aquellas luces de la albada descendí el sinuoso caminito y hallé al Baba Shivayotir en el llano, cerca de su cabaña, ejecutando una posición de yoga sobre la cabeza y sin moverse ni un milímetro; ni tan siquiera parecía respirar. Me senté en un lugar próximo cruzando las piernas y esperé; sabía que era preciso esperar, porque el Baba tenía algo para mí. De pronto, aquel hombre bajó de su postura con gran lentitud y control; en principio estaba de espaldas a mí, pero en cuanto tocó con los pies en el suelo se puso de cuclillas y me encaró, sujetándome la mirada con gran firmeza. No sonreía, ni expresaba nada en concreto, simplemente me miraba con gran intensidad. Entonces el Baba, en un movimiento ágil y rápido se puso junto a mí caminando como una rana; desde su posición cercana, me tendió la mano: «Has de aprender algo importante, ven conmigo». Entendí lo que el Baba quería comunicarme con tan diáfana claridad que me sorprendió enormemente no ver salir de sus labios expresión verbal alguna. Le di la mano y nos levantamos juntos, instante en el que aquel hombre tiró de mí sin que pudiese siquiera pensar en resistirme a su arrebato.

Sin tiempo para entender por qué, ni a dónde, estábamos corriendo como dos locos por en medio de la jungla, apartando ramas y matorrales para abrirnos el paso, porque no había camino alguno. Pasado el primer trecho, el Baba me soltó la mano: «¡Sígueme, sígueme, no me pierdas, no dejes de seguirme!». Era como si pudiese oírlo en mi propia lengua, como un pensamiento cualquiera formulado en mí mismo, solo que sabía que era él quien lo generaba. Yo no tuve duda alguna y continué corriendo tras él, penosamente, arañándome el cuerpo con las ramas que a él parecían no dañarle en absoluto aun yendo desnudo y descalzo. La lógica me llevó a pensar que me iba a mostrar un sitio que debía conocer, pero llegó un punto en que empecé a sospechar que no íbamos a ningún lugar, que tan solo corríamos por la jungla como dos enajenados sin ningún propósito ni destino. A esas alturas yo empezaba a estar extenuado, porque el Baba no se detenía, corría como una liebre y ni siquiera se giraba para ver si yo podía mantener su ritmo: «¡Continúa corriendo, no dejes de seguirme, sígueme!».

El sol había salido hacía mucho ya, y aunque corríamos casi todo el tiempo bajo la sombra de los árboles, el calor y la humedad eran asfixiantes. Quise detenerme, suplicarle que hiciésemos al menos un descanso, pero continuaba oyendo dentro de mí la misma frase, espoleándome a seguir, y me sentía incapaz de parar, incapaz de negarme a continuar corriendo, como si en ello me fuera la vida, como si no hubiese más remedio, como si fuese la última carrera de un suicida para lanzarse finalmente al vacío. Primero fue la mente quien llegó al límite de lo soportable, pensé que moriría si continuaba, pero continué corriendo tras el Baba. Mucho después, cuando ya iba como un zombi, fue el cuerpo el que me hizo sentir que ya no había más fuerzas, que era ya imposible continuar corriendo; finalmente ya casi me arrastraba, habiendo rebasado con creces el límite de toda capacidad física: «¡Continúa, aún más, no te pares!», pero ya ni siquiera veía al Baba, solo oía dentro de mí cómo me alentaba una y otra vez a ir más allá, más allá, mucho más allá. En algún momento, sentí que me derrumbaba definitivamente, que era mi último aliento y me moriría, llegué a la catarsis. Pero, justo entonces, apareció él ante mí y me tendió el brazo de nuevo; yo le entregué la mano como quien quiere sujetarse a una tabla cuando ya está a punto de morir ahogado. En cuanto toqué su mano sentí un enorme tirón, algo descomunal. Fue como si un ciclón absorbiese en su vórtice a un simple pelo y, de pronto, me quedé completamente parado, quieto en un centro absoluto. No era mi cuerpo el que había parado, era algo más allá de él. Entré en el seno, acaso en aquello que los antiguos llamaban el «*axis mundi*», tal vez el «*Aleph*» de los judíos. Solo sé que desde aquel centro, desde aquel punto inmóvil e inamovible, podía contemplar como las cosas se movían, cambiaban, sucedían en torno a mí. Entonces, solo entonces entendí.

«No pasas por el mundo. Si llegas a darte cuenta, es el mundo el que pasa ante ti».

ÍNDICE

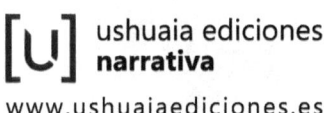

www.ushuaiaediciones.es